Ulrich Schöpf

Die Geometrie des Todes

Kraichgau-Krimi

verlag regionalkultur

Ähnlichkeiten mit lebenden Personen und tatsächlichen Begebenheiten sind rein zufällig und nicht beabsichtigt.

Titel:	Die Geometrie des Todes. Kraichgau-Krimi
Autor:	Dr. Ulrich Schöpf
Zeichnungen:	Dr. Ulrich Schöpf
Umschlaggestaltung:	Jochen Baumgärtner, vr
Lektorat und Satz:	Andrea Sitzler, vr
Endkorrektorat:	Ida Eisele, vr

ISBN 978-3-89735-715-0

Bibliografische Information der Deutschen Bibliothek
Die Deutsche Bibliothek verzeichnet diese Publikation in der Deutschen Nationalbibliografie; detailierte bibliografische Daten sind im Internet über http://dnb.ddb.de abrufbar.
Diese Publikation ist auf alterungsbeständigem und säurefreiem Papier (TCF nach ISO 9706) gedruckt entsprechend den Frankfurter Forderungen.

verlag regionalkultur
Ubstadt-Weiher • Heidelberg • Basel

Korrespondenzadresse:
Bahnhofstr. 2 • D-76698 Ubstadt-Weiher • Tel. 07251 36703-0 • Fax 07251 36703-29
E-Mail kontakt@verlag-regionalkultur.de • *Internet* www.verlag-regionalkultur.de

Menschenseele

Gleich der Oktave das Achte
zum Heiligen Geist sie strebt
himmelwärts ist sie gerichtet

Und dies ward Gesetz, denn
innig vereint in himmlischer Macht
sind für alle Zeit Seele und Acht.

Gleich dem Oktogon das Achte
unsere Seelen zart gewebt
das Göttliche hat's eingerichtet.

Und dies ward Gesetz, denn
innig vereint in himmlischer Macht
sind für alle Zeit Seele und Acht.

(aus den Regularien)

1. Kapitel

Stephanie war Kristina dankbar, dass sie ihr half, die Leiche der Nachbarin hinter dem Gartenhäuschen zu vergraben. Ohne Hilfe hätte sie bestimmt bis zum Morgengrauen gebraucht. Im gleichmäßigen Rhythmus tauchten ihre Schaufeln in den fruchtbaren, klebrigen Boden des Kraichgaus ein. Neben ihnen begannen schwarze Hügel zu wachsen. Gerne hätten sie ein Lied angestimmt, wie man es von Gleisarbeitern oder Moorsoldaten kennt. Doch das wäre nicht nur pietätlos gewesen. Sie hätten damit auch auf sich aufmerksam gemacht. So verrichteten sie ihre Arbeit stumm.

Kristina sprang als erste in die knietiefe Grube. Sie war wunderbar unkompliziert und so verdammt praktisch. Das liebte Stephanie an ihr. Sie regte sich nie auf. Irgendwie schien dieser Schritt nicht in Kristinas Lebensprogramm zu existieren. Oder sie übersprang ihn einfach. Stephanie selbst war das bisher nie gelungen.

Stephanie hatte um Unterstützung gebeten und Kristina war sofort zu ihr geeilt. Das allein beruhigte schon in dieser ungewöhnlichen Nacht. Eine ganze Weile hatten sie ihre Köpfe zusammengesteckt. Nur eine schnelle Lösung war infrage gekommen. Schließlich hatten sich die beiden Frauen darauf geeinigt, wie weiter vorzugehen war. Ihre Freundin hatte keine großen Erklärungen erwartet, sondern mitangepackt. Doch selbst mit ihrer Hilfe waren es quälend lange Stunden geworden. Ohne Aufsehen zu erregen, war es ihnen gelungen, ein ordentlich tiefes Loch zu graben. Kurz nachdem die Turmuhr Mitternacht geschlagen hatte, beendeten sie ihre grausiges Treiben.

In gebührendem Abstand davon und inmitten eines Halbrunds aus mannshohen Haselbüschen verbarg sich das Gartenhäuschen. Ein robuster Holzzaun schützte dort das Grundstück vor den Blicken der Nachbarn. Gleich davor hatten sie das Erdreich ausgehoben. Es roch feucht mit einer Note von wilden Beeren.

Eine nächtliche Brise strich über sie hinweg und kühlte ihre schwitzende Haut. Ein Blätterrascheln begann, das wie ein unsichtbarer Baldachin sie selbst, die Tote und ihren schaurigen Arbeitsplatz umhüllte.

Mit verschränkten Armen, die auf dem Griff der Schaufel ruhten, schaute Stephanie zu Kristina hinüber. Sie war glücklich, sie gefunden zu haben. Ihre bisherigen Freundinnen, die sich bevorzugt mit Nebensächlichkeiten aufhielten, wären in dieser Nacht gewiss keine Hilfe gewesen. Entweder hätten sie einen hysterischen Anfall oder einen Nervenzusammenbruch bekommen. Kristina war da anders. Sie blieb gelassen, erdachte eine brauchbare Lösung und scheute sich auch nicht zuzupacken. Mit ihrem taghellen Selbstbewusstsein nahm sie sämtliche

Herausforderungen ihres Lebens an. Kein Geheimnis der Welt schien sich vor ihren großen, dunklen und wissbegierigen Augen verbergen zu können. Das hatte dazu geführt, dass sie eine Leidenschaft für das Lesen entwickelte. Und in ihrem Beruf als Buchhändlerin las sie, was sie in die Hände bekam, ganz ohne literarische Schwerpunkte. Überall gibt es Interessantes zu entdecken, so ihre Devise. In ihrer Privatbibliothek schlummerten bizarre Kriminalgeschichten neben ungewöhnlichen Ratgebern und sonderbaren Abenteuerromanen. Auch überraschte es nicht, wenn man auf ihrem Couchtisch einen bluttriefenden Grusel unter einem banalen Liebesschmöker entdeckte.

In dieser Nacht aber griff sie auf das Wissen aus den zahlreichen Krimis zurück und über die darin beschriebene Art und Weise, wie man Leichen besonders geschickt verschwinden lassen konnte. So gelang es ihr, Stephanie davon zu überzeugen, in den luftdichten Plastiksack, den sie dem Leichnam überstülpten, eine ordentliche Menge frischer, feuchter und wunderbar duftender Komposterde hineinzuschaufeln.

»Das macht die Sache schneller!«, versuchte Kristina, der konsterniert dreinschauenden Stephanie plausibel zu machen. »Es gibt in einem Kubikmeter Kompost mehr Lebewesen als Sterne im gesamten Universum. Da wird es der Toten nicht langweilig. Und so ganz ohne weiteres Zutun schwingt sie sich zur Quelle neuen Lebens auf und bereichert auf diese Weise deinen schönen Garten. Sie hätte sich bestimmt nicht träumen lassen, dass sie für deinen Garten eines Tages nützlich sein würde.«

So war Kristina. Es gab kaum ein Gebiet, auf dem sie nicht Bescheid wusste. Sie wäre die ideale Kandidatin für Jauchs Fragespiel oder eine der weniger bekannten Quizsendungen. Doch sich dort zu bewerben kam ihr nicht in den Sinn. Was sollte sie auch mit dem Gewinn anfangen? Geld spielte nur eine Nebenrolle in ihrem Leben. Alles, was sie brauchte, um sich glücklich zu fühlen, gab es in ihrem Laden. Um es genauer zu sagen: wohlgeordnet zwischen den Deckeln ihrer zahlreichen Bücher. Und das Leben selbst spülte die interessantesten Typen in ihre Buchhandlung.

Als hätten sie es verabredet, schauten die beiden Frauen eine Weile staunend in den sternenklaren Nachthimmel, bevor sie sich erneut ihrer körperlichen Arbeit widmeten. Mit einem großen Kabelbinder verschnürten sie den Plastiksack und ließen ihn behutsam in das finstere Loch hinabgleiten.

»Möge ihre Seele Frieden finden«, raunte Stephanie.

Den Blick nach unten gerichtet ergänzte Kristina im Flüsterton: »Es gibt Sterne, die auf einem festen Platz ruhen, und solche, die ständig wandern müssen. Gesine Herbst war ein langweiliger Fixstern. Nur fixiert auf sich selbst. Am Leben der anderen nahm sie nicht teil. Es fand um sie herum statt. Beharrlich stand sie Tag für Tag hinter ihrer Gardine und glotzte verächtlich auf die Menschen herab, die hier wohnen. Es würde mich nicht wundern, wenn sie als Wandelstern wiedergeboren werden wird. Das Kapitel Fixstern ist für sie abgeschlossen.«

»Abgeschlossen!«, wiederholte Stephanie geistesabwesend.

Sie vermittelte oft den Eindruck, als wäre sie nicht ganz bei der Sache. In ihrer Erinnerung tauchte der Mann auf, in den sie sich verliebt hatte. Er würde ihr das, was sie getan hatte, nicht vergeben.

Schließlich, nach einer guten halben Stunde, war das Loch wieder mit Erdreich gefüllt. Damit es auch lange so blieb, legten sie fest, es in absehbarer Zeit zu bepflanzen.

Während sie sich auf der Terrasse den Lehm aus ihren dreckigen Schuhen kratzten, überlegte Stephanie, ob es gut wäre, gleich morgen früh, noch vor dem Frühstück, eine Phlox-Staude über genau der Stelle zu pflanzen, die sie als letzte Ruhestätte ausgesucht hatten.

Eine Weile saßen sie schweigend da, bevor Stephanie begann, über die Einzelheiten der grausigen Geschehnisse zu berichten. Die Buchhändlerin hörte aufmerksam zu. Weder gab sie Kommentare ab, noch kamen Vorwürfe aus ihrem Mund.

»Was wir jetzt brauchen, ist ein klarer Kopf! Wir müssen darüber Stillschweigen bewahren und sollten versuchen, diese Nacht aus unserem Gedächtnis zu löschen«, antwortete sie zu Stephanies Beruhigung.

Sichtlich ermüdet umarmten sie sich. Kurze Zeit später, nachdem die Turmuhr zweimal geschlagen hatte, verabschiedete sich Kristina. Ihr nächtlicher Heimweg durch die Stille der Kleinstadt dauerte nur wenige Minuten. Das kleine Haus, das sie vor einigen Jahren bezogen und liebevoll eingerichtet hatte, lag ein paar Querstraßen entfernt.

Stephanie duschte in dieser Nacht länger als üblich. Das heiße Wasser schien ihre Ängste und Anspannungen davon zu spülen. Danach, während sie ihr Haar föhnte, spürte sie ihre bleischweren Arme. Ihre Muskeln, die das mühselige Schaufeln nicht gewöhnt waren, durchzog ein ziehender Schmerz.

Später, todmüde im Bett liegend, konnte sie es nicht verhindern, dass die schaurigen Bilder der letzten Tage vor ihr auftauchten. Wie faulige Fische in einem modrigen See plagten sie ihr Gewissen. Zweifel hämmerte erbarmungslos in ihrem Schädel. Wie gerne hätte sie jetzt eine Schulter gehabt, um sich daran anzulehnen. Sie sehnte sich nach Nähe, nach einer erlösenden Umarmung, nach kräftigen Männerhänden, die sie stützten und ihr Halt gaben. Halt in den einsamen Stunden bis zum Sonnenaufgang.

Eine Zeit lang lag sie da, die Decke anstarrend, und dachte an Gesine Herbst, ihre Nachbarin, die ihre Augen für immer geschlossen hatte. Diese Augen, diese viel zu neugierigen Augen, in denen heute Nacht ein Hass erkennbar gewesen war, der Stephanie erneut erschaudern ließ. Hass und Neugierde waren eine abstoßende Mischung und in hohen Dosen garantiert tödlich. Die alte Frau hätte das jetzt bestätigen können. Aber sie war tot. Und mit der vielen Erde im Mund würde man sie auch kaum verstehen.

Begonnen hatte es einige Tage zuvor.

2. Kapitel

Der Kraichgau war Stephanies Heimat. Hier hinein war sie geboren worden. In eine grüne, fruchtbare Landschaft voll sanfthügeliger Weltzufriedenheit, zart durchwebt vom lieblichen Duft der Streuobstwiesen und vom deftigen Geruch nach Wurstsalat.

Aber an heißen Tagen, wenn die knochentrockene Krume aufbrach, kam es vor, dass sich der untrügliche Gestank des Schwefels dazwischen mogelte. Es roch, als hätte die Hölle ihre Pforten geöffnet. Doch damit schützte man die Weinreben, die wertvollen Traubensaft lieferten. Die Früchte bevorzugten südliche Hanglagen. Grund war die schier unstillbare Sucht der saftigen Trauben nach Licht und Wärme.

Mitunter vernahm man das Rauschen der kräftig grünen Wälder oder das dumpfe Dröhnen der Schlepper. Näherte man sich einer der zahlreichen kleinen Gemeinden, konnte es passieren, dass urige Guggenmusik die natürlichen Geräusche auf eigentümliche Art überlagerte.

Im Südosten des Kraichgaus wird die Landschaft überragt von der Ravensburg, die jeden Morgen so tut, als müsse sie unbedingt die Erste sein, die sich hier der aufgehenden Sonne entgegenstreckt, sie freudig begrüßt und ihr so seit Jahrhunderten auf vertraute Weise huldigt.

Mittendrin, wie Felsen im Ozean der Reben und Häuserdächer, liegen die prächtigen Kirchen des Kraichgaus. Mit ihren hohen Glockentürmen weisen sie gottesfürchtig den Weg in das Himmelreich, wo die Seelen der Bürger eines Tages Eingang finden sollen.

Dass dies ohne Ausnahme für jeden galt, war den fleißigen Menschen klar. Aber bis dahin gab es noch viel zu schaffen, zu feiern und zu schwatzen.

Das begann schon morgens beim Bäcker. In den wenigen Augenblicken, die eine Handvoll Brötchen brauchten, um verpackt in einer

Tüte über die Theke gereicht zu werden, erfuhr man alles Mögliche an Neuigkeiten.

»Die Oberen stecken sich doch Millionen in die Tasche. Das ist Diebstahl, wie er schlimmer nicht sein kann. Ich habe das jahrelang verfolgt. Und die Kleinen werfen sie raus wegen winziger Vergehen«, empörte sich Frau Langhans. Eine Kundin mit nackten, kräftigen Oberarmen, die etwas abseits stand und sich gerade über die erste Seite der Bildzeitung beugte, schaute kurz auf und nickte zustimmend. Stephanie zeigte an solchen Diskussionen nur geringes Interesse. Stattdessen beschäftigte sich ihr Kopf schon mit dem bevorstehenden Arbeitstag bei Krimmsen & Klower – KKF-Technologies.

Sie bezahlte wortlos, verließ die Bäckerei, verstaute die frischen Backwaren im Fahrradkorb, stieg auf und trat in die Pedale. Ihr Weg führte an zahlreichen kleinen Geschäften vorbei. Die hatten so früh noch geschlossen.

Es war ein freundlicher Julimorgen, der ein lichtblaues Himmelszelt über den Kraichgau spannte. Durch die belebten Straßen manövrierten Bataillone von Fahrzeugen. Irgendwie gelang es den wenigen Radfahrern und Fußgängern, sich dazwischen zu drängen. Jeder schien um diese Zeit in Eile zu sein. Selbst die Schulkinder, die mit ihren schweren Ranzen der ersten Unterrichtsstunde entgegenliefen, waren davon infiziert.

Stephanie wollte pünktlich sein. Ihr Chef legte darauf großen Wert. Das traditionsreiche Familienunternehmen befand sich am Ostrand der Stadt. Zielstrebig durchquerte sie das Industriegebiet. Als das Werktor von Krimmsen & Klower auftauchte, begann sich ihr Magen zu verknoten. Und der hatte allen Grund dazu, denn sie hoffte so sehr, dass es heute anders werden würde. Anders als üblich. Es war ihr Geburtstag.

In den letzten Jahren hatte das niemanden interessiert. Aber in ihrer Brust hegte Stephanie die Hoffnung, dass dieser Tag vielleicht ein besonderer werden könnte, hatte sie doch endlich in einer Kollegin eine Freundin gefunden. Jemand, der sie verstand – Cornelia. Erst kürzlich hatte sie ihr unter dem Siegel völliger Verschwiegenheit von Frank erzählt. In der Firma war er nicht mehr als ein netter Kollege. Nach Feierabend verschwand die Zurückhaltung. Er war seit Langem ihr Liebhaber.

Ja, er war verheiratet. Aber er machte es trotzdem irgendwie möglich, sich mit ihr zu treffen. Und wie sie diese Treffen genoss. Frank war aufmerksam und rücksichtsvoll. So etwas hatte sie sich immer gewünscht. Sie blühte in seiner Nähe auf. Aber diese Nähe gab es nur in ihrer Wohnung. Niemals durften sie Hand in Hand spazieren gehen, sich in einem Restaurant küssen oder Arm in Arm über einen öffentlichen Platz schlendern. Und in der Firma, das wurde so vereinbart, sollte es keinerlei Nähe geben. Ihre Kollegen ahnten daher nicht das Geringste.

Abends, wenn Frank neben ihr lag, schenkte er ihr liebevolle Zärtlichkeit. Zärtlichkeit, auf die sie so lange hatte verzichten müssen. Ihr gelang es, in ihm den leidenschaftlichen Liebhaber zu wecken. Und wie leidenschaftlich er sein konnte! Er konnte nicht genug von ihr bekommen. Frank war ausgehungert wie ein Wolf, süchtig nach Berührung, nach Nähe, nach Liebe. Er liebte ihren Geruch, leckte den Schweiß ihrer Achseln, beugte sie sanft über die Lehne des Ledersofas und küsste ihre Ohrmuschel, nahm sie kräftig auf dem Esstisch, wälzte sich mit ihr auf dem Küchenboden oder hielt sie im Einbauschrank dicht an sich gedrückt. Er konnte einfach nicht von ihr lassen.

Einmal, danach, waren Stephanies Knie vom Teppichboden so durchgescheuert gewesen, dass sie Hansaplast nehmen musste. Als sie es später Cornelia erzählte, hatte diese lauthals gelacht. Es war so wunderbar – bei ihr fand sie immer eine gute Zuhörerin.

Der ganze Ärger und Stress mit Borstel, ihrem Chef, war wie weggeblasen. Und das Gefühl, das Schicksal hätte sie auf ein Abstellgleis bugsiert, verschwand zusehends aus ihren Gedanken.

Der Mangel an sozialen Kontakten zu den Arbeitskollegen war Vergangenheit. Die einsamen Jahre schienen vergessen. Nun gab es Cornelia, und es gab Frank. Und als wäre das nicht schon beeindruckend genug, tauchte immer häufiger ihre neue Nachbarin Gesine Herbst bei ihr auf. Mal mit frischgebackenem Kuchen, mal mit einer Schale Kirschen, vor allem aber mit stets neugierigen Blicken. Es war kein ehrliches Interesse an ihrer Person. Das hatte sie schnell festgestellt. Diese Frau erweckte den Eindruck, das sie unbedingt herausbekommen wollte, wer dieser Mann war, der hin und wieder bei Stephanie auftauchte. Sie aber schwieg eisern. »Neugierige Ziege!«, schnaubte Stephanie oft, wenn ihre Nachbarin wieder gegangen war.

Eine Freundschaft stellte für sie etwas Besonderes dar. Es war die zu ihrer Freundin Kristina, ihrer Buchhändlerin. Sie trafen sich regelmäßig, kochten gemeinsam oder probierten die Gerichte in verschiedenen Restaurants aus, schauten sich Filme im Kino an, fuhren zu Theatervorführungen nach Mannheim oder belegten VHS-Kurse in Brusel. In den Sommermonaten veränderte sich das. Dann zogen sie es vor, von Besenwirtschaft zu Besenwirtschaft zu wandern, Kunstausstellungen oder Museen zu besichtigten und auch ab und an über Trödelmärkte zu flanieren. Langweilig wurde es den beiden nie. Und immer fand sie in Kristina eine gute Zuhörerin, wenn sie über ihre Probleme mit

Frank sprach. Die Tage mit Kristina gaben ihr Lebensmut, verfügten über Tiefe und Intensität.

Stephanie bremste und stieg ab. Nachdem sie das Werktor passierte, gelangte sie auf ein Betriebsgelände. Hier musste man laut Anweisung vom Chef das Fahrrad schieben. Nur einmal schaute sie kurz nach oben. Dort hingen sie, die Überwachungskameras, die Borstel in seinem Kontrollwahn hatte installieren lassen.

In den letzten Jahren war es einem Dutzend kleiner, aber innovativer Unternehmen gelungen, sich hier niederzulassen. Auch KKF-Technologies gehörte dazu. Dort arbeitete sie als Produktionsassistentin. Für die täglichen Aufgaben war die kleine Abteilung gut gerüstet. Doch ständig kamen neue Anweisungen hinzu, mussten andere Kollegen, vor allem die der Qualitätsabteilung, entlastet werden.

Das bedeutete häufig Überstunden. Oft, auf dem Heimweg, fühlte sie sich ausgepowert und müde. Gleichwohl wollte der Chef von Neueinstellungen nichts wissen. Mit schöner Regelmäßigkeit überzeugte er Stephanie davon, dass doch alles nicht so schlimm sei, wenn ihr mal wieder die Arbeit über den Kopf wuchs.

»Sie sollten nicht so schnell aufgeben. Werden sie effektiver! Die Firma braucht ihre Unterstützung. Hier haben sie doch alles. Einen interessanten Job und den wunderbaren Kraichgau.«

Kristina sah es genau so.

»Wo willst du hin? Du hast hier eine gute Freundin, ein kleines Haus, das bezahlt ist und deinen wunderbaren Garten. Willst du das zurücklassen, nur um woanders einen neuen Job zu beginnen? Und ob es dir da besser geht, weißt du auch nicht. Dir fehlt kein neuer Arbeitsplatz, was du brauchst, ist ein Partner. Einer, der nur dich liebt!«, war ihre direkte Antwort. So beließ Stephanie alles, wie es war, und trat weiter den Weg zur Arbeit an.

Die Tür des Backsteingebäudes öffnete sie zögerlich. Wartete heute, an ihrem besonderen Tag, jemand auf sie? Es wäre das erste Mal. Sie war gespannt und wollte so schnell wie möglich die kleine Teeküche aufsuchen.

An einem gewöhnlichen Wochentag konnte alles Mögliche geschehen. Eine Kollegin, die sich einen Tag zuvor noch über sie beschwert hatte, grüßte freundlich. Der Chef hielt ihr eine Tür auf oder Frank schenkte ihr ein verstohlenes Lächeln, während er etwas zu dicht an ihr vorbeiging. Meist war jedoch das Gegenteil der Fall.

Es war eine verkrampfte Gemeinschaft aus vertrockneten Seelen, in die sie täglich eintauchte. Die Kollegen waren zumeist in egoistische, selbstgerechte Gedanken verwoben, ehrgeizig bis in die Haarspitzen, hässlich und hinterhältig wie Hyänen. Erst spät hatte sie bemerkt, dass alle ein gemeinsames Band zusammenhielt: Angst. Es war nicht die fast greifbare Form der Angst vor konkreten Gefahren. Vielmehr war es die Form einer permanenten, bedrückenden, innerlich zermürbenden Zukunftsangst. Und das entfremdete die Kollegen zusehends von einer gesunden Arbeitsgemeinschaft, bis es schließlich keine mehr gab, ja bis sie schließlich der irrigen Meinung waren, keine Gemeinschaft mehr zu benötigen.

Stephanie knallte ihre Tasche auf den Boden, hängte die Jacke an den Haken, beugte sich vor, um den Computer zu starten und verließ den Raum Sekunden später. Es zog sie zu Franks Büro, das sich eine Etage über ihr befand. Die Tür stand offen, sein Platz war leer. Vermutlich besorgte er sich seinen ersten Kaffee. Die Teeküche lag am Ende des Flurs.

Als sie dort ankam und die Tür aufdrückte, passierten drei Sachen gleichzeitig. Ein "Alles Gute zum Geburtstag" schlug ihr entgegen, strahlende Gesichter blickten sie an und der geballte Duft frischen Bohnenkaffees stieg ihr in die Nase.

Eine Handvoll Kollegen hatte sich zu dieser frühen Stunde hier eingefunden. Auch Frank war da und lachte sie freundlich an. Hätte heute etwas Schöneres passieren können? Jetzt konnte kommen was wollte, dieser Tag schien schon gewonnen.

Nach so vielen Jahren bei Krimmsen & Klower war dies das erste Mal, dass man an ihren Geburtstag dachte. Sollte es von nun an besser werden? Cornelia, die sich in einen viel zu knappen, pinkfarbenen Rock gezwängt hatte, strahlte sie schelmisch an. Sie war mit langen, titanweißen Ohrringen behängt, die mühelos auch als Zeiger einer Turmuhr hätten durchgehen können.

Cornelia war die erste und einzige Kollegin bei Krimmsen & Klower, die Stephanie echtes Interesse entgegenbrachte. Eine, die sich ohne Zögern zu ihr an den Mittagstisch setzte, die ihr freundlich zuhörte und die Verständnis für sie aufbrachte. Aber vor allem genoss sie es, sich ihr unbesorgt anvertrauen zu können. Vor etwa einem Jahr war sie zu ihrer Abteilung gestoßen und seitdem hatte sich vieles geändert.

Cornelia überreichte ihr unter leichtem Kichern ein in Geschenkpapier gewickeltes Paket.

»Herzlichen Glückwunsch zum Geburtstag!« Sie versuchte feierlich zu wirken, konnte aber ihr albernes Feixen, das die Zeiger der Turmuhr in wilde Schwingungen versetzte, kaum mehr unterdrücken.

Stephanie stand einfach nur da, mit dem Geschenk in der Hand, atmete einige Male tief ein und hätte die Zeit anhalten können, so wohl fühlte sie sich.

Das änderte sich schlagartig, als das Geschenkpapier zu Boden fiel. Das, was sie nun in den Händen hielt, waren zwei Knieschoner!

Cornelia prustete und begann laut zu lachen. Die Kollegen fielen ein. Nur Frank blieb mit weit aufgerissenen, fragenden Augen wie angewurzelt stehen. Der Kollege Ringel, der neben ihm stand und ein ekelhaftes Grinsen zeigte, flüsterte ihm etwas ins Ohr. Daraufhin öffnete sich Franks Mund. Unfähig, auch nur ein Wort herauszubringen, vollführte sein Unterkiefer kreisende Bewegungen. Wut wurde in seinem Blick sichtbar.

Stephanie schoss das Blut in den Kopf. Sie leuchtete sicher schon wie eine Tomate. So eine Schweinerei. Warum hatte Cornelia das getan? Sie verstand die Welt nicht mehr. Die Geschichte mit den wundgescheuerten Knien nach einer heißen Liebesnacht hatte sie doch nur ihr erzählt. Und dies in dem festen Glauben, sie könne ihr vertrauen.

Frank schaute nun fassungslos auf das Geschenk, dann zu Stephanie herüber und schließlich in das Gesicht zwischen den beiden vibrierenden Zeigern. Cornelia versuchte verzweifelt, ein hartnäckiges, hämisches Grinsen zu verdrängen. Es gelang ihr nicht.

Dann, ganz unvermittelt, stürzte Frank auf die Tür zu, riss diese mit Schwung auf und drehte sich, bevor er verschwand, kurz zu Stephanie um. Dabei warf er ihr einen verächtlichen, eiskalten Blick zu.

Stephanie konnte nicht gelassen bleiben. Erste Tränen bahnten sich ihren Weg. Augenblicklich rannte auch sie auf den Flur hinaus und flüchtete in ihr Büro. Mit dem Rücken an die geschlossene Bürotür gelehnt ließ sie ihren Tränen freien Lauf.

Es klopfte. Frank, der kopfschüttelnd vor der Tür stand, sagte kein Wort, sondern hielt ihr einen gefalteten Zettel hin. Sie nahm ihn entgegen, öffnete ihn und schaute mit weit aufgerissenen Augen auf das einzige Wort, das darauf geschrieben stand: SCHLUSS.

Sie wischte über ihr Gesicht und las das Wort erneut. Es änderte sich nicht und war unmissverständlich. Sie hatte einen fatalen Fehler begangen und ihr Schweigegelübde gebrochen. Unter leisem Schluchzen fiel das Papier auf den Boden.

Im Bruchteil einer Sekunde hatte sie heute alles verloren. Ihre beste Kollegin, ihren Geliebten und vor allem die Hoffnung, dass es bei Krimmsen & Klower eine bessere Zukunft für sie gab.

Es war doch so wenig, was sie von ihren Kollegen verlangte. Sie hätte sich heute gewünscht, dass ihr jemand ganz spontan gratulierte, einen Kommentar über ihre strahlenden Augen abgab, ihre neue Bob-Frisur bemerkte oder ihr einfach ein ehrliches „Guten Morgen" entgegenträllerte. Doch dies hatte es in der Vergangenheit nicht gegeben und sollte es wohl auch nicht in der Zukunft für sie geben.

Stephanie fühlte sich enttäuscht und verletzt. An diesem Tag sehnte sie den Feierabend herbei wie nie zuvor. Zu Hause brach sie erneut in Tränen aus. Ihre Gefühle für Frank waren ehrlich. Und auch sie hatte das untrügliche Gefühl, das er sie liebte.

Warum diese Geheimnisse? Warum verließ er nicht seine Frau, mit der er sich nicht mehr glücklich fühlte? Was verband die beiden? Liebe konnte es nicht mehr sein, das hatte sie aus all den Gesprächen mit ihm herausgehört. Sie wünschte sich nichts sehnlicher, als dass er zu ihr zurückkehrte.

Später kaute sie auf ein paar Schnittchen herum. Die hatte sie sich heulend geschmiert und belegt. Dabei lief ihr das Make-up über die Wangen, was ihr das wilde Aussehen einer Indianerin in Kriegsbemalung gab.

In dieser Nacht schlief sie unruhig. Die verzerrten, albtraumhaften Bilder, die zu ihr vordrangen, waren grauenerregend intensiv. Aus einem hellen Nebelschleier tauchte ein altes Gemäuer auf. Sie befühlte die kalte Außenmauer. Plötzlich öffnete sich ein Loch im Boden. Sie verlor den Halt und rutschte in ein rabenschwarzes Verlies. Da erst bemerkte sie, dass sie nackt war. Verzweifelt kratzte sie mit ihren Fingernägeln an den Wänden. Ihre Füße schienen bleischwer zu sein. So sehr sie sich auch anstrengte, es gab kein Entkommen. Da schaute sie zur Decke. Dort hing eine abscheuliche Uhr, deren Zeiger wie Cornelias Ohrringe aussahen und auf fünf vor Stichtag standen.

Schweißgebadet wachte sie am nächsten Morgen auf. Schwerfällig machte sie sich auf den Weg ins Bad. In ihrem Zahnputzglas steckte noch seine Zahnbürste. Das stimmte sie traurig. Überall entdeckte sie persönliche Dinge von ihm. Sie suchte sie zusammen, fühlte sich dabei aber zunehmend einsamer und verlassener. Verlassen von Frank, der ihr viel bedeutet hatte.

Ihre beiden Seelen waren mit einem besonderen Klebstoff verbunden, hatte er ihr einmal ins Ohr geflüstert. Dieser hatte jedoch nicht gehalten und sie jetzt vom Himmel stürzen lassen.

Bevor sie sich auf den Weg zur Arbeit machte, verstaute sie alle weiteren persönlichen Utensilien und Klamotten, die sie von ihm fand, in eine Plastiktüte. Die Fahrt mit dem Rad tat ihr gut. Sie füllte ihre Lungen mit der kühlen Morgenluft. Es sollte ihr an diesem Tag nicht gelingen, die Erinnerungen an Frank zu verdrängen. Wie ein Albtraum quoll sein Name aus ihren Gedanken.

Im Werk angekommen, wartete sie einen günstigen Moment ab, um sich in Franks Büro zu schleichen. Sie betrat es ungesehen. An die Innenseite der Tür gelehnt schaute sie sich unruhig um. Sie konnte zwar sicher sein, dass er heute nicht auftauchte, denn er war mit seiner Frau für einige Tage nach Westerland gefahren, aber es war nicht auszuschließen, das irgendein Kollege auf die Idee kam, in diesem Augenblick hier hereinzuplatzen.

Sichtlich nervös bugsierte sie die Tüte unter seinen Schreibtisch. Das war erledigt. Vorsichtig öffnete sie die Tür einen Spaltbreit und vergewisserte sich, dass sie nicht gesehen wird, wenn sie über den Flur läuft. Und tatsächlich. Es gelang ihr, ungesehen zurückzukehren. Erst als sie eine ganze Weile später in der Teeküche der Thermoskanne den letzten, bitteren Kaffee entlockte, beruhigte sie sich wieder. Mit dem dampfenden Getränk in der Hand steuerte sie ihr Büro an.

Da erinnerte sie sich, dass es noch etwas gab, was sie loswerden musste! Stephanie stellte die heiße Tasse ab, öffnete ihr Portemonnaie und zupfte umständlich Franks Foto heraus. Wohin damit? Sie schaute sich um. Ihr Blick blieb bei einem unscheinbaren, metallischen Kasten hängen. Das war die Lösung! Mit lautem Schmatzen verschlang der Aktenvernichter sein Porträt, aber leider nicht die Erinnerungen, die daran hingen. Wenn doch alles im Leben so einfach zu entsorgen wäre, schoss es ihr durch den Kopf.

In der letzten Nacht war ihr klar geworden, dass Frank sich nie von seiner Frau trennen würde. Stephanie war wütend auf ihn. Er hatte ihr so viele Lügenmärchen erzählt, sie im Glauben gelassen, dass er sie liebte und nie mehr allein lassen würde. Jetzt war sie des Versteckspiels müde. Sie fühlte sich als zweite Wahl. Der Zettel, den er ihr zugesteckt hatte, war zum richtigen Zeitpunkt gekommen. Das hatte ihr die Augen geöffnet. Sie wollte ihn so schnell wie möglich vergessen. Er war es einfach nicht wert. Viel zu lange schon hatte sie ihm alles geglaubt, war immer wieder auf seine Schmeicheleien hereingefallen.

Sie schaute aus dem Fenster. Der blaue Himmel über dem Kraichgau schien ihre Seele aufmuntern zu wollen. Doch Frank ließ sich so leicht nicht aus ihren Erinnerungen verdrängen. Sie nahm sich vor, es ihm gleichzutun. Sie wollte einfach nicht mehr an ihn denken. Das zerstörte Foto war ein erster Schritt. Dieser Kerl, der sich gerade mit seiner Frau Fiona am Strand von Sylt amüsierte, verschwendete bestimmt keinen einzigen Gedanken mehr an die kleine Produktionsassistentin.

Stephanie betrachtete wehmütig die farbigen Streifen, die der Reißwolf ausgespuckt hatte. Nun gab es nichts mehr, was an ihn erinnerte. Nichts Greifbares, aber ungezählte Stunden in ihren Erinnerungen würden lange dort haften bleiben. Es waren die Momente inniger Nähe, die Augenblicke starker Leidenschaft und die Zärtlichkeit seiner Berührungen, die in ihrem Gedächtnis auftauchten.

Sie nahm ihren Schminkspiegel zur Hand und hielt ihn vors Gesicht. Ihre Augen waren rot und verquollen und die Wimperntusche bildete dunkle Streifen.

Ihr Blick fiel auf die Uhr. Es blieb ihr nicht viel Zeit. Borstel legte großen Wert auf Pünktlichkeit. Rasch erneuerte sie ihr Make-up, ließ Spiegel und Schminke in der Tasche verschwinden und machte sich auf den Weg zum Konferenzraum. »Schnupfen!« würde sie denen antworten, die fragten, was denn heute mit ihren Augen wäre.

Jeden Tag gab es dort den Morgenrapport. Mit gesenktem Haupt nahm sie Platz und schaute sich um.

Sie war auf einige Dinge vorbereitet, die sie betrafen. Das musste man sein. Der Chef konnte äußerst unangenehm werden. Besonders genoss er das Publikum der großen Besprechungsrunden, um seinen Launen freien Lauf zu lassen. Das tat er mit schöner Regelmäßigkeit.

Cornelia, die neben ihr Platz genommen hatte, blieb stumm. Das war auch besser so. Ihr gegenüber saß für gewöhnlich Frank. Doch sein Stuhl blieb heute wie erwartet leer. Da wurde plötzlich die Tür aufgerissen und Frau Ronellenfitsch, Borstels Sekretärin, kam herein. Sie hielt mit schnellen Schritten auf Cornelia zu, die gerade entspannt an einer Kaffeetasse schlürfte.

»Hallo Conny, du sollst sofort Frank Burmester anrufen. Er muss sich dringend beim Chef melden. Und zwar, bevor der in einer Stunde bei BrixCo auf den Hof fährt«, beeilte sie sich zu sagen.

»Aber, der ist doch ...«, begann Cornelia, bevor sie jäh unterbrochen wurde.

»Ich weiß schon, was du sagen willst. Es ist halt enorm wichtig.«

»Der macht gerade ein paar Tage Urlaub auf Sylt. Seine Frau wird nicht begeistert sein«. Dabei warf Frau Ronellenfitsch Stephanie einen eiskalten Blick zu, der den Rheinfall bei Schaffhausen mühelos von einer Sekunde auf die andere hätte einfrieren lassen können.

»Geht es etwa um die Fehllieferung?«, fragte Cornelia gespielt neugierig. Sie wusste längst, worum es ging.

»Ja, du Schlaufuchs! Mach schon, ruf ihn an«, bat die Chefsekretärin, während sie sich setzte.

BrixCo, ihr schwierigster und gleichzeitig wichtigster Kunde, hatte ständig etwas zu bemängeln. Irgendein Teil war nicht in Ordnung, fehlte oder war zu früh oder zu spät geliefert worden. Das alles kam leider vor. Diesmal aber stand mehr auf dem Spiel. Eine Fehllieferung größten Ausmaßes. Alles war denkbar schief gelaufen. Und der Chef würde heute noch dort vor Ort versuchen, den Kunden zu beruhigen und die Wogen zu glätten. Er würde dann schnellstens eine Rettungsaktion einleiten.

Cornelia sprang auf und verließ die Besprechung, noch bevor sie angefangen hatte. An der Tür stieß sie fast mit dem Chef zusammen, der mit einem riesigen Pott Tee in der Hand eintrat. Er hatte Wutfalten im Gesicht, ein untrügliches Zeichen einer bevorstehenden Katastrophe.

Augenblicklich verstummten alle Gespräche. Borstel hatte am Kopfende des großen Tisches Platz genommen. Er begann einen seiner typischen Monologe. Dabei ließ er niemanden im Unklaren darüber, wie er die Sache mit der Fehllieferung sah. Wichtig war ihm, auf jemanden zeigen zu können. Bei Erfolgen war es immer das ganze Unternehmen, das gute Arbeit geleistet hat. Bei Misserfolgen fand er stets einen Schuldigen. Aber diesmal schien es besonders schwierig zu sein, den Richtigen zu finden. Zu viele waren daran beteiligt gewesen. Ihre Kollegen saßen da wie die Erdmännchen, jede Sekunde bereit, ihren Kopf einzuziehen.

Borstel schaute in die Runde. Sein Blick blieb bei Stephanie hängen.

»So etwas darf nicht noch einmal passieren. Frau Kurz, ich hatte Sie gebeten, das Ganze zu klären. Und zwar bis zum heutigen Rapport. Was haben Sie für uns?«

Stephanie war wie gelähmt. Sie hatte sich gestern nur sehr oberflächlich mit dem Problem befasst. Der Ärger über den Vorfall in der Teeküche hat sie alles andere vergessen lassen.

»Die Produktionspapiere wurden falsch ausgestellt«, antwortete sie hastig.

»Soso, sind es wieder mal die Papiere. Wie oft habe ich schon gesagt, dass die Umstellung auf vollelektronische Produktionsplanung oberste Priorität hat?«

»Es sind ja bereits fünfzehn Prozent umgestellt. So schnell geht das nicht.«

»Bei Ihnen geht das wohl nicht schnell, Frau Kurz. Ich erwarte, dass das vorangeht. Sonst sehe ich mich gezwungen, jemand anderen mit der Aufgabe zu betrauen.« Borstel war in seinem Element. Seinen rechten Mundwinkel zog er stark nach unten und seine Halsmuskulatur verkrampfte. Das war kein gutes Zeichen. Mit dieser Grimasse schaute er auf den Kalender, der hinter ihm an der Wand hing.

»Das muss so schnell wie möglich erledigt werden. Sie haben bis zum Dreiundzwanzigsten Zeit. Das ist Ihr Stichtag. Damit haben Sie vier Tage, das Wochenende mitgerechnet, weitere fünfzehn Prozent hinzuzufügen. Aber ausschließlich Produktionspapiere für BrixCo. Das muss ich Ihnen nicht erklären, das verstehen Sie doch, oder? Ich will nicht, dass Sie dieses Unternehmen nochmals in solch eine ernste Situation lavieren.«

»Aber vier Tage sind viel zu wenig Zeit! Wir haben für die ersten fünfzehn Prozent fünf Wochen gebraucht. Nahezu alles muss gründlich geprüft und überarbeitet werden.«

»Sie wollen mich anscheinend nicht verstehen. Die Erledigung dieser Sache hat Vorrang. Das ist fundamentales Firmeninteresse! Wenn Ihnen andere Dinge wichtiger sind, muss ich ernsthaft daran zweifeln, ob Sie sich ausreichend für unsere Belange einsetzen.« Mit der Hand machte Borstel eine abwertende Bewegung.

»Wenn es so wichtig ist, können Sie mir sicherlich noch jemanden dazustellen?«, forderte Stephanie.

Borstel überlegte einen kleinen Moment. Dann kam seine Antwort.

»Herr Schubert von der Buchhaltung wird Sie unterstützen.«

»Aber den muss ich ja erst mal anlernen. Der hatte mit der Produktion und den Papieren bisher nicht viel zu tun.«

»Ich werde aus Ihnen nicht schlau. Wollen Sie nun Hilfe oder nicht? Hören Sie auf, sich ständig hinter irgendwelchen Ausflüchten zu verstecken. Wenn man will, findet man immer einen Weg. Wenn man nicht will, Frau Kurz, findet man immer eine Ausrede. Und ich will jetzt keine weiteren Ausreden mehr hören. Das haben Sie in der Vergangenheit immer wieder getan, bis wir Sie durchschaut haben. Ich erwarte von Ihnen, dass Sie diese Aufgabe sofort erledigen oder das Ganze wird persönliche Konsequenzen für Sie haben. Also, Ihr Stichtag ist Montag, der Dreiundzwanzigste.«

»Aber, das ist ...«

»Ruhe jetzt.« Er hielt seine Hände flach über den Tisch des Besprechungsraumes und bot eine besänftigende Geste. Mit leisen Tönen fuhr er fort. »Wir verlangen von Ihnen doch nichts Unmögliches, oder? Also, machen Sie Ihre Arbeit. Sie sollen weder auf einem Drahtseil balancieren noch an einer Stange tanzen.«

Lautes Gelächter in der Runde war zu hören. Stephanie wurde rot. Der Chef reagierte bei Reklamationen immer bösartig. Borstel war seine Wut losgeworden, hatte sie mal wieder gedemütigt. Das tat er in solchen Fällen gerne. Was hatte der Mann nur gegen sie? Auch sie wollte, dass die Firma besser funktionierte. Seine Worte jedoch waren pure Polemik.

Aber Stephanie gab nicht auf. Jetzt nur nicht entmutigen lassen, sagte sie zu sich. Erneut erhob sie ihre Stimme und streckte ihren Rücken.

»Ich kann Ihnen nicht versprechen, dass es fünfzehn Prozent werden«, sagte sie in das Lachen hinein.

»Dann beweisen Sie mir doch, dass Sie wenigstens versuchen, soviel wie möglich davon zu erledigen.«

»Das werde ich tun. Aber da wäre noch etwas!« Sie atmete tief durch.

»Was haben Sie denn noch auf dem Herzen?«, seufzte Borstel ungeduldig und mit leicht zusammengekniffenen Augen.

»Für das Wochenende brauche ich einen Schlüssel für die Pforte.«

»Lassen Sie sich den von Frau Ronellenfitsch geben«, beendete er die Angelegenheit. Dann schlug er seine Faust in die offene, andere Hand, als ob er einen Punkt setzen wollte. Schließlich wechselte er zum Thema Materialeinkauf. Dabei blickte er dem verantwortlichen Kollegen tief in die Augen.

»So, und jetzt weiter zum nächsten Tagesordnungspunkt. Wie sieht es mit der Materialbeschaffung aus? Und ich bitte Sie, erzählen Sie uns nicht wieder etwas von Materialknappheit.«

3. Kapitel

Als der Morgenrapport zu Ende war, verschwand Stephanie mit schnellen Schritten und immer noch hochrotem Kopf in ihr Büro. Wut war in ihr hochgekommen. Stichtag! Das war das Lieblingswort Borstels. Sie träumte nachts von ihm, knirschte dabei mit den Zähnen und wälzte sich im Bett unruhig hin und her. Ihr Chef fand kaum ein freundliches Wort für sie. Stets endeten die Besprechungen mit ihm in Konfrontationen oder Demütigungen. Sie wünschte sich eine offene Aussprache. Aber alle Bemühungen waren bisher vergebens.

Zunächst besorgte sie sich den Schlüssel bei Cordula Ronellenfitsch, den sie gegen eine Unterschrift in die Hand gedrückt bekam. An die zwingend nötigen Papiere, die sie in der Qualitätsabteilung finden sollte, war nicht so leicht zu kommen. Franks Kollegin weigerte sich, ihr die Unterlagen herauszusuchen.

»Keine Zeit!«, stieß sie hervor und hob beide Arme über den Kopf.

»Aber ich brauche sie ganz dringend«, betonte Stephanie.

»Halloho, haben Sie mich nicht verstanden?! Noch mal: Ich habe keine Zeit für so was. Man erwartet auch von mir, dass ich meine Sachen fertigmache. Die Unterlagen, die Sie suchen, müssen irgendwo bei Burmester auf dem Schreibtisch liegen. Schauen Sie doch selber nach«, antwortete die Kollegin patzig.

Zögerlich betrat Stephanie Franks Büro. Alles schien ordentlich an seinem Platz zu liegen. Doch sah man genauer hin, erkannte man die Vielzahl unerledigter Projekte und Aufgaben. Es blieb nur ein Fazit: Der Leiter der Qualitätsabteilung war hoffnungslos überlastet. An der Wand über dem vollen Schreibtisch hing eine großformatige Fotografie, die ein Containerschiff in schwerer See zeigte. Sie hatte das Bild bisher nur flüchtig betrachtet. Jetzt schaute sie es sich näher an. Es war von der Brücke aus aufgenommen. Darauf war zu erkennen, wie gerade ein Container über Bord ging. Jemand hatte exakt zum richtigen Zeitpunkt auf den Auslöser gedrückt. Es war einer dieser seltenen Schnappschüsse, die man erstaunt mustert und sich dabei fragt, ob der Fotograf nachgeholfen hatte oder ob er womöglich über einen sechsten Sinn verfügte. Das Prickelnde an diesem Foto jedoch war, und das hatte ihr die Ronellenfitsch auf der letzten Weihnachtsfeier erzählt, dass sich genau in diesem Container eine Lieferung von KKF-Technologies befunden hatte, die an ihren besten kanadischen Kunden hatte gehen sollen. Nur aus diesem Grund hing es hier.

Zur Überraschung aller war Borstel damals ganz ruhig geblieben. In Windeseile hatte er dafür gesorgt, dass eine neue Lieferung der bestellten Ware auf die Reise geschickt wurde. Der Kunde konnte es damals kaum fassen, dass es KKF so schnell gelang, die verloren gegangene Ware zu ersetzen.

Stephanie suchte eine ganze Weile unter den Papierstapeln, unerledigten Vorgängen, Fachbeiträgen und Kundenspezifikationen. Dabei entdeckte sie ein kleines, reich verziertes Holzschächtelchen, das Franks Zweitschlüssel für seine Wohnung enthielt. Mit Schlüsseln stand er auf Kriegsfuß. Ständig vergaß er sie oder suchte verzweifelt nach ihnen. Immer wieder kam es vor, dass er abends vor verschlossener Haustür stand. Das war besonders ärgerlich, wenn seine Frau spät vom Dienst kam oder noch unterwegs war. Eines Abends hatte er ihr verraten, dass er für solche Fälle einen Reserveschlüssel in diesem Schächtelchen im Büro aufbewahrte.

Plötzlich fiel ihr Blick auf das Foto seiner Frau, das in einem goldenen Rahmen steckte. Sie hieß Fiona und sah blendend aus. Die Aufnahme war in einem Wohnzimmer gemacht worden. Von der Person ein wenig verdeckt war ein Gemälde zu erkennen, das hinter ihr an der Wand hing. Sie nahm es näher in Augenschein. Sie konnte es kaum glauben. Das Kunstwerk war ihr nur zu gut bekannt. Sie hatte es Frank einmal geschenkt. Es zeigte zwei Liebende, die eng umschlungen der Welt entrückt erschienen. Was dachte Frank, wenn er das Bild seiner Frau betrachtete. Wut keimte in ihr auf. Sie fühlte sich benutzt und weggeworfen. Unnütz geworden wie eine alte, verschlissene Bluse. Augenblicklich ersann sie einen teuflischen Plan. Sie wollte sich das Gemälde zurückholen. Aber dazu benötigte sie den Zugang zu der Wohnung der beiden.

Ungesehen gelang es ihr, Franks Zweitschlüssel aus dem Schächtelchen zu entwenden und in die Tasche ihrer Jeans gleiten zu lassen. Im gleichen Moment, als die Kollegin im Türrahmen auftauchte, entdeckte Stephanie endlich die gesuchten Unterlagen.

»Da sind sie ja!«, rief sie, packte den Stoß Papiere und verschwand damit in Richtung Tür.

An diesem Tag wurde es spät. Als sie das Licht ihres Büros löschte, war es draußen schon dunkel.

Gedankenverloren bog Stephanie kurz darauf mit ihrem Hollandrad in die Hauptstraße ein und wäre beinahe in einen polnischen Transporter gerast, hätte dieser nicht ein riskantes Ausweichmanöver gestartet. Mit quietschenden Reifen kam er auf dem Randstreifen zu stehen. Das laute Schimpfen und Fluchen des Fahrers war durch das geöffnete Seitenfenster zu hören. Er stieg aber erfreulicherweise nicht aus. Das hätte ihr heute gerade noch gefehlt.

Für gewöhnlich fuhr sie direkt nach Feierabend ein paar Kilometer durch den nahen Forst, um ihren Kopf freizubekommen und ihre Kondition zu erhalten. Diesmal aber steuerte sie auf direktem Weg ihr Zuhause an. Ihr war etwas anderes in den Sinn gekommen.

Sie öffnete ihre Garage und wechselte das Rad. Mit dem leichten Endorfin-Bike ging es nun über zahlreiche Waldwege. An einer Landstraße angekommen bog sie in Richtung Brusel ein.

In der Innenstadt am Rand des Schlossparks lag die extravagante Eigentumswohnung der Burmesters. Natürlich mit Blick auf das Schloss. Man erkannte sofort, dass dort die Besserverdienenden wohnten.

Eine kniehohe Natursteinmauer trennte das Eckhaus von der Straße. Auf die Mauer hatte man einen weißen Holzzaun gesetzt. Beides zusammen gab dem Anwesen etwas Abweisendes.

Der Garten mit seinen hohen, dicht bewachsenen Büschen wirkte gepflegt. Der hellrosa Anstrich, erst vor Kurzem erneuert, verlieh dem Gebäude eine unaufdringliche Wirkung. Nichts war hier prunkvoll. Und doch wusste sie, dass sich in der oberen Etage wahre Kostbarkeiten befanden. Für Frank und seine Frau hatte nur das Beste vom Besten eine Chance, Teil ihrer Einrichtung zu werden.

Dort oben, an irgendeiner Wand, hing auch dieses teure Gemälde, das sie für Frank einmal auf einer Auktion ersteigert hatte. Welche Lüge er damals seiner Frau aufgetischt hatte, als er das Geschenk mit nach Hause gebracht hatte, hatte sie nie erfahren. Aber genau dieses Bild geisterte in ihrem Kopf herum. Es zeigte zwei Menschen, eng umschlungen und der Welt entrückt. Stephanie sah darin Frank und sich selbst. Doch diese innige Nähe gab es nicht mehr. Er hatte sie verlassen. Es schmerzte tief in ihrer Seele.

Jetzt wollte sie sich dieses wertvolle Bild zurückzuholen. Die Verschmähte war mit dieser klaren Vorstellung losgefahren. Das war ihr Plan, doch jetzt kamen Zweifel in ihr hoch. Hatte sie das Recht dazu? Schließlich war es ein Geschenk aus einer besseren Zeit, aus einer Zeit des Vertrauens und inniger Liebe.

Die Haustür war über ein kleines Gartentörchen von der abzweigenden und wenig befahrenen Asamstraße aus zugänglich. Stephanie bremste ihre Fahrt, hielt an und stieg ab. Das Fahrrad lehnte sie an die Natursteinmauer, schwang die schwere Kette um einen Pfosten, an dessen oberem Ende das blaue Straßenschild hing, und schloss ab. Sie war aufgeregt, ihr Puls schlug heftig. So ging die junge Frau erst am Gartentor vorbei, hinein in die Seitenstraße, bis sie feststellte, dass ihre Schritte langsamer wurden. Ihre Zweifel verschwanden. Was sie vorhatte, war Diebstahl. Aber niemand hätte Stephanie jetzt noch davon abbringen können.

Sie kramte Franks Schlüssel hervor, wandte sich um und steuerte mit langsamen Schritten auf das Gartentor zu. Zaudernd blieb sie davor stehen. Dann atmete sie ein paarmal tief ein und aus. Sie brauchte jetzt ruhiges Blut und alle sieben Sinne.

Als sie sich der Eingangstür des Eckhauses näherte, nahm sie den Ton eines laut eingestellten Fernsehers wahr. Schnell stellte sie fest, dass sich die Geräuschquelle auf der unteren Etage des Zweifamilienhauses befinden musste. Er gehörte dem alten, schwerhörigen Rentnerehepaar, von dem Frank ihr erzählt hatte. Selbst hier draußen verstand sie jedes Wort eines Fernsehmoderators, obwohl die Jalousien vollständig heruntergelassen worden waren.

Stephanie zuckte zusammen, als plötzlich von hinten das Licht eines Scheinwerfers auf sie fiel. Wie eine ertappte Diebin wandte sie sich langsam um. Sie stand im Kegel eines Suchscheinwerfers. Der Fahrer des Transporters, der offensichtlich auf der Suche nach geeignetem Sperrmüll mit geringer Geschwindigkeit an ihr vorbeifuhr, schaltete die Lichtquelle wieder aus. Dann fuhr er weiter. Hier war nichts zu holen. Dann hielt er einige Meter von ihr entfernt am gegenüberliegenden Bordstein an. Ein junger Mann sprang aus dem Fond und begann eine Sammlung von ausgedienten Möbeln zu durchsuchen, die dort am Straßenrand abgestellt waren.

War das eine Warnung? Sollte sie ihr Vorhaben abbrechen? Ihr Herz schlug bis zum Hals. Aber umkehren wollte sie jetzt nicht. Ihr Plan stand felsenfest. Und sie hatte vor, ihn zu erledigen. So wandte sie sich wieder ihrer selbst gestellten Aufgabe zu und suchte im Halbdunkel den Schließzylinder der Haustür. Das dunkle, wehrhafte Eichenholz gab dem Eingang einen unnahbaren Charakter. Dennoch, es nutzte nichts. Der Schlüssel passte, die schwere Tür schwang zur Seite und gleich darauf betrat sie Franks Haus. Nie zuvor hatte sie diese Türschwelle überschritten.

Im Treppenhaus hallte der Lärm des Fernsehers noch gewaltiger, denn die kahlen Wände schluckten kein Geräusch. Es lief einer dieser

Naturfilme mit rauschenden Wasserfällen und viel Löwengebrüll. Selbst den Straßengeräuschen gelang es nicht, dem etwas Adäquates entgegenzusetzen.

Wenige Atemzüge verweilte sie vor der Parterrewohnung, ohne dass irgendwas geschah. Erst, als sie sich sicher war, hier unerkannt vorbei zu kommen, wagte sie sich mit bedächtigen Schritten die Treppenstufen hinauf. Das leise Klacken ihrer Absätze beachtete sie nicht. Oben angekommen hielt sie sich am Geländer fest und blickte über die Schulter nach unten. Im Treppenhaus war niemand zu sehen. Im Parterre schaute man fern und war abgelenkt. Bemerkt hatte man sie bestimmt nicht.

Wieder probierte sie den Schlüssel aus, der sowohl in die Eingangstür als auch in die Wohnungstüre passte. Sanft glitt er ins Schloss. Es ließ sich ohne Widerstand öffnen. Schließlich drückte sie das Türblatt zur Seite, blieb aber zunächst mit pochendem Herzen auf der Fußmatte stehen. Das Licht des Treppenhauses malte ein gelbes Dreieck auf das Parkett.

Sie atmete einige Male tief durch und lauschte in die Dunkelheit hinein. Aber es gab kein verdächtiges Geräusch. Nie zuvor hatte sie es gewagt, eine fremde Wohnung zu betreten, ohne darum gebeten worden zu sein. Aber es ging nicht anders. Zu tief war ihr Seelenschmerz. Ihr Puls raste. So muss sich ein Einbrecher fühlen, dachte sie. Mit einem großen Schritt stand sie im Korridor der menschenleeren Wohnung. Die Tür ließ sie vorsorglich offen. Es gab nur diesen einen Fluchtweg.

Ohne zu zögern, knipste sie nun das Licht an. Sie betrat das erste Zimmer, das dunkel und furchteinflößend wirkte. Sie spürte die Anspannung in ihrer Brust. Vom Lärm des Fernsehers abgesehen drangen keine weiteren Geräusche an ihr Ohr.

Frank war mit seiner Frau in Kurzurlaub gefahren. Jetzt saßen sie bestimmt in einem hübschen Restaurant, schauten auf die abendliche Nordsee hinaus und hielten sich an den Händen, während man in der Küche ein exzellentes Mahl für sie zubereitete. Er würde ihr wunderschöne Dinge sagen, worauf sie sich mit einem sanften Lächeln revanchierte. Aber was soeben in ihrer Wohnung passierte, ahnten beide ganz gewiss nicht.

Vom Wohnzimmer hatte sie einen ungehinderten Blick auf den nahen Schlosspark, der dunkel und furchteinflößend bis an die spärlich beleuchtete Straße heranreichte.

Das gesuchte Gemälde hatte sie schnell entdeckt. Mit einem hämischen Grinsen nahm sie es von der Wand. So wollte sie damit aber nicht das Haus verlassen. Eine Verpackung musste her. In der gegenüberliegenden Küche fand sie in einer der zahlreichen Schubladen einen Baumwollbeutel, zog ihn heraus und ließ darin das Bild hineingleiten. Als sie sich umdrehte, erschrak sie augenblicklich. Sie befand sich vor einem gardinenlosen Fenster. Zögerlich und unsicher darüber, ob jemand sie hier oben gesehen hatte, drückte sie sich mit dem Rücken an die Wand neben dem Küchenfenster. Vorsichtig blickte sie über die Schulter. Hier fiel ihr Blick zunächst auf das Gartentor, dann auf die Fensterfront des gegenüberliegenden Hauses. Bewegte sich dort ein Vorhang? Eine ganze Weile blieb Stephanie erstarrt stehen. Sie stellte sich vor, wie zahlreiche Polizeiwagen mit gleißendem Blaulicht vorfuhren. Aber es passierte nichts.

Immer wieder wagte sie es, nach draußen zu schauen. Vor den zahlreichen Eingängen lagen Haufen von Unbrauchbarem. Morgen früh würde der Sperrmüll offiziell eingesammelt werden. Aber heute Abend waren andere Sammler unterwegs. Nein, Sammler waren es nicht, eher urbane Jäger der Nacht, die auf ihren gefräßigen Transportern reitend nach Kostbarkeiten im Müll der Zivilisation suchten.

Ein Jäger nach dem anderen rollte zielstrebig durch die schmale Asamstraße. Aus den dunklen Autofenstern schauten scheinbar körperlos schwebende, gelbe Gesichter in die Hauseingänge. Immer auf der Suche nach brauchbaren Dingen, die für den Besitzer keinen Wert mehr darstellten. Dinge, die mit klebrigen Erinnerungen behaftet, mit vielen Kratzern versehen oder einfach nur alt waren. Der Trödel vom Trottoir bekam so die Chance auf ein zweites Dasein in neuer, fremder Umgebung.

Stephanie dachte nach. Die Burmesters würden, sobald sie zurück wären, das Bild vermissen. Und es würde nicht lange dauern, bis man sie verdächtigen würde. Ein normaler Einbrecher hätte mehr mitgehen lassen.

Eine Lösung musste her.

Stephanie huschte ins Wohnzimmer zurück. Sofort fiel ihr der helle Fleck auf, den das fehlende Bild an der Wand hinterlassen hatte. Da schoss ihr eine bizarre Idee durch den Kopf. Warum sollte sie nur ein einziges Bild entwenden?

»Warum nicht alles?«, flüsterte sie.

Stephanie orientierte sich. Mit ihrer freien Hand packte sie sogleich eine bronzene, bestimmt an die vierzig Zentimeter hohe, schwere und garantiert teure Plastik. Die hatte dekorativ vor dem Fenster auf dem spiegelglatten Boden gestanden. Die Tragetasche mit dem Gemälde ließ sie dabei nicht los. Ohne das Licht zu löschen, stahl sie sich davon. An den wilden Tieren Afrikas vorbei schlich sie sich zurück auf die Straße. Dort angekommen atmete sie erst mal tief durch.

Den Beutel mit dem wertvollen Inhalt verschnürte sie auf dem Gepäckträger ihres Fahrrads. Dann wollte sie die schmale Figur, die sie auf die Natursteinmauer abgestellt hatte, irgendwo festmachen. Alle Bemühungen waren vergebens. Mit diesem Rennrad lies sich nur das gestohlene Bild transportieren.

Sie hatte vor, die bronzene Skulptur am Bordstein abzustellen. Aber die Plastik sollte keine Gelegenheit bekommen, das Trottoir zu berühren. Die kräftige Hand eines Polen war schneller, packte den vermeintlichen Trödel und verstaute diesen im Handumdrehen im Laderaum seines Transporters. Er war wie aus dem Nichts aufgetaucht.

Stephanie nahm ihn in Augenschein. Er war hochgewachsen, hatte kantige, männliche Gesichtszüge und ein ansteckendes Lächeln. Er schenkte es ihr, während er die Schiebetür des Wagens schloss. Erst als er sich anschickte, weiter zu fahren, nahm sie allen Mut zusammen und sprach ihn an.

»Ich habe noch etwas für Sie! Aber Sie müssten mir schon beim Tragen helfen.«

Der Mann nickte gelassen, antwortete jedoch nicht, sondern folgte ihr in die obere Etage. Vermutlich sprach er nur gebrochen Deutsch. So oder so. Der Pole hütete sich, Fragen zu stellen. Warum auch? Er würde vor Ort entscheiden, ob das, was man ihm zeigte, für ihn einen Wert darstellte oder nicht. Darin hatte er Übung.

Und was Stephanie ihm anbot, übertraf alles, was er ihr im Laderaum hätte vorweisen können. Die Wohnung enthielt nicht viel, wirkte nicht überladen oder mit Tinnef zugestellt wie so viele andere im Kraichgau. Der Mann erblickte Wertgegenstände, in die nur wenige Reiche investierten. Aus den Augenwinkeln heraus betrachtete er die junge Frau genau. Er schien eine Menge Vermutungen anzustellen. Diese hübsche Person war im Begriff, ihm einen unverhofft erfolgreichen Tag zu bereiten. Er lächelte sie wieder an und seine strahlenden, hellen Augen öffneten sich. Aber die Dankbarkeit darin war mit einem kräftigen Schuss Misstrauen versetzt.

Zunächst sollte es die weiße, elegante Ledercouch sein. Generös, wie Stephanie nun mal war, half sie ihm beim Heruntertragen. Sie stießen nirgends an, denn das Treppenhaus des alten Gemäuers war breit genug. Als sie vorsichtig an der Tür der Parterrewohnung vorbeikamen, beschwerte sich gerade eine Horde wild schreiender Affen. Irgendwie waren sie mit dem Besitzerwechsel des Möbels nicht einverstanden. Stephanie ignorierte es.

Kurz darauf folgte der lange Esstisch. Eine Herde trampelnder Huftiere ließ sie passieren. Auch der Tisch passte mühelos in den Transporter. Nur die Stehlampe, den Plasmafernseher, die restlichen Bilder, die

Sammlung wertvoller afrikanischer Kunstgegenstände, die Tischdecken und Teppiche trug er ohne ihre Hilfe davon.

Einmal beobachtete sie, wie er kurz auf den Schlüssel schaute, der immer noch von außen im Schloss der Wohnungstür steckte. Doch was dieser Mann dabei dachte, war ihr egal. Von einem solchen Reibach hatte er sicherlich immer geträumt. Warum Fragen stellen? Die Antworten könnten seinen Traum in Luft auflösen. Er würde sich schon morgen nicht mehr an dieses Haus erinnern, wenn man ihn fragte.

Um die Küche leer zu räumen, wartete Stephanie, bis der junge Mann mit dem Transporter wegfuhr. Nun stellte sie einen Teil des Geschirrs, den Brotbackautomaten und andere Küchengeräte, die sie leicht tragen konnte, an die Straße. Sofort parkte ein anderer Lieferwagen mit einem nicht weniger tatkräftigen Menschen vor dem Haus. Nachdem auch die Küchenutensilien verschwunden waren, folgte als Nächstes der Inhalt der Schlafzimmerschränke. Aus dem Arbeitszimmer fischte sich der Mann die Schreibtischlampen und ein edles Etui mit Füllfederhaltern. Auch die großformatigen Fotos waren für ihn von Wert. Seltsamerweise ließ er die Laptops unangetastet. Als Letztes verließ der Pole die Räume mit dem Laserdrucker unter dem Arm. Der Netzstecker hüpfte frech hinter ihm die Treppe hinunter.

In der Wohnung des Rentnerpaares setzte sich gerade eine Elefantenherde laut trompetend in Gang. Die nächtlichen Diebe wären wenig erstaunt gewesen, wenn der Leitbulle tatsächlich die Tür zum Treppenhaus durchbrochen hätte. Aber er tat es nicht.

Plötzlich überkam Stephanie Angst. Sie entschied sich, die Sache nun zu beenden. Dieser unverfrorene Diebstahl bereitete ihr auf skurrile Weise Spaß. Rache kann süß sein. Sie begriff, was man landläufig unter diebischer Freude verstand.

Frank hatte ihre Hoffnung gestohlen und all ihre Träume von einer gemeinsamen Zukunft zerstört. Nun entriss sie ihm, was möglich war. Aber sein Schmerz würde nicht so tiefe Wunden reißen. Es wäre kein Seelenschmerz.

Die Tiere Afrikas legten sich unversehens zur Ruhe. Eine ungewohnte Stille hielt im Treppenhaus Einzug. Aber zu diesem Zeitpunkt hatte sie mit ihren Helfern schon einen beachtlichen Teil von Franks Domizil geplündert. Was zurückblieb war zu groß, zu sperrig oder zu unbedeutend. Der Wert der Wohnungseinrichtung war an diesem Abend drastisch gefallen. Die afrikanische Tierwelt hatte die Plünderer anstandslos an der Parterrewohnung vorbeiziehen lassen. Die wuchtigen, nunmehr leeren Schränke und die kahlen Wände wirkten wenig heimelig. Stephanie wischte mit einem Tuch gründlich über sämtliche Schalter und Türklinken, löschte das Licht und schloss zweimal ab.

»Man kann wegen der Einbrecher heutzutage nicht vorsichtig genug sein«, flüsterte sie mit diebischem Grinsen.

Als sie auf ihre Garageneinfahrt zusteuerte, um dort ihr Karbon-Rad abzustellen, fühlte sie sich müde, aber auch irgendwie erleichtert. Sie hatte Rache geübt und einen Sieg errungen.

Das Gemälde aus Franks Wohnung wickelte sie in ein altes Geschirrtuch und verstaute es in einer der hintersten Ecken ihres Dachbodens. Hier hat es Zeit, sich in den nächsten Jahren von den üblen Erinnerungen zu distanzieren.

Das war aber noch nicht alles. Etwas blieb jetzt noch zu klären. Sollte sie den Schlüssel wegwerfen oder zurückbringen? Wäre er bei Franks Rückkehr nicht an seinem Platz, kämen alle KKF-Kollegen, also auch sie, in Verdacht. Also blieb ihr nichts anderes übrig. Sie musste den Schlüssel morgen wieder auf seinen Schreibtisch zurücklegen. Die Fingerabdrücke darauf könnte sie abwischen. Aber würde das reichen? Heutzutage gab es DNS-Tests. War es damit möglich, sie als Einbrecherin zu überführen? Sie überlegte lange. Es wollte ihr einfach keine Idee einfallen.

Kristina könnte ihr helfen. Sie war immer zur Stelle, wenn Stephanie sie brauchte. Gab es ein Problem, erdachte sie mit klarem Verstand und verschmitztem Lächeln eine Lösung. Und die Lösungen tauchten wie aus dem Nichts in ihr auf. Mal waren sie kreativ, mal witzig, mal einfach nur naheliegend. Manchmal waren sie grotesk, häufig ungewöhnlich, aber fast immer wirklich brauchbar. Nur eins hatten all diese Ideen gemeinsam: Sie entsprangen einem lebensfrohen Menschen. Sie wünschte sich zuweilen diese Freude, die in Kristina steckte. Damit konnte man Herzen und Türen aufschließen wie mit einem universellen Dietrich.

Stephanie war da deutlich unentschlossener. Zu viele Gedanken schlängelten sich durch ihren Kopf. Männern gegenüber vermittelte sie den Eindruck, leicht unkonzentriert zu sein. Doch sie schien wie verwandelt, wenn sie mit Kristina zusammen war. Ihre Freundin verfügte über klare Vorstellungen und war bei Planung und Durchführung beeindruckend zuverlässig. Oft gelang es ihr, sie mit ihren spontanen Einfällen mitzureißen und ihre stets ausgeprägte Gelassenheit wirkte niemals arrogant, sondern war auf wundersame Weise ansteckend.

Aber Stephanie wollte heute ihre Freundin zu so später Stunde nicht mehr anrufen. So sehr sie auch nachdachte, es wollte ihr einfach nichts einfallen, was das Schlüsselproblem hätte lösen könnte.

Die meisten Menschen neigen dazu, lieber den Kopf von anderen zu verwenden und deren Ideen und Meinungen zu übernehmen. Das ist sehr viel bequemer, als selber nachzudenken. Und es erleichtert das Leben ungemein, macht es unbeschwert. Aber zu diesen zählte sich Stephanie nicht. Vielleicht bekam sie doch noch den richtigen Einfall. Sie musste Geduld beweisen. Ihre Glieder fühlten sich schwer an und Müdigkeit überfiel sie. Es geht schließlich alles leichter, wenn man ausgeschlafen ist.

Am nächsten Morgen, gerade als sie die Augen öffnete, erschien ihr die Lösung. Sie schwang sich aus dem Bett, packte den Schlüssel, warf ihn in den Besteckhalter ihrer Spülmaschine, füllte das Spülmittelpulver ein und stellte schließlich das Schnellreinigungsprogramm an. Diese Prozedur zerstörte die verräterischen Reste auf dem Schlüsselstahl. Als sie sich anderthalb Stunden später auf den Weg ins Werk machte, befand sich in ihrer Tasche, eingepackt in Butterbrotpapier, Franks blitzblank sauberer Hausschlüssel. Einen Fingerabdruck oder sonst etwas würde man darauf vergeblich suchen.

4. Kapitel

Die Fermenter, die Krimmsen & Klower verkaufte, waren nichts anderes als große Behälter mit einer sich bewegenden Flüssigkeit, dem Nährmedium. Darin wurden Mikroorganismen gezüchtet. Diese Winzlinge, die zumeist unter idealen Bedingungen lebten, ahnten nicht, dass ihr Leben nur von kurzer Dauer war. So exsistierten sie dämlich kreisend in einem künstlichen Schlaraffenland, bis es genug von ihnen gab. Dolce Vita war vorüber. Die Organismen tötete man schließlich ab, um an ihre Kostbarkeiten zu kommen. Das konnten Proteine oder sonst etwas sein, was von Wert für die elitäre Gemeinschaft der Biochemiker war. Mit den so gewonnenen Inhaltsstoffen war es möglich, Millionen zu scheffeln. So verkaufte KKF ihre Geräte in alle Welt.

Das Besondere daran, nämlich die präzise Steuerung der Fermenter, war Aufgabe der Elektriker. Und keinem gelang dies besser als Michael Bocker. Er war groß, kräftig gebaut und ein Mann der Tat. Gesellschaftliche Hindernisse gab es für ihn nicht. Geschickt distanzierte er sich von den üblen Nachreden, boshaften Gerüchten und Sticheleien, die täglich bei KKF kursierten. Damit hielt er seinen Kopf frei für Dinge, die ihm wirklich wichtig waren: Anlagensteuerungen, elektrotechnische Installationen und Anlagenverbesserungen. Er packte gerne überall an, wo man seine Hilfe benötigte.

Die Produktionsassistentin betrat gerade mit einer frischen Tasse Kaffee in der Hand ihr Büro, als ihr ein freundliches »Guten Morgen,

Frau Kollegin« entgegenschmetterte. Stephanie blickte überrascht auf die Sicherheitsschuhe direkt vor ihrer Nase. Der Mann dazu saß rittlings auf einer hohen Trittleiter.

»Solange mir dabei nichts auf den Kopf fällt!«, antwortete sie schlagfertig und quetschte sich an der Aluminiumleiter vorbei. Vorsichtig nippte sie dabei an ihrer Kaffeetasse.

»Bin gleich fertig. Muss nur noch mal an die Kabelpritsche«, erklärte er.

»Pfui Teufel. Das schmeckt ja wie Spülwasser!« Stephanie zeigte mit dem Finger auf die tiefschwarze Brühe, die der neue Automat aus der Kaffeeküche ausgespuckt hatte. Dunkel und unergründlich schwappte sie in ihrer Tasse.

»Dann ist Ihr Kaffee immerhin besser als meiner.«

Die Antwort kam von oben. Sie lachte laut und schaute ihm in die strahlenden Augen. Für einen kurzen Moment wischte dieses sympathische Lächeln die Erinnerung beiseite. Kurz war es ihr gelungen, Frank zu vergessen. Aber sofort war er wieder da und hämmerte leise in ihrem Hinterkopf.

Michael Bocker hob mit einer Hand eine Deckenplatte zur Seite, während er oben auf der Leiter balancierte. In der anderen Hand hielt er eine große Tüte. Darin befanden sich lange, dicke Kunststoffstreifen: Kabelbinder. Die größten, die Stephanie je gesehen hatte. Damit befestigte er ein Bündel ummantelter Leitungen, die er vor Tagen locker über den Deckenplatten verlegt hatte. Als er sich Minuten später von Stephanie verabschiedete und mit der sperrigen Leiter unterm Arm das Büro verließ, lag das Päckchen mit den Kabelbindern noch auf ihrem Schreibtisch. Der Elektriker hatte sie einfach vergessen. Sie wollte ihm Bescheid geben, als ihr einfiel, dass sie einige Äste ihres Spalierobstes im heimischen Garten mit diesen praktischen Streifen befestigen könnte. Auch die fehlerhaften Stellen im Zaun zur Nachbarin hin ließen sich damit ausbessern. So steckte sie das Paket in ihre Handtasche, anstatt es, wie es sich gehört, zurück in die Werkstatt zu bringen.

Es war ein normaler, aber irgendwie träger Morgen. Vielleicht hing das mit der hohen Luftfeuchtigkeit an diesem Tag zusammen. Stephanies Blick wanderte zur Uhr. Beide Zeiger trafen sich auf der Neun. Das war die Zeit des Morgenrapports. Sie schaffte es gerade noch rechtzeitig.

Als der Chef den Raum betrat, reichte ihr ein Augenaufschlag, um zu erkennen, dass mal wieder etwas nicht stimmte. Die Brauen hatte er zusammengezogen. Das unterstrich seinen finsteren Gesichtsausdruck.

»Herr Ringel, darf ich um den ersten Tagesordnungspunkt bitten«, begann er nach einer kurzen Begrüßung. Dabei trommelten seine Finger wild auf dem in Leder eingebundenen Timer.

»Also – TOP 1. Ich habe heute früh von der Werkstatt erfahren, dass sämtliche Armaturen und Duschen in unserem Männerwaschraum abmontiert wurden. Daraufhin bin ich mit unserem Schlosser vor Ort gewesen, um mir selbst ein Bild zu machen. Also, ich muss schon sagen. Der das verzapft hat, war gründlich. Vergessen hat der Kerl nichts. Sämtliche Leitungen wurden akkurat mit Blindstopfen versehen. Es sind keinerlei Spuren zu erkennen. Alles hat man sehr professionell demontiert.« Herr Ringel bekräftige seine Aussage mit leichtem Kopfnicken.

Die Teilnehmer zeigten ihre Überraschung.

»Also, wenn alles sehr professionell demontiert wurde, kann es keiner von unserer Werkstatt gewesen sein«, kommentierte der Chef und erntete lautes Gelächter. Nur der Vertreter der Werkstatt in dieser Runde beteiligte sich nicht daran. Stephanie schaute mitleidsvoll zu ihm herüber. Dann wurde es wieder ernst. In Borstels Gesicht tauchte die erste Wutfalte an der Nasenwurzel auf.

»Ich will wissen, wer das war! Ich erwarte Ihre Beiträge! Legen Sie los!«

Jetzt suchte er nach einem Ventil für seine Laune. Sein Blick glitt über die Anwesenden und blieb bei Stephanie hängen. Augenblicklich machte sich ein schäbiges Grinsen in seinem Gesicht breit und ließ die Wutfalte für kurze Zeit verschwinden. Mit ruhigem Ton stellte er eine Frage.

»Frau Kurz, Sie haben doch sicherlich eine Idee?«

Stephanie zuckte zusammen. Schließlich fasste sie sich, bevor sie antwortete.

»Wenn die Armaturen in den Männerduschen so alt sind wie die in unserem Frauenwaschraum, dann ist es doch sicherlich kein großer Verlust. Ich kann überhaupt nicht verstehen, warum jemand Interesse an dem alten Kram hat. Auch bei uns müssten dringend neue Duschköpfe und Wasserhähne installiert werden. Die sind bestimmt dreißig Jahre alt.«

Eine Kollegin nickte zustimmend.

»Aha, Sie gehen also davon aus, dass der Täter dämlich ist. So dämlich, dass er alte Armaturen stiehlt. Dann kämen bei uns aber eine Menge Mitarbeiter infrage.«

Der Chef lief wieder auf Hochtouren. »Frau Kurz, ich wollte von Ihnen keinen langen Kommentar. Ich erwarte etwas Konstruktives.«

Jetzt fühlte sich ein anderer Kollege berufen, darauf zu antworten.

»Wir sollten uns mal umhören, wer von unseren Mitarbeitern ein Haus baut. In einer Bauphase kann man alles brauchen. Und zur Sicherheit, um solch einen Diebstahl in Zukunft zu verhindern, könnten wir Kameras in den Waschräumen installieren!«, meldete sich Herr Ringel hastig zu Wort.

Borstel schaute über seine Brille. Stephanie war sprachlos. Hier sollten mal eben zahlreiche Gesetze umgangen werden. Sie konnte es kaum glauben. Der Chef schien skrupellos zu sein und zeigte keinen Respekt gegenüber seinen Mitarbeitern. An sie gewandt sagte Borstel:

»Da sehen Sie mal. Herr Ringel ist erst wenige Monate bei uns, hat aber das Problembewusstsein, das ich bei Ihnen so schmerzlich vermisse.« Er blickte Stephanie tief in die Augen. »Wir sind hier kein Kegelverein, Frau Kurz. Wir müssen mit diesem Unternehmen Geld erwirtschaften. Ja, Geld. Schmutziges, dreckiges Geld. Und das bekommen wir nur für saubere ordentliche Produkte ohne Qualitätsmängel. Und ich erwarte von Ihnen, dass Sie ordentliche Arbeit machen. Und belästigen Sie uns nicht mit Ihren lächerlichen Kommentaren.«

Das hatte gesessen. Sie fühlte sich gedemütigt. Aber das schien eine belebende Wirkung auf Borstel zu haben. Aber er war noch nicht fertig mit ihr.

»Zur Strafe kümmern Sie sich um die Beschaffung neuer Armaturen. Damit entlasten Sie auch die Werkstatt. Die haben derzeit wichtigere Aufgaben zu erledigen.«

Und ich, ich habe wohl nichts Wichtiges zu tun, dachte sie. Von den Kollegen konnte sie kein Mitleid erwarten. Die waren froh, dass es sie nicht getroffen hatte. Als nach Ende des Morgenrapports alle den Raum verließen, rumorte in ihr eine riesige Wut. Sie machte sich trotzdem sofort an die Arbeit.

Wenig später bestellte sie schon die neuen Armaturen. Sie wollte sich keine Zeitverzögerung vorwerfen lassen. Den Rest des Tages arbeitete sie weiter an der gewünschten Umstellung auf das neue Kundensystem. Die wenigen Tage würden nicht reichen, alles fertigzustellen, was Borstel ebenso klar sein sollte. Er hatte zuviel gefordert. Wenn sie aber zumindest einen großen Teil davon schaffen wollte, musste sie wohl oder übel auch nach Feierabend daran arbeiten. Das kam hin und wieder vor und wurde mittlerweile als selbstverständlich angesehen.

An diesem Tag war es Stephanie nicht möglich, ihre Wut unter Kontrolle zu bringen. Auch als sie an diesem Abend nach Hause fuhr, war sie noch wütend auf ihren Chef. Warum zielte Borstel so oft gegen sie? Das tat weh und schmerzte tief in ihrer Seele.

5. Kapitel

Nach dem Abendessen gelang es ihr nicht, sich zu entspannen. Sie fühlte sich wie erschlagen und auf irgendeine Weise fehl am Platz in dieser Welt. Jetzt wäre der richtige Zeitpunkt, etwas Anderes zu tun. Etwas, dass ihr ein gutes Gefühl gab und ihre Gedanken entführte. Bewaffnet mit einer dünnen Decke und einem dicken Schmöker nahm Stephanie auf ihrer Gartenbank platz. Schon nach drei Seiten bemerkte sie, dass sie sich gar nicht auf den Inhalt konzentrieren konnte. Sie las dieselben Seiten noch einmal. Wieder driftete sie mit ihren Gedanken ab.

Was passierte in diesem Moment in ihrem Kopf? Wohin verschwanden die gelesenen Sätze? War es eine Zwischenwelt, etwas, das nur das Unterbewusstsein betreten konnte? War das Unterbewusstsein ein Dieb des Bewusstseins? Und konnte es so viel vom Bewusstsein verschlingen, dass man ganz und gar darin versank?

Stephanie fand keine Antwort. Sie hätte nur allzu gerne den Ärger, der in ihr brodelte, diesem seltsamen Dieb überlassen.

Diese Wut schien sich in ihr auch noch zu vermehren und spukte ständig giftigen Nachwuchs in die kochende Seele. Der Zorn ließ sich heute einfach nicht aus ihren Gedanken vertreiben. In ihrem Kopf drehte sie an Wasserhähnen, deren Knauf das Gesicht von Frank zeigten. Wäre er jetzt hier, hätte sie ihn erwürgt. Und vorausschauend ihren Chef gleich mit.

Sie beschloss sich mit Gartenarbeit abzulenken, zog ihre bequeme Cargohose an, die für diesen Zweck im Kelleraufgang am Haken hing, steckte vorsorglich ein paar von den Kabelbindern ein und marschierte zur Terrassentür hinaus. Zielstrebig wandte sie sich gerade dem wunderbar feurig-rot blühenden Phlox zu, als sie einen Schatten vorbeihuschen sah. Es war Franka, die rotbraune Katze, die Frank ihr geschenkt hatte, damit sie sich nicht einsam fühlte, wenn er mit seiner Frau auf Reisen war. Als sie den stinkenden Haufen entdeckte, war es schon zu spät. Der Vierbeiner hatte doch tatsächlich ihre Lieblingspflanze als Katzenklo missbraucht.

Franka nutzte normalerweise immer Stephanies Abwesenheit und verrichtete ihr Geschäft weitab der Terrasse. Doch gleich hier ihre Hinterlassenschaft zu platzieren, während sie im Garten arbeitete, das hatte sich das Biest noch nie erlaubt. Nicht einmal dieser Vierbeiner hatte Respekt vor ihr.

Stephanie erhob sich langsam. Die Katze sah ihr zu, ohne jedoch an Flucht zu denken. In Erwartung von zahllosen Streicheleinheiten sprang diese auf den Gartenstuhl neben ihr, ließ ihr Hinterteil auf die Decke plumpsen, drehte sich mit den Vorderpfoten einmal um sich selbst und legte schließlich ihr Kinn laut schnaufend auf die überkreuzten Vorderpfoten. Zusammengerollt zu einem flauschigen Kringel entschloss sie sich zu guter Letzt, ihr grinsendes Katzengesicht aufzusetzen und unschuldig zu Stephanie aufzuschauen.

Das war zu viel. Das überstieg Stephanies schwachen Schutzwall und entließ ihre ungezügelten Emotionen aus Zorn und Hass.

Statt die Katze davonzujagen, griff sie in ihre Hosentasche und holte einen Kabelbinder heraus. Dann steckte sie den zugespitzten Anfang des Plastikteils in den Schlitz des anderen Endes. Franka wollte sich wohl zu ihr setzen, denn sie erhob sich, machte einen Buckel und kam näher. Dachte dieses Miststück ernsthaft daran, von ihr ein Leckerchen zu bekommen? Nein. Das sollte es für Franka diesmal nicht geben, niemals mehr.

Ohne dass die Katze Widerstand leistete, legte Stephanie ihr die Schlaufe um den Hals. Als sie fest an den Enden der Kabelbinder zog und die Widerhaken des Kunststoffbandes leise Klackgeräusche von sich gaben, verschwand die Plastikschlaufe mehr und mehr im Katzenfell. Sie zog immer fester zu. Das Tier wollte nach hinten ausweichen und den Kopf aus der Schlinge ziehen. Doch dafür war es bereits zu spät. Es vollführte in panischer Todesangst Kreisbewegungen, während die Hinterläufe wild nach vorne schlugen.

Wie ein aufgezogenes Gummiband drehte sich der Vierbeiner um sich selbst. Doch es nutzte nichts. Der Sauerstoff in ihren Lungen wurde weniger, bis er schließlich ganz verschwand. Das Drehen fand ein jähes Ende. Die Katze fiel zur Seite. Der Brustkorb hob und senkte sich nicht mehr.

»Das geschieht dir ganz recht. Kackst in meinen Phlox und machst dich über mich lustig. Das hättest du dir früher überlegen sollen«, zischte sie dem leblos daliegenden Vierbeiner ins Ohr.

»Ab heute macht sich keiner mehr lustig über mich. Keiner mehr, und erst recht keine Katze«, sagte sie geistesabwesend, während ihre Handballen mechanisch über die hölzernen Lehnen des Gartenstuhls hin und her glitten.

Stephanie saß eine lange Zeit wie versteinert neben dem toten Tier. Die Angst vor der Einsamkeit hatte sich um ihren Verstand gelegt und einen blinden Hass hervorgebracht, der unkontrolliert in ihr wüten konnte. All ihre negativen Gefühle hatte sie auf diese Katze übertragen, die alleine herhalten musste für verratene Liebe, Demütigungen und Ablehnung.

Sehr zögerlich begann sich ein klebriges Schuldgefühl in ihr zu entfalten. Wie hatte sie sich nur so gehen lassen können? Das würde sie sich nie verzeihen. Sie nahm sich vor, ihre Emotionen in den Griff zu bekommen. So etwas durfte ihr nie wieder passieren!

Ihr wurde bewusst, dass sie damit ein Kapitel ihres Lebens auf grausame Weise abgeschlossen hatte.

6. Kapitel

Das Himmelblau über dem grau schäumenden Wattenmeer gab der Seele Kraft. Das war einer der Gründe für diesen kurzen Urlaub auf Sylt gewesen. So liefen sie zwar mühselig, aber Hand in Hand durch den endlos erscheinenden Dünensand. Ein Gefühl von Freiheit durchzog die Gedanken der beiden. Seit ihrem Aufbruch hatten sie kein Wort miteinander gewechselt. Bald erreichten sie eine Betonsteinmauer, die quer über den Strand verlief. Sie blieben wie verabredet stehen und lauschten eine Weile dem Rauschen der Wellen, das von weit draußen herüberwehte.

Eine Gruppe Wattwanderer war zu erkennen, die mit gebeugtem Kopf die Ebbe nutzten, um Meerestiere zu entdecken. Als er mit seiner Erklärung begann, hatte sie sich schon neben ihn gelegt. Immer wieder ließ sie den Sand durch ihre Finger gleiten, der ihr hier besonders fein erschien. Er saß im Schneidersitz, während er sprach. Seine Worte hörten sich merkwürdig zurechtgelegt an. Sie schien darüber nicht überrascht zu sein.

»Fiona, ich will ganz offen mit dir sprechen. Kurz nach unserer schweren Krise vor einem Jahr habe ich eine andere Frau kennengelernt. Mehr will ich dir dazu nicht sagen, nur soviel, dass ich mit dieser Frau zusammenleben möchte. Unsere Ehe hat keinerlei Zukunft. Sie ist gescheitert, gescheitert trotz aller Versuche. Ich bin sicher, dass du das auch gespürt hast.« Er erzählte Fiona von ihr und von der Unmöglichkeit, weiter mit ihr verheiratet zu bleiben. Sie hörte lange und geduldig zu. Und zu seiner Überraschung machte sie keine Szene. Als sie dann sprach, war ihre Stimme ruhig und gefestigt.

»Hast du mit dem Komtur darüber gesprochen?«

»Nein, habe ich nicht. Außerdem ist er schon lange kein Komtur mehr. Er und seine zwei Gefolgsleute hat man aus dem Orden entlassen. Vermutlich wegen seiner extremen Ansichten. Aber das weißt du doch! Und ich finde diese Ansichten ebenfalls merkwürdig. Ich kann nicht mehr für ihn arbeiten. Ich fühle mich nicht mehr an ihn und seine absonderlichen Anschauungen gebunden. Wie konnte ich nur so blöd sein? Wie konnte ich nur die ganze Zeit seine bizarren Experimente unterstützen? Ich muss verrückt gewesen sein.«

»Du warst und bist nicht verrückt! Reiß dich doch zusammen. Der Komtur wird wütend auf dich sein.«

»Mir ist es egal, was dieser Mann macht und ob er wütend ist oder nicht! Ich will mit diesem Orden nichts mehr zu tun haben. Du hättest diesen Kerl nie zu uns einladen sollen. Damit hat doch alles angefangen.«

»Du fühlst dich also nicht weiter an den Orden gebunden? Bist du noch ganz bei Trost? Du kannst nicht einfach so tschüss sagen und gehen.«

»Es scheint, als würde dich das mehr interessieren als unsere gescheiterte Ehe.«

»Ich habe mich mal für dich interessiert. Ja, aber das ist lange her. Und deine Beichte habe ich schon längst erwartet. Wenn du glaubst, ich wüsste nicht Bescheid, dann hast du dich getäuscht. Nur weil ich eine Sechzigstundenwoche habe, heißt das noch lange nicht, das ich taub und blind bin für deine Umtriebe. Ich habe das schon früh gemerkt. Ich hatte gehofft, dass du die Affäre irgendwann leid bist.«

»Hast du wirklich gedacht, wir beide hätten eine Zukunft?«

»Vielleicht. Ich glaube eh nicht an die große Liebe. Das macht eine Beziehung nur unnötig theatralisch, unnötig kompliziert, weißt du. Wir sind immer gut miteinander ausgekommen, hatten nie viel Streit. Und diesen Bohei wie bei den anderen Ehepaaren gab es bei uns auch nicht.«

»Du bist so kalt. Im Grunde ist es das, was mich nicht bei dir hält.«

»Mach was du willst. Von mir aus werde mit ihr glücklich. Aber den Orden kannst du nicht so einfach abstreifen wie mich.«

»Wer soll mich daran hindern?«

»Du kennst die Regularien. Ich muss den Komtur darüber informieren. Dazu bin ich ab jetzt verpflichtet. Das ist dir doch klar.«

»Wenn du das tust, komme ich in Teufels Küche. Kannst du nicht warten, bis ich ausgezogen bin?«

Es folgte eine lange Pause. Dass er ausziehen wollte, war ihr gar nicht bewusst gewesen. Viel zu lange war ihr Zusammenleben für sie eine Selbstverständlichkeit gewesen. Getan hatte sie dafür recht wenig.

»Du willst also wirklich zu ihr ziehen?« fragte Fiona vorsichtig.

»Ja, das will ich. Sobald wir zurück in Brusel sind, fange ich an zu packen.«

Fiona blieb eine Weile wie erstarrt sitzen.

Dann erhob sie sich und ging auf die Gruppe der Wattwanderer zu, die sich ihnen genähert hatten. Als der Abstand zu Frank groß genug war, nahm sie ihr Handy aus der Gürteltasche und wählte die Nummer des Komturs.

7. Kapitel

Später am Abend schlug ihre Stimmung um und Stephanie fühlte sich merkwürdig befreit. So gut war es ihr schon lange nicht mehr gegangen. Sie war alles losgeworden, was sie an Frank erinnerte. Und sie hatte ihm gezeigt, dass man mit ihr nicht einfach so umspringen konnte.

Der Kerl würde Augen machen, wenn er, so richtig gut erholt, seine Wohnungstür aufschloss. Nur zu gerne würde sie ihn dabei beobachten. Die brennende Wut in seinen Augen wäre Genugtuung für sie.

Plötzlich kam ihr Borstels Auftrag wieder in den Sinn.

Als sie begann, nach ihrem Laptop zu suchen, fiel ihr ein, dass sie den gar nicht mitgenommen hatte. Unkonzentriert, wie sie war, lag dieser noch auf ihrem Schreibtisch in der Firma.

Sie dachte nach. Wie sie es auch drehte, sie kam nur zu einem Schluss. Es ließ sich nicht umgehen. Sie musste heute Abend noch zu KKF-Technologies, um weiter an dem Auftrag zu arbeiten. Nur so gab es eine geringe Chance, den Termin einzuhalten. Mit dem Schlüssel, den sie von Frau Ronellenfitsch bekommen hatte, durfte sie auch den Hintereingang benutzen. Damit wäre der Weg zu ihrem Arbeitsplatz deutlich kürzer. Und sie lief dabei nicht Gefahr, ihrem Chef zu begegnen. Der käme womöglich auf die Idee, ihr noch mehr aufzuhalsen.

Sie warf sich den kleinen Rucksack über, schloss die Haustüre hinter sich und ging hinüber zur Garage. Hier hingen drei gepflegte Räder an der Wand. Sie verlangten viel Zuwendung und Pflege.

Da war zunächst ein Hollandrad für die tägliche Tour zu KKF-Technologies. Aber auch ein All-Terrain-Bike für das Wochenende stand zur Verfügung. Doch wenn Eile geboten war, fiel ihre Wahl stets auf das Endorfin-Bike. Für sie gab es nichts Besseres, denn es war leicht und ließ sich besonders schnell fahren.

Es war schon fast 19 Uhr, als sie das Rennrad neben dem kleinen Tor von KKF abstellte. Ihr fiel ein alter Porsche auf, der hier parkte. Das war ungewöhnlich, genau wie dessen Kennzeichen. Es endete mit einem H. Den Sportwagen hatte sie noch nie gesehen. Ihr war auch niemand bei Krimmsen & Klower bekannt, der so etwas fuhr. Cornelia hatte ihr einmal verraten, dass dieser hintere Zugang speziellen Gästen zur Verfügung stand. Der Chef bekam nachts hin und wieder Damenbesuch, der unerkannt bleiben sollte. Hier hatte er auf die Installation kompromittierender Kameras verzichtet. Schließlich war er glücklich mit einer impulsiven Argentinierin verheiratet. Die war gerade für eine Woche in ihre alte Heimat geflogen. Irgendein Familienfest, hatte man in der Kantine erzählt.

Stephanie zog den Schlüssel von Frau Ronellenfitsch hervor, um sich Zutritt zu verschaffen. Aber er passte einfach nicht in das Schloss des Stahltores. Als sie jedoch auf die Klinke drückte, bemerkte Stephanie, dass das Tor gar nicht abgeschlossen war. Sie öffnete es vorsichtig und erwartete ein lautes Quietschen. Aber da war nichts. Kein Laut war zu hören. Das Tor wurde gut geölt. Was hatte Borstel einmal in der Produktionsbesprechung gesagt, als er einem Einkäufer eines neuen Kunden ein großzügiges und teures Geschenk machte? »Wenn man irgendwo rein will, muss man gut schmieren. Das gilt besonders für den Hintereingang!«

Bedächtig betrat sie das Werksgelände. Am Rolltor des Gebäudes gab sie die richtige vierstellige Zahlenkombination ein und drückte dann den Taster. Das Tor schoss daraufhin sofort nach oben und gab den Zugang zur Produktionshalle frei. Im nur spärlichen Schein der Notbeleuchtung steuerte sie auf das andere Ende der Halle zu. Dort lagen die Büros. Die Verbindungstür zum Backsteingebäude wurde täglich zum Feierabend, also um etwa 17 Uhr, abgeschlossen. Zu ihrer Überraschung war auch diese Tür unverschlossen. Als sie hinter ihr geräuschlos ins Schloss fiel, bemerkte Stephanie, dass im Bürogebäude Licht brannte. Hatte der Chef etwa Damenbesuch?

Stephanie nahm sich vor, möglichst lautlos und unauffällig in ihr Büro zu gelangen. Sie wollte Borstel nicht bei einer dieser späten Besprechungen stören. Gesprochen wurde dabei vermutlich eh nicht viel. Auf ihrem Schreibtisch entdeckte sie den Laptop unter einer dicken Schicht Papier. Zusammen mit dem Ladegerät packte sie ihn in den Rucksack. Sie beabsichtigte, zu gehen, als sie hörte, wie jemand den Flur entlang kam. Geistesgegenwärtig löschte sie das Licht ihres Büros und presste sich ruckartig an die kalte Wand hinter der Tür. Ihr Körper war angespannt.

Stephanie hörte dunkle Männerstimmen. Durch den Türspalt hindurch erkannte sie ihren Chef, der in Begleitung war. Aber wider Erwarten war diese nicht weiblich. Ihm folgte ein hagerer Mann mittleren Alters, der fremd für sie war. Borstel sprach mit ihm, während er auf sein Büro zusteuerte. Der Unbekannte antwortete in einem üblen schwäbischen Dialekt.

»Es wird so gemacht wie damals! Sie waren doch mit uns zufrieden, oder? Und die Versicherungssumme war letztlich viel höher, als Sie erwartet hatten.«

Borstel entgegnete barsch: »Lassen Sie das! Das ist Geschichte. Auch diesmal darf nichts schief gehen. Die werden alles auf Herz und Nieren prüfen, bevor sie zahlen. Sie kennen meine Erwartungshaltung.«

»Ich werde Sie nicht enttäuschen. Alles kein Problem. Ich setzte da meine besten Leute ...«

Jetzt waren beide im Büro des Chefs verschwunden. Die Tür wurde geschlossen und es war wieder still.

Stephanies Neugierde war geweckt. Es gab nur eine Möglichkeit, mehr zu erfahren. Sie musste bis zum Vorzimmer von Borstels Büro vordringen. Dort saß zu normalen Zeiten Cordula Ronellenfitsch. Mit kurzen, leisen Schritten schlich sie über den Flur. Vor der Tür der Chefsekretärin machte sie Halt. Langsam atmend lauschte sie in die Stille hinein. Kein Geräusch war zu vernehmen. Als sie ihr Ohr an die Wand zum Chefbüro presste, klopfte das Herz in ihrer Brust so stark wie ein Schmiedehammer. Nun hörte sie wieder Borstels Stimme.

»... Sparen Sie sich diesen Mist. Auch Sie haben ausgezeichnet daran verdient.«

Der Mann mit Dialekt antwortete. Für Stephanie blieb es ein unverständliches Nuscheln. Als der Chef wieder sprach, war sie das erste Mal froh darüber, dass er so ein lautes Organ hatte.

»Die im Versand machen die Packliste fertig. Die sind so im Stress, dass die nichts überprüfen werden. Dadurch fällt auch niemandem auf, dass die teuren Sachen alle fehlen. Der Container geht dann Montag früh vom Hof. Am Abend trifft er in Rotterdam ein. In der Nacht wird er auf die *Tristesse* verladen. Stichtag ist Mittwoch. So, und jetzt kommen Sie ins Spiel. Welche Vorbereitungen haben Sie getroffen? Was haben Sie bisher erreicht?«

Es gab eine längere Antwort. Wieder verstand Stephanie den Mann nicht, sosehr sie sich auch anstrengte.

»Stellplatz ist also Backbordseite, oberste Reihe. Ganz ausgezeichnet, genau wie beim letzten Mal. Der Seewetterdienst hat schwere See vorausgesagt. Jetzt muss alles klappen, haben Sie das begriffen? Ich erwarte von Ihnen tadellose Arbeit!«

Plötzlich riss jemand die Tür von Borstels Büro auf. Das Türblatt drückte ihren Oberkörper etwas zur Seite. Angst schoss ihr in die Glieder.

»Halt, warten Sie!«, rief Borstel dem Nuschler zu, der Stephanie sicherlich in ihrem Versteck entdeckt hätte, wäre er nicht zurückgerufen worden. Sie ging in die Knie und kroch flink wie ein Wiesel auf allen Vieren unter den Schreibtisch der Ronellenfitsch. Entsetzt stellte sie fest, dass sie etwas vergessen hatte. Ihr Rucksack war, angelehnt an der Wand, zurückgeblieben. Der könnte ihr zum Verhängnis werden. Sie entschloss sich, ihn mit einem Finger vorsichtig an sich heranzuziehen, während die beiden arglos weiter sprachen. Sie hoffte, bei dieser Aktion keine verdächtigen Geräusche zu machen. Sie lauschte.

Glücklicherweise war die Tür nicht herangezogen worden. Sie stand jetzt einen kleinen Spalt offen, sodass sie mehr verstand.

»Wir müssen noch etwas klären. Es gibt da ein Problem. Schubert muss verschwinden, der ist mir im Weg. Der Kerl weiß mir zu viel. Erledigen Sie das noch heute Nacht. Packen Sie ihn in ein Fass und stellen Sie das rechtzeitig in den Container. Er könnte sonst für uns alle zur Gefahr werden.«

Sprach ihr Chef etwa von Daniel Schubert, ihrem Kollegen von der Buchhaltung?

Das Aneinanderreiben von Papierscheinen war zu hören, gefolgt von einem leisen Rascheln.

»Das reicht nicht. Das ist nur für das Verschwindenlassen des Containers. Genau wie vereinbart. Was ist mit der Drecksarbeit? – Drecksarbeit kostet.« Wieder wechselten Papierscheine den Besitzer.

»Überredet. Dann lassen wir also auch diesen Kerl verschwinden. Das erledigen wir genauso gewissenhaft. Sie wissen, wir sind schnell und gut. Haben Sie die Adresse von diesem Schubert.«

»Ja, draußen bei der Ronellenfitsch.«

Stephanie erschrak zu Tode. Den Rucksack hatte sie inzwischen lautlos zu sich herangezogen und neben sich gestellt. Trotzdem war ihr Versteck nicht sicher. Als die Männer unmittelbar darauf am Schreibtisch auftauchten, blieb ihr fast das Herz stehen. Sie wünschte sich, unsichtbar zu sein. Dabei umklammerte sie fest ihre Knie, während Borstel über ihr in der Kartei nach der Privatadresse suchte.

Um sich zur Ruhe zu zwingen, atmete sie langsam ein und aus, bis ihr Puls sich spürbar senkte. Neben ihr erblickte sie plötzlich die Schuhspitzen der beiden Männer. Sie tauchten unter der vorderen Schreibtischabdeckung auf und schienen sie fast zu berühren. Der Chef hatte perfekt geputzte Lederschuhe an. Dieser Nuschler jedoch trug ein schäbiges Paar ausgetretener Slipper. Einen Porsche fahren, aber an den Schuhen sparen. Was denken sich solche Leute eigentlich dabei?, dachte Stephanie.

»Hier ist sie. Schreiben Sie sich die Adresse ab.«

»Ich merke sie mir lieber. Lesen Sie sie mir vor.«

Das konnte nur eins bedeuten: Schreiben kann dieser Kerl also auch nicht richtig, vermutete sie. Hier waren wohl andere Qualitäten gefragt. Und dieser Mann schien darüber zu verfügen. Zweimal, und zwar in einer langsamen, bedächtigen Sprache, nannte ihr Chef ihm die Adresse. Kein Zweifel. Es gab einfach keinen Zweifel. Es war die ihres Kollegen Schubert aus der Buchhaltung.

»Wir werden uns jetzt eine lange Zeit nicht sehen. Ich wünsche keine Anrufe, gar nichts. Nur für den Fall, dass es unbedingt nötig sein sollte.

Wenn die Versicherung zahlt, gibt es die versprochene Bonuszahlung. – Sie kennen den Weg.«

Der Nuschler wollte noch bleiben.

»Aber einen Schluck sollten wir darauf trinken. Das gehört sich so.«

»Meinetwegen! Habe gerade einen guten irischen Whiskey da«, antwortete Borstel nach einer kleinen Pause und verschwand mit dem Nuschler in seinem Büro.

Diesmal wurde die Tür geschlossen. Das war ihre Chance. Stephanie war erleichtert. Auf allen Vieren kroch sie aus dem Büro. Im Gang richtete sie sich auf und verschwand unerkannt und so schnell und leise, wie sie nur konnte. Ihre Schritte erschienen ihr fast schwerelos. Die beiden Türen, die sie passierte, ließ sie offen, wie sie waren. Als sie das Werksgelände verließ und plötzlich neben dem Porsche stand, baute sie sich davor auf und trat heftig gegen den Vorderreifen des Sportwagens. Dieses Schwein plante doch tatsächlich, ihren Kollegen Schubert umzubringen.

»Dreckskerl!«, fluchte sie.

Mit dem Rucksack auf dem Rücken begann sie kräftig zu strampeln. Das fast schwerelose Karbon-Rad parierte willig und schien bald mit ihr durch die nächtlichen Straßen zu fliegen.

Zu Hause angekommen knallte sie den Laptop auf das Sofa und griff nach dem örtlichen Telefonbuch. Sie musste jetzt ihren Kollegen anrufen. Doch was sollte sie ihm sagen? Hallo Herr Schubert, Sie haben eine Seereise gewonnen. Und einen Schnupperkurs im Tauchen gibt es oben drauf. Ja, zugegeben, eine höchst unfreiwillige Reise. Und dann auch noch in einem Fass. Stellen Sie sich bitte darauf ein. Es ist für alles gesorgt. Kreditkarte, Koffer und Kulturbeutel können Sie beruhigt zu Hause lassen.

Die Nummer war nicht zu finden. Sie fühlte sich unsicher, blieb nachdenklich am Fenster stehen und schaute in die Abenddämmerung. Also einfach dort anrufen war nicht möglich. Sie hatte das Verlangen, Kristina zu sprechen. Unruhig lief sie vor dem Fenster hin und her, während sich die Verbindung aufbaute.

»Stephanie! Ist was passiert?«

Ihre Freundin spürte sofort, dass etwas nicht in Ordnung war.

»Fühlst du dich nicht gut?«

»Es geht nicht um mich.« Die Ohrenzeugin berichtete nun über den grauenvollen Plan Borstels. Schnell hatte sich die Buchhändlerin ein Bild gemacht. Schließlich antwortete sie:

»Nun beruhige dich doch erst mal.«

»Beruhigen? Du bist vielleicht lustig. Das ist doch ganz eindeutig. Der Chef macht krumme Sachen. Sein Buchhalter weiß vermutlich darüber Bescheid. Und jetzt will er ihm an den Kragen. Was soll ich nur machen?«

»Warum mischst du dich da ein? Lass das die Polizei erledigen.«

»Ich werde ihm helfen. Und weißt du warum? Er hat zu mir gehalten, als es mir damals schlecht ging. Das werde ich ihm nicht vergessen.«

»Dann ruf' Schubert an und warne ihn.«

»Das geht nicht. Seine Nummer steht nicht im Telefonbuch. Ich habe schon nachgeschaut.«

»Wie gesagt, geh zur Polizei. Du musst das schnellstens melden!«

»Das mache ich nicht, noch nicht. Ich werde Schubert noch heute Nacht zu Hause aufsuchen. Seine Adresse habe ich ja.«

»Pass auf dich auf. Das könnte gefährlich werden. Nimm dein Handy mit.«

»Ja, das werde ich«, antwortete sie, bevor sie auflegte.

Stephanie wollte persönlich mit Schubert sprechen. Das eröffnete ihr vielleicht die Möglichkeit, mehr von den Machenschaften ihres Chefs zu erfahren. Sie steckte ihr Handy in die Tasche und zog die Tür ins Schloss.

Wieder machte das Endorfin-Bike seinem Namen als gutes Rennrad alle Ehre. Stephanies Gedanken wirbelten durcheinander wie die Speichen ihres Rades, während sie durch die leer gefegten, nächtlichen Straßen dahinschoss. Der kühle Fahrtwind fuhr ihr unter die Kleider und zauberte ein angenehmes Gefühl auf der Haut. Ein Gefühl von grenzenloser kühner Kraft.

Als sie an Schuberts Haus vorbeiraste, weil sie die Hausnummer nicht schnell genug erkannt hatte, sah sie plötzlich hinter sich einen Porsche in die Straße einbiegen. Der Nuschler, schoss es ihr durch den Kopf. Der Wagen war aus einer von alten Bäumen geschützten Hauseinfahrt herausgekommen. Dann verschwand er in entgegengesetzter Richtung. Das konnte nur der Mörder gewesen sein.

Sie drehte und bog Sekunden später in die Garageneinfahrt ein, auf der kurz zuvor Nuschlers Wagen gestanden haben musste. Sie sprang ab, lehnte das Rad an einen Baum und lief auf die Eingangstür zu. Davor blieb sie laut atmend stehen. Das Haus war zugewachsen. Es dauerte daher eine Weile, bis sie zwischen dem üppig gewachsenen Efeu die Hausnummer entdeckte. Es war die richtige. Der Nuschler war ihr also zuvorgekommen. Der Kerl verliert keine Zeit, dachte sie. Was ist, wenn er seinen Auftrag schon erledigt hat?

Mit zittriger Hand suchte sie in der Dunkelheit nach der Türklingel. Das war viel schwieriger, als die Hausnummer zu finden. Endlich ertastete sie den Knopf und drückte gleich ein paar Mal darauf. Das

Klingeln erschien ihr ungewöhnlich laut. Im Inneren des Hauses aber blieb es ruhig.

Entweder war Schubert nicht da oder der Kerl mit dem Sportwagen hat die Drecksarbeit, wie er es nannte, schon erledigt. Verdammt, wenn Schubert tot war, würde sie es sich nie verzeihen. Sie hätte doch gleich die Polizei rufen sollen. Schlagartig erinnerte sie sich an ein lange zurückliegendes Gespräch mit ihm. Der Buchhalter erwähnte damals, dass er abends oft unterwegs sei.

Sie wollte gerade gehen, da bemerkte sie, dass die schwere Eichentür, tief eingelassen in der alten Backsteinwand, wenige Millimeter offen stand. War sie tatsächlich zu spät? Zu spät, um Daniel Schubert zu warnen? Ihr Hals schien sich zusammenzuziehen, ihr Puls raste.

Sie stellte sich vor den Türspalt und lauschte in die Stille hinein. Kein Mucks war zu vernehmen. Sie legte die linke Hand auf das Türblatt und schob sie auf. Zögerlich betrat sie den Hausflur. Den Lichtschalter fand sie schnell. Im schwachen Licht erkannte sie einen lang gestreckten Korridor. Mit bedächtigen Schritten ging sie ins Haus hinein. Wieder betrat sie ungebeten die Räume eines Kollegen.

»Herr Schubert, Herr Schuuubert!«, rief sie in die unbekannten Winkel und Ecken des Gebäudes.

Keine Antwort.

Du bist zu spät, schoss es ihr durch den Kopf.

Zu spät.

Verzweifelt begann sie, das Haus zu erkunden. Instinktiv ließ sie die Eingangstüre offen. Es war ihr Fluchtweg. Sie war erleichtert, dass sie weder eine Leiche noch sonst etwas Absonderliches vorfand. Entweder lebte Schubert noch oder der gedungene Mörder hatte ihren Kollegen bereits abgeholt.

Aber irgendwo hier musste es einen Hinweis geben, der Borstel belastete und der so stark war, dass er deswegen einen Auftragskiller engagierte. Vielleicht hatte Schubert die Unterlagen, Fotos oder was auch immer gut versteckt. Für den Fall der Fälle. Aber wo sollte sie mit der Suche beginnen?

Sie schaute sich im Wohnzimmer um. Es wirkte ungewöhnlich groß. Der Raum war merkwürdig geformt und wirkte pedantisch aufgeräumt. Selbst die Bilder hingen fadengerade an der Wand. Der Grundriss glich einem regelmäßigen Achteck. An drei Wänden passte sich ein riesiges Bücherregal der Geometrie des Zimmers an. Sie trat näher heran. Was darin stand, war alphabetisch geordnet. Kein Buch schaute hervor. Jedes Exemplar war in tadellosem Zustand. Alles picobello, würde Kristina sagen. Vor allem: keine Spur eines Kampfes. Aber warum stand die Haustür offen und weshalb war Schubert verschwunden?

Sie atmete tief ein. Was war hier anders als üblich? Erst langsam bemerkte sie die Vielzahl der Heiligenbilder, Heiligenfiguren und Kruzifixe. Jetzt arbeite ich schon so lange mit ihm, aber das hätte ich nicht vermutet. Ihre Knie wurden weich. Sie ließ sich an den wuchtigen Schreibtisch nieder, der einen großen Teil des Wohnzimmers einnahm. Dieser war wie das Türblatt ebenfalls aus dickem, massivem Eichenholz gezimmert.

Sie rief nochmals den Namen ihres Kollegen. Wieder antwortete ihr niemand. Genau genommen hatte sie auch keine Antwort erwartet.

Zögerlich begann sie, die Schreibtischschubladen zu durchsuchen. Auch darin war es penibel aufgeräumt. Sie fand nichts, was über das Wissen des Mannes hätte Auskunft geben können.

Stück für Stück erkundete sie daraufhin die umliegenden Räume des Erdgeschosses. Schließlich wandte sie sich der Treppe zu, um das darüberliegende Stockwerk zu erkunden. Die Zimmer waren spartanisch eingerichtet. Auch hier hingen zahlreiche Heiligenbilder an den Wänden. Es wirkte geheimnisvoll und ein wenig so, als besichtige sie eine Klosterkapelle an einem Tag, der für Besucher geschlossen war. Erneut blieb die Suche erfolglos. Es gab keine Spur, die sie weiterbringen würde.

Das Haus schien seit Generationen im Besitz einer Familie zu sein. Es erweckte den Anschein, als sei ein halbes Jahrhundert lang hier nichts verändert worden. Am Geld dafür hatte es wohl nicht gemangelt. Nein, Schubert wollte so leben.

Ihre Nerven waren angespannt und sie fühlte sich zunehmend unwohl in diesem klösterlichen Gemäuer. Stephanie marschierte auf den Ausgang zu, löschte das Licht und stürzte ins Freie. Die Eingangstüre ließ sie offen, wie sie war. Angelehnt an den Stamm des alten Baumes dachte sie nach. Das Licht einer nahen Straßenlaterne schimmerte golden und verwandelte den Vorgarten in einen samtenen Teppich.

Was war hier passiert? War überhaupt etwas passiert? Hatte sie das Gespräch in Borstels Büro auch richtig verstanden? Was wollte dieser Porschefahrer hier? Lag Daniel Schubert vielleicht schon tot im Sportwagen? Sie entschloss sich, ihre Freundin anzurufen und kramte ihr Handy hervor. Kristina war sofort am Apparat. Mit einem »Na endlich, ich habe Todesängste ausgestanden« wurde sie begrüßt.

Sie lieferte einen kurzen Bericht ab, der alles Wesentliche enthielt. Gerade als sie endete, fuhr ein Wagen bedächtig langsam am Haus vorbei. Sie presste sich mit dem Rücken an den Stamm, ohne ihr Handy vom Ohr zu nehmen. Der Schatten des Baumes gab ihr Sicherheit. Die Freundin begann nun, ihr Fragen zu stellen. Sonderbare Fragen, die sie zunächst nicht einordnen konnte.

»Hast du im Schreibtisch ein Holzkästchen gesehen?«

»Nein, da war nichts derart. Warum fragst du?«, flüsterte sie.

»Weil ich ein kleines Holzkästchen auf seinem Schreibtisch bemerkte, als ich vor nicht allzu langer Zeit dort war.«

»Was? Du warst schon mal hier! Wieso?« Stephanies Stimme überschlug sich.

»Schubert bat mich regelmäßig, ältere und schwer zu beschaffende Bücher für ihn zu erwerben. Die brachte ich immer persönlich bei ihm vorbei. Er verlangte es so. In meinem Buchladen tauchte er nie auf. Aber jede überbrachte Lieferung bezahlte er prompt, da kannst du sicher sein.«

»Das hast du mir nie erzählt«, beschwerte sich Stephanie.

»Er bat mich, mit niemandem darüber zu sprechen. Der Kunde ist König. Besonders wenn es ein Eins-a-Kunde ist. Ich habe mich daran gehalten. Aber jetzt, wo er auf Borstels Todesliste steht, haben wir wohl eine etwas andere Situation. Deswegen habe ich jetzt mein Schweigen gebrochen.«

»Verstehe! Aber was waren denn das für besondere Bücher?«, wollte Stephanie nun wissen.

»Die waren recht merkwürdiger Art. Darin ging es um Bibelinterpretationen, Schwarze Magie, Numerologie und eigenartige religiöse und okkulte Themen. Zunächst dachte ich, er hätte einfach nur ein Faible für solche Lektüre, bis ich eines Tages bemerkte, wie diese Bücher sein ganzes Leben und Denken beherrschen.«

»Also, ich weiß nicht. Das hilft uns im Moment nicht wirklich weiter, oder? Ich bin mir immer noch nicht im Klaren, was jetzt zu machen ist.«

»Lass mich überlegen. Dein Kollege besitzt also etwas, womit er den Chef in der Hand hat. Deswegen will der ihn auch loswerden«, vermutete Kristina.

»Das ist reine Spekulation«, bekam sie zur Antwort.

»Ja, vielleicht. Aber irgendeinen Grund wird er haben, ihn aus dem Weg zu schaffen. Der Typ besitzt etwas Kostbares, was man beschützen muss. Wer spielt eine große, beschützende Rolle in der Kirche? Wem würde Schubert etwas anvertrauen? Einem der Erzengel vielleicht? Nein, eher nicht. Ich vermute, es ist die Jungfrau Maria. Ihr vertraut man alles Mögliche an. Das führt uns zu der Frage, ob er ein Bild der Jungfrau Maria oder eine Marienfigur besitzt. Stephanie! Hast du so was gesehen?«

»Das kann ich nicht mehr sagen. Da hängen einfach zu viele solcher oller Schinken an den Wänden. Und Figuren gibt es ebenfalls reichlich.«

»Schau bitte nach. Das ist jetzt ganz wichtig. Du willst doch Schubert helfen?«

»Ja, sicher will ich ihm helfen. Aber du hast gut reden, du sitzt ja bequem zu Hause. Da drin fühle ich mich nicht wohl. Irgendwie ist es unheimlich in diesem alten Gemäuer.«

»Nun mach schon, vertrau mir, Stephanie. Schau nach, ob du ein Bild oder eine Skulptur der Jungfrau Maria findest.«

»Jungfrau Maria! Warum Jungfrau Maria? Hat das eine besondere Bedeutung?«

»Ja, hat es. Maria vertraut man persönliche und wertvolle Dinge an, schützt sie auf diese Weise.«

Mit dem Handy am Ohr betrat Stephanie erneut den Korridor. Den dumpfen Geruch nahm sie jetzt deutlicher wahr als zuvor, er erinnerte sie an Weihrauch und kalte Kirchenbänke. Eine merkwürdige Unruhe beschlich sie. Trotzdem begann sie mit ihrer Suche. Schließlich fand sie ein kleines, unscheinbares Bild, vom Format nicht größer als das einer Frauenzeitschrift.

»Ja, hier ist ein Marienbild.« Sie schaute es sich näher an.

»Das ist aber merkwürdig. Da stecken sieben Messer im Herzen Marias. Das sieht ja scheußlich aus. Hast du so etwas schon mal gesehen?«

Ohne darauf zu antworten, fragte Kristina gelassen:

»Wo hängt es?«

»Im Treppenhaus.«

»Im Treppenhaus also«, murmelte die Buchhändlerin. »Es müsste das einzige Marienbild sein. Fasse es bitte nicht an.«

»Wegen der Fingerabdrücke meinst du? Ich habe schon überall etwas angefasst.«

»Nein, es geht nicht um deine Fingerabdrücke. Schau mal im Schreibtisch nach, ob du dort ein langes Lineal findest.«

Wenige Augenblicke später flüsterte Stephanie »Gefunden!« ins winzige Mikrofon ihres Handys.

»Jetzt brauchst du eine ruhige Hand. Versuch mit dem Lineal oben in den Spalt zwischen Wand und Bild zu kommen. Dann musst du es ganz langsam nach unten bewegen.«

Einige Atemzüge später antwortete ihre Freundin. »Das geht nicht. In der Mitte unter dem Bild ist was. Ein Pin oder so.«

»Gut. Also haben wir das richtige Bild erwischt. Schau mal, ob du einen Schaltkasten findest. Der wird unten im Flur sein.«

Nach einer ganzen Weile antwortete die Einbrecherin: »Ja, hier ist einer.« Und nach einem kurzen, quietschenden Geräusch meldete sie: »Da ist ja sogar eine Taschenlampe drin.«

»Gut. Wirklich gut organisiert, dieser Mann. Nimm sie und knipse sie an.«

»Erledigt.«

»Jetzt wird es spannend. Bitte lege alle Sicherungen um oder drehe sie raus. Nichts darf mehr Strom führen.«

»Jetzt verstehe ich. Du glaubst, der Pin ist Teil einer Alarmanlage, oder?«

»Genau«, bestätigte ihre Freundin.

»Dann hänge ich jetzt das Bild ab. Glaubst du, dass auf der Rückseite ein Safe versteckt ist?«

»Hoffentlich ist es so einfach.«

Mit großer Vorsicht nahm Stephanie das Marienbild von der Wand. Ihr Gesichtsausdruck hellte sich auf.

»So, das Bild habe ich abgehängt. Dahinter ist wirklich ein Schalter. Der hätte bestimmt einen ordentlichen Alarm gegeben. Was haben wir denn hier? Das ist ja ein kleiner Safe. – Mist.«

»Was ist Mist? Kommt gerade jemand?«, wollte Kristina wissen.

»Nein. Hier ist alles still. Aber an den Einstellknöpfen muss man Zahlen eingeben, neun Zahlen, um genau zu sein. Drei je Zeile. Ende der Vorstellung. Das war es dann wohl.«

»Nicht so schnell aufgeben, Steph«, antwortete die Buchhändlerin mit bestimmendem Tonfall. Steph sagte sie immer, wenn sie die Absicht hatte, in Ruhe nachzudenken und ihre Freundin die Klappe halten sollte.

»Soll ich noch mal im Schreibtisch nachsehen?«

»Nein, lass uns mal überlegen. Also. Der Mann ist in der Buchhaltung, richtig. Seine Bücher sind alphabetisch sortiert, richtig.«

»Meinst du wirklich, es ist so einfach. 1-2-3-4-5 usw.?«

»Nein. Das wäre zu dämlich. Dein Schubert scheint ein recht gläubiger Mensch zu sein, aber er ist nicht dämlich. Er hat zahlreiche Bücher über Numerologie von mir gekauft. Dreistellige Zahl. Mmh, drei mal drei Zahlen. Da war doch was? Die Jungfrau Maria und Zahlenmagie – Ich glaube, das bekommen wir hin.«

»Du machst mir Spaß. Das ist doch nicht etwa ein Sudoku? Das kriege ich jetzt nicht hin. Ich will hier raus. Meine Nerven sind kurz vorm Zerreißen.«

Kristina begann nun ihr Wissen zu präsentieren wie ein Zuckerbäcker seine besten Pralinen.

»Ich habe da nämlich eine Vermutung. Ein Geburtsdatum fällt flach. Das wären 8 Ziffern. Entweder ist es eine erfundene, neunstellige Nummer, dann hätten wir keine Chance, oder aber es ist eine Zahl, die in seiner Bibliothek zu finden ist. Da die ausschließlich religiöse

Bücher enthält, werden es Zahlen aus der Bibel sein. Es spielt die dominierende Rolle in seinem Leben. Also fangen wir an. Die bekannteste dreistellige Zahl in der Heiligen Schrift ist wohl die 666. Jeder Wichtigtuer hat das deshalb als Autokennzeichen. Doch dass damit das Ungeheuer aus Babylon gemeint ist, wissen die wenigsten. Und dass auf diesem Ungeheuer die Hure von Babylon reitet, erst recht nicht. Und davon …«

»Kristina, bitte komm auf den Punkt! Keine Vorträge jetzt.«

»Okay. Fehlen uns immer noch zwei weitere dreistellige Zahlen.«

Eine lange Pause setzte ein, die hin und wieder von dem Geräusch blätternder Seiten unterbrochen wurde. Stephanie löschte das Licht der Taschenlampe. Die gelbliche Straßenbeleuchtung fand einen Weg durch die schmalen, staubigen Scheiben des Treppenhauses und zauberte eine gespenstische Atmosphäre herbei.

»Kristina, nicht dass ich unruhig werde. Aber …«

»Warte doch noch einen Moment. Ich finde es gleich. Nur noch dieses eine Buch. Hier müsste es drinstehen.«

»Kannst du bitte etwas schneller lesen? Das ist hier ziemlich dunkel und unheimlich. Was ist, wenn Schubert auftaucht?«

»Dann kannst du ihn ja warnen«, gab die Buchhändlerin flapsig zur Antwort.

»Du bist lustig. Weißt du was? Ich seh zu, dass ich jetzt von hier verschwinde. Das hält ja kein Mensch aus.«

»Nein, warte doch noch einen Moment.«

»Kristina! Weißt du was? Da fällt mir gerade etwas ein. Was hältst du von der Zahl 144? Die kommt doch auch in der Bibel vor. 144 Tausend Menschen werden die Apokalypse überleben, oder so.«

»Prima. Stephanie, Angst scheint deine Gedanken zu beschleunigen. Aha! Hier habe ich es. Es gibt also doch noch eine weitere magische Zahl in der Bibel. Es ist die 153.«

»Bist du dir sicher? Was soll denn das sein?«

»Die steht bei Johannes 21. Mathematisch konnte man das erst vor Kurzem herleiten. Darüber habe ich mal etwas gelesen. Das ist …«

»Stopp. Das reicht. Wenn du dir sicher bist, dass die passt, gebe ich sie ein. Aber bitte keinen deiner Vorträge. Den stehe ich hier nicht durch. Dafür sind meine Knie zu weich.«

»Na gut, Stephanie. Aber falls das nicht die richtigen Zahlen sind, brauchen wir eine andere Idee.«

»Davon will ich gar nichts wissen. Mehr als einen Versuch mache ich sowieso nicht. Weißt du, was ich jetzt gerne hätte? Einen Telefonjoker. Das wäre jetzt prima«, mokierte sich Stephanie.

»Ich bin dein Telefonjoker«, stieß Kristina entrüstet hervor, das erste Wort dabei betonend. »Und jetzt gib die Zahlen ein. Ich will ins Bett. Morgen steht mir ein echt anstrengender Tag bevor.«

»Meinst du etwa, bei mir ist das anders? Wie geht's weiter? Die Zahlen können wir von links nach rechts oder von oben nach unten eingeben.«

»Steph, denk nach. Ist Schubert etwa ein Chinese? Nein, die Zahlen müssen von links nach rechts eingegeben werden.«

»Dann wahrscheinlich auch der Größe nach sortiert. Erste Reihe ist die 144, gefolgt von der 153 und als letzte jene Luzifers. Schließlich muss doch alles seine Ordnung haben, oder?«

»Ordnung ist gut. Dann versuch das mal. Das könnte richtig sein.«

»Könnte? Bist du übergeschnappt? Ich probier' das aus. Wenn das nicht passt, breche ich das hier sofort ab«, schnaubte Stephanie ins Mobiltelefon.

Erneut schaltete sie das Licht der Taschenlampe an, ging die halbe Treppe hoch, nahm den Safe in Augenschein und legte behutsam ihre Hand auf den ersten Drehknopf. Mit langsamen Bewegungen stellte sie nun eine Zahl nach der anderen ein. 1-4-4-1-5-3-6-6. Als sie die Vorletzte eingegeben hatte, ließ ein durchdringendes Klingeln die Einbrecherin erstarren.

»Was ist das?«, kam es vom anderen Ende der Leitung.

»Das ist Schuberts Telefon. Es scheint der Anschluss in der Bibliothek zu sein.«

Stephanie gab sich alle Mühe, nicht in Panik zu geraten. Nur ihre Fingerspitzen zeigten ein leichtes Zittern. Das lag garantiert nicht an den Temperaturen. Die waren wunderbar mild. Aber in diesem gespenstischen Haus im Schein einer Stablampe einen Tresor zu öffnen und dabei jederzeit damit rechnen zu müssen, dass jemand auftaucht, war zu viel für Stephanie.

Plötzlich gab es ein klackendes Geräusch. Es kam von unten. Die Einbrecherin zuckte zusammen und löschte augenblicklich wieder das Licht ihrer Taschenlampe. Schlagartig nahm sie sich als unerwünschten Fremdkörper in diesem Haus wahr. Dann erklang eine dunkle Männerstimme.

»Komtur, wir wissen, dass Sie da sind. Gehen Sie schon an den Apparat! Verdammt noch mal, Meister Schubert, das ist wichtig«, kam es aus dem Anrufbeantworter, der angesprungen war. Es folgte das aufgeregte Atmen des Anrufers. Schließlich legte der Mann auf.

»Hast du das gehört?«, fragte Stephanie unsicher.

»Da wollte jemand Schubert sprechen. Ja, und.«

»Ist Schubert etwa ein Meister von irgendwas? Der Typ am anderen Ende hörte sich aber unangenehm an. War das einer von den Guten?«

»Du kannst Fragen stellen. Gut, schlecht. Wer kann das heute schon mit Gewissheit sagen. Das ist doch auch gar nicht entscheidend. Der Kerl ist nicht da, oder? Gib' endlich die letzte Zahl ein«, ermutigte Kristina ihre Freundin.

Stephanie drehte den neunten Knopf, bis die 6 einrastete. Wieder war ein kaum hörbares Klacken zu vernehmen. Das kam aber diesmal nicht vom Anrufbeantworter, sondern vom Tresor, der jetzt einen Spaltbreit offen stand.

»Doch, es ist wichtig zu wissen, wozu man gehört«, konterte die Einbrecherin.

»Das können wir morgen bei einem Kaffee bei mir bereden. Sag, ist das Ding offen? Was ist drin? Mensch, mit dir erlebt man Sachen.«

»Das ist wirklich unfassbar. Die Tresortür ist aufgesprungen.«

Stephanie spähte nun in das Innere des Safes. Jetzt sollten sie erfahren, was Schubert unbedingt verbergen wollte.

»Na, Steph, da hatte ich also mal wieder den richtigen Riecher.«

»Kannst dir was drauf einbilden«, entgegnete die Einbrecherin. »Was haben wir denn da? Einen Reisepass, einen Haufen Geld – Euro und norwegische Kronen – einen faustgroßen, pechschwarzen Stein, sieht unheimlich aus, und ein Holzkästchen. Moment, was ist das? Das schau ich mir mal näher an. Das ist ein Bauplan. Da steht was drauf: 'Kapelle auf dem Letzenberg'. Augenblick, hier ist noch etwas. Ein großer schwarzer Umschlag. 'Bei meinem Ableben zu öffnen'. Geschrieben mit säuberlich weißen Lettern. Das ist ja unfassbar«, kommentierte Stephanie erstaunt.

»Ganz schön geschwollene Sprache. Darin muss doch irgendetwas stehen, das deinen Chef interessiert. Kannst du dir ernsthaft vorstellen, dass er Borstel erpresst?« Kristina zweifelte an Stephanies Vermutung.

»Keine Ahnung. Ich hatte nicht oft mit ihm zu tun. Er half mir aber in den Anfangsjahren sehr, um bei KKF-Technologies zurechtzukommen. Das werde ich ihm so schnell nicht vergessen.«

»Das kannst du ihm ja sagen, sobald er wieder auftaucht. Was ist in dem Holzkästchen?«

Stephanie nahm es heraus, legte es auf ihre Knie, schob einen kleinen, verzierten Messingbügel beiseite und öffnete es ohne Schwierigkeiten.

»Drei Dolche. Sehen sehr edel aus. Die haben wunderschöne Gravuren. Da stehen auch Zahlen dran. Es sind die Messer 3, 4 und 5.«

»Steph, nimm den schwarzen Umschlag und mach, dass du nach Hause kommst. Und hinterlasse alles so, wie du es vorgefunden hast.«

»Warum soll ich bitte schön den Umschlag mitnehmen? Wir wissen doch gar nicht, ob er schon tot ist.«

»Wie du willst. Dann lass ihn da und sieh zu, dass du wegkommst.«

Das ließ sich Stephanie nicht zweimal sagen. Sie achtete darauf, die Wertsachen wieder genau dorthin zurückzulegen, wo diese zuvor ihren Platz gehabt hatten. Dabei fiel ihr ein kleines, unscheinbares Heftchen in die Hand, das sie anfänglich übersehen hatte.

»Kristina, da ist noch etwas. Ein kleines Heftchen.«

»Und was steht drin?«

»Keine Ahnung. Der Titel lautet: 'Die Regularien des DHvSS'. Was ist das denn für ein Verein?«

»Keinen blassen Schimmer. Nimm es mit. Dann bekommen wir es heraus, Steph«, bat ihre Freundin, die sicher und risikolos am anderen Ende der Leitung nichts von der Angst ihrer Freundin verspürte.

»Jetzt breche ich schon in fremde Häuser ein, aber stehlen werde ich nichts«, kommentierte Stephanie. »So weit ist es mit mir noch nicht gekommen.«

»Der Zweck heiligt die Mittel.«

»Hier ist mir zu viel Heiligkeit. Hoffentlich bemerkt Schubert nicht, dass jemand an seinem Safe war.«

»Der wird das merken. Ordnungsliebende Menschen sehen das sofort. Da reicht ein Blick. Ich bekomme ein ungutes Gefühl. Sieh zu, dass du jetzt da wegkommst.«

»Tschüss!«, stieß Stephanie hastig hervor und beendete das Gespräch, bevor Kristina womöglich noch auf eine weitere verrückte Idee kam. Sie schloss den Tresor, hängte gewissenhaft das Bild davor, richtete es fadengerade aus und ging treppab. Während sie auf den Ausgang zusteuerte, stellte sie fest, dass ihr die Angst in den Knochen steckte.

Da fiel ihr plötzlich der Schaltschrank ein. Sie hatte vor, alles so zu hinterlassen, dass es nicht auffiel. Nichts sollte diesen kleinen Einbruch verraten. Also legte sie wieder alle Sicherungen ein, platzierte die Taschenlampe ordentlich daneben, schloss akkurat das Schränkchen und verließ Schuberts klerikale Heimstätte. Diesmal zog sie die Tür jedoch fest zu.

Jetzt konnte Kristina mit neuen Einfällen kommen. Der Zutritt blieb versperrt.

Stephanies schwang sich aufs Rad, das ihr augenblicklich das Gefühl wiedergewonnener Freiheit vermittelte, und strampelte los. Ein intensives Kribbeln huschte über ihren Körper, während ihr Rennrad durch die laue Sommernacht flog. Eine Nacht, die ungewöhnlich aufregend, aber auch ungewöhnlich still war. Die Natur schien zu spüren, dass etwas nicht stimmte. Etwas in dieser kleinen Gemeinde im Kraichgau war nicht so, wie es sein sollte. Und nur Stephanie und ihre Freundin hatten eine grobe Ahnung davon.

Die Straßen wirkten wie leer gefegt. Es war so, als würde gerade ein wichtiges Fußballspiel im Fernsehen übertragen.

Sie verlangsamte das Tempo erst an der zweiten Abbiegung. Eine große Anspannung fiel von ihr ab. Wieso wusste Kristina das mit dem Marienbild, das mit dem Safe und vor allem das mit diesen biblischen Zahlen? Manchmal war sie ihr richtig unheimlich. Nachdenklich trat Stephanie in die Pedale.

Kristina war ein an so vielem interessierter, wunderbarer Mensch. Als sie sich kennengelernt hatten, stand schnell fest, dass sie zu Freundinnen werden würden. Nach den vielen Jahren hatten sie nun fast keine Geheimnisse mehr voreinander. Und trotzdem gelang es ihr, Stephanie immer wieder in Erstaunen zu versetzen.

8. Kapitel

Das Arbeiten in dem funzeligen Licht, das sich in der Dunkelheit hier unten behauptete, war ihm vertraut. Er war heute länger geblieben als geplant und seine Schaufel schien zunehmend schwerer zu werden. Zu viele Abende und Nächte hatte er hier schon zugebracht, etliche Monate seines Lebens hier unten gegraben. Das, was er suchte, blieb bisher unauffindbar. So musste er nicht nur gegen seine schwindenden Kräfte, sondern auch gegen die wachsenden Zweifel ankämpfen.

Da stieß seine Schippe plötzlich auf etwas Hartes. Es war kein Stein. Das helle Geräusch kannte er nur zu gut. Und Knochen konnte er auch ausschließen. Das hörte sich dumpfer an.

Irgendetwas anderes steckte dort in der kohlrabenschwarzen Erde. Er lehnte die Schaufel an einen hölzernen, provisorisch eingezogenen Träger, bückte sich und hielt seine LED-Lampe dicht über die Fundstelle. Im weißen Lichtkegel erkannte er die Ecke eines dunklen Gegenstandes. Für Holz fühlte es sich zu glatt an.

Er packte den Schaufelstiel und benutzte ihn als Schabewerkzeug. Seine Zweifel waren schnell verflogen. Mit kräftigen Bewegungen befreite er ein rechteckiges Objekt von der klebrig-schwarzen Erde. Es hatte die Größe eines Pilotenkoffers. Darin mussten sich die Bücher befinden, die die Brüder vom Ordo Teutonicus seit langem suchten.

Er war sich sicher, die schon längst als verschollen geglaubte Geschichte des Goldes entdeckt zu haben. Und nichts anderes hatte er gesucht. Sämtliche Geldgeschäfte des Ritterordens, die Einnahmen und Ausgaben, von den Anfängen an der Ostsee bis zur Tannenbergschlacht, glaubte er darin zu finden. Niedergeschrieben im kümmerlichen Kerzenlicht von Generationen von Klosterbrüder sollten ihm die endlosen Zahlenreihen und Kommentare einen klaren Hinweis geben, wo sich der Schatz heute befand. Das wollte er herausbekommen. Nur durch gewissenhaftes Studium der bruchstückhaften Aufzeichnungen und alter Schriften war es ihm geglückt, dieses Fundstück in den Händen zu halten.

Mit größter Umsicht befreite er das Objekt von allen Verunreinigungen. Dann, kurz darauf, betrachtete er eine rätselhafte Kiste, die über ein halbes Jahrhundert hier geruht hatte. Sie zu finden hatten vor ihm schon zahlreiche Ordensbrüder versucht. Aber ihm allein war es vergönnt, sie zu entdecken und wieder ans Licht zu bringen, was ans Licht gehörte. Denn nur er verstand es, in den alten Schriften zu lesen und sich in das Denken dieser gläubigen Menschen hineinzuversetzen.

Allein dieser Fund würde es ihm erlauben, um eine Wiederaufnahme in die Zentralstelle in Wien zu ersuchen. Doch schnell verwarf er den Gedanken wieder. Nein, er hatte nicht vor, als Bittsteller aufzutreten. Wenn es ihm gelingen sollte, den Fundort des Goldes herauszubekommen, dann würde der Orden an ihn herantreten. Man hätte keine andere Wahl, als seine Entlassung zurückzunehmen und ihm eine ehrenvolle Position anzubieten.

Er betrachtete das Fundstück nun genauer. Das Äußere der Holzkiste war glatt. Jemand hatte sie dick mit Teer eingestrichen, um sie zu konservieren. Man schien damit gerechnet zu haben, dass sie für lange Zeit in der dunklen Erde vergraben bleiben würde. So war der Inhalt vor Nässe geschützt, konnten die feuchten, unerbittlichen Finger der Zersetzung ihre Arbeit nicht verrichten. Vergeblich suchte er nach einem Öffnungsmechanismus.

Er unterzog nun alle Seiten einer eingehenden Untersuchung. Schließlich nahm er sein Schweizer Taschenmesser zur Hand und begann mit der stumpfen Seite des Messers die schützende Schicht zu entfernen. Das schwarze Objekt bestand aus zwei Halbschalen, die man perfekt ineinander gesteckt hatte. Ein Schloss gab es nicht.

Trotz der von Teer verklebten Klinge gelang es ihm, die Schalen voneinander zu trennen, indem er einen zunächst kaum sichtbaren Spalt gleichmäßig und unter größter Vorsicht weitete.

Endlich war es vollbracht. Eng in der äußeren Hülle steckte eine reich verzierte Holzkiste. Sein geschulter Blick ließ ihn sofort erkennen, dass es sich um die Arbeit eines Eingeweihten handelte. Eine klösterliche Schnitzerei aus dem fünfzehnten Jahrhundert vermutete er. Er erkannte darauf ein Tatzenkreuz. Daneben hatte man wohl in unzähligen Stunden die Marienburg in das dunkle Holz gesetzt. Ein Lächeln überzog sein Gesicht.

Der Inhalt übertraf alle seine Erwartungen. Vier gebundene Folianten mit einer tadellos erhaltenen Handschrift kamen darin zum Vorschein. Die Sichtung würde Wochen oder Monate beanspruchen. Er hegte keinen Zweifel daran, dass es ihm damit gelingen würde, weitere Fundstellen ausfindig zu machen. Sein Leben würde fortan in ungleich höheren Bahnen verlaufen, die spannender, interessanter aber auch riskanter wären.

Seine Experimente verlangten nach immer besseren Instrumenten und wurden zunehmend aufwändiger. Die Untersuchungen verschlangen Unsummen. Sollte es ihm jedoch gelingen, dem verschollenen Vermögen mithilfe dieser alten Handschriften auf die Spur zu kommen, könnte er seine Studien für den Rest seines Lebens fortführen. Es würde ihm zu Ruhm und Ansehen verhelfen.

Mit einem Lächeln verschloss er das klösterliche Kunstwerk und klemmte es unter den Arm. Mit der Taschenlampe im Mund stieg er die Leiter nach oben. Alles andere ließ er zurück. Es hatte jetzt keine Bedeutung mehr für ihn. Von seinem alten Leben würde er nichts mitnehmen. Abgesehen von ein paar gefüllten Koffern, die in einen Kombi passten.

9. Kapitel

Mit Karacho lenkte Stephanie das Endorfin-Bike auf ihre Einfahrt zu. Dabei wäre sie beinahe mit einem Polo zusammengestoßen, der seitlich aus der Dunkelheit angeschossen kam.

»Was machst du denn hier?«, fragte Stephanie überrascht, nachdem der Wagen unmittelbar neben ihr zum Stehen gekommen war und sie hinterm Lenkrad ein bekanntes Gesicht erblickte.

Die Buchhändlerin öffnete die Wagentür, stieg aus und stürmte mit offenen Armen auf ihre Freundin zu. Sie war zwar wie die Produktionsassistentin hochgewachsen, hatte aber nicht so viel Hüftspeck und wirkte stets elegant, egal was sie trug. Aber das Wunderbarste waren ihre Augen: groß, strahlend, an allem interessiert und immer gutmütig. Stephanie vertraute ihr. Sie küssten sich auf beide Wangen.

»Ich dachte, wir machen noch eine kleine Nachtwanderung.«

»Und ich dachte, du wolltest zeitig ins Bett?«

»Wer kann schon in einer so wunderbar milden Nacht früh ins Bett gehen? Wir müssen heute noch etwas Wichtiges erledigen«, erklärte die Buchhändlerin.

»Etwas Wichtiges erledigen? Um diese Zeit? Und wenn ich nicht will? Borstel verlangt von mir, dass ich dringend etwas fertig mache. Stichtag, verstehst du.«

»Dann muss Borstel halt warten. Ich glaube, ich weiß, wo dein Schubert ist. Aber vorher schau dir bitte dieses Bild an.«

Kristina wandte sich um und griff nach einem Wälzer, der auf dem Beifahrersitz lag. Bücher waren für sie nicht nur kleine Wertgegenstände, es waren ihre Freunde. Diese gaben ihr bereitwillig Auskunft. Wo andere lange suchen mussten, hatte sie bereits die richtige Stelle in Augenschein genommen. Auch jetzt gelang es ihr, mit einer raschen Bewegung ihres Handgelenkes die gewünschte Seite aufzuschlagen, auf der eine kleine Abbildung zu sehen war. Sie zeigte mit dem Finger darauf.

»Ist das hier das Marienbild vor Schuberts Safe?«

»Ja, genau. Du bist mir unheimlich. Wo hast du das Buch her?«, fragte Stephanie sichtlich überrascht.

»Aus meinem Laden natürlich! Das Bild schauen wir uns jetzt im Original an.«

»Und wo soll das bitte schön sein? In einem Museum vielleicht? Die haben um diese Zeit geschlossen. Oder erwartest du, dass ich wieder irgendwo einbreche? Das wird mir langsam zu wüst.«

»Sei nicht so. Mach schon. Ala hopp, steig ein. Wir verpassen sonst noch deinen Schubert.«

»Das ist nicht MEIN Schubert. Ich komme mit. Aber nur unter der Voraussetzung, dass wir nicht wieder irgendwo einbrechen«, verlangte Stephanie auf der Stelle.

»Müssen wir nicht. Versprochen«, sprach Kristina mit fester Stimme. Sie war vom unbedingten Willen beseelt, Licht in die Sache zu bringen.

»Gut. Dann warte bitte. Lass mich das Fahrrad rasch in die Garage stellen.«

»Du machst immer ein Gewese um deine Räder!«, kommentierte ihre Freundin.

Schließlich nahm Stephanie auf dem Beifahrersitz Platz. Die Buchhändlerin legte den Gang ein und fuhr mit zügiger Geschwindigkeit durch die nächtlichen Straßen. Ihre Beifahrerin versuchte währenddessen, den dicken Bildband unter sich wegzuziehen, auf den sie sich versehentlich gesetzt hatte. Das war bei den zahlreichen Kurven kein leichtes Unterfangen, zumal Kristina ein ordentliches Tempo vorlegte. In einer spitzen und viel zu schnell gefahrenen Abbiegung stieß Stephanie heftig mit dem Kopf an den Seitenholm.

»Fahr doch langsamer«, fluchte sie.

»Es geht um Leben und Tod. Da darf man nicht zaudern«, war die Antwort.

Unbeirrt lenkte die Fahrerin ihr Fahrzeug in westliche Richtung. Ihr Ziel lag irgendwo vor ihnen in der Dunkelheit.

»Wo willst du hin?«

»Du wirst schon sehen. Lass dich überraschen.«

»Du überraschst mich heute pausenlos«, kommentierte Stephanie trocken.

Kurz bevor die Landstraße steil hinunter in die Rheinebene führte, bremste Kristina den Wagen abrupt ab und parkte ihn nachlässig am Straßenrand.

»Auf geht's. Den Rest machen wir zu Fuß!«, bestimmte sie.

Nach kurzer Orientierung in der dunklen Umgebung fanden die beiden Frauen schließlich den schmalen Pfad, der von der Straße bergauf führte.

»Hast du mich etwa wirklich wegen einer Nachtwanderung mitgenommen?«, beschwerte sich Stephanie keuchend, folgte der Freundin aber dennoch. Mit einem All-Terrain-Bike wäre dieser steile Weg zweifelsohne ein Klacks gewesen. Doch das Rad stand sauber geputzt in ihrer Garage.

In einer lauen Sommernacht wie dieser sollte man nicht durch die Dunkelheit schleichen, sondern mit einem spannenden Krimi in der Hand auf der Couch liegen, dachte Stephanie. Oder mit Freunden über Gott und die Welt philosophieren, einen Wein trinken und es sich gut gehen lassen. Ihr passte dieser Ausflug absolut nicht.

Kräftig atmend folgte sie ihrer Freundin, die von einem unbändigen Impuls getrieben putzmunter vor ihr hermarschierte.

Verdeckt von hohen Bäumen und Sträuchern war der schmale Pfad kaum zu erkennen. Bald erreichten sie einen Abzweig, der weiter bergauf führte. Dann blieb Kristina abrupt stehen und versperrte mit ihrem Arm Stephanie den Weg.

»Stopp!«, lautete ihre Anweisung.

»Gewiss doch, meine Führerin.«

»Sei ruhig, Steph!« war die unmissverständliche Antwort. »Da ist etwas.«

Sie hatten nun fast den höchsten Punkt der Landschaft erklommen. Über ihnen funkelte ein klarer Sternenhimmel. Eine zunehmende Mondsichel stand tief und rötlich-drohend am Horizont.

»Schau, da drüben hat jemand geparkt. Wir sind also hier nicht allein. Jetzt ist höchste Vorsicht geboten«, warnte Kristina, die den Wagen zuerst gesehen hatte. Mit langsamen Schritten folgten die beiden nun einem leicht abschüssigen Weg, der sie näher an das abgestellte Fahrzeug brachte.

Im spärlichen Licht des Mondes erkannte Stephanie nun Einzelheiten. Dann sagte sie voller Überzeugung: »Der Aufkleber kommt mir bekannt vor. Den habe ich irgendwo schon mal gesehen.« Sie überlegte eine Weile, dann rief sie: »Ja, richtig. Das Schlüsselkästchen in Franks Schreibtisch hat genau dieses tupfengleiche, geschwungene Kreuz auf dem Deckel.«

»Lass sehen. Ein schwarzes Kreuz auf weißem Grund. Was bedeutet das?«, fragte die Buchhändlerin flüsternd und mahnte Stephanie auf diese Weise leise zu sein.

»Keine Ahnung«, kam die Antwort wispernd.

»Stehen da auch diese Buchstaben drunter?«

Kristina brachte ihr Gesicht ganz nahe an die zwei Worte heran, die für sie jedoch nicht zu entziffern waren. Die Lettern hatten eine zu kleine Schriftgröße.

»Es ist zu dunkel. Das kann ich nicht lesen. Was steht denn da?«

»Ordo Teutonicus, da steht Ordo Teutonicus.« Stephanies Lesefähigkeit in der Nacht schien deutlich besser zu sein als die ihrer Freundin.

»Na bitte, das ist der lateinische Name für den Deutschherrenorden. Hab ich es mir doch gedacht.«

»Aber das passt so gar nicht zu den Regularien, die ich gefunden habe. Darauf stand DHvSS« sagte Stephanie verblüfft.

»Das kriegen wir auch noch raus. Dafür lässt sich bestimmt eine einfache Erklärung finden.«

»Wenn es hier nichts weiter zu entdecken gibt, können wir ja jetzt zurückfahren.« Stephanie fühlte sich bettschwer. Ihr Wunsch traf auf geringes Verständnis.

»Wir haben ja gerade erst angefangen. Lass uns zur Kapelle gehen. Da drüben sehe ich schon den Eingang.« Dabei gab sie mit ausgestrecktem Arm die Richtung vor. Lautlos marschierten die couragierten Frauen voran. Mächtige Linden säumten den Weg, die ein beruhigendes Säuseln über die Nachtwanderer streuten. Dann, ganz unvermittelt, tauchte der hohe Turm der Letzenbergkapelle vor ihnen auf. Das zarte Licht des Mondes zeichnete kalte Linien ins Gemäuer. Vor dem sternenklaren Himmel bildete das Gotteshaus eine düstere, Angst einflößende Silhouette. Sie machte den Eindruck einer versteinerten Wächterin der Finsternis, nur dazu geschaffen, ein Geheimnis zu bewahren.

Für einen Moment hielten sie inne und lauschten angespannt. Im sanften Nachtwind gab es keine verdächtigen Geräusche. Nur die nahe Autobahn rotzte ein monotones Fauchen an den Letzenberg.

»Und, was machen wir jetzt?«, wollte Stephanie wissen.

»Wart's ab, Steph.«

Die Buchhändlerin marschierte schnurstracks auf die Wallfahrtskapelle zu. Sie stand schon mit einem Bein auf der untersten Treppenstufe zur Eingangstür, als sie begann, in ihrer Handtasche ungeduldig nach irgendetwas zu suchen. Kurz darauf befand sich ein Handy in ihrer Hand. Sie schob es mit dem Daumen auf, um es dann mit gestrecktem Arm gerade nach oben zu halten. Das kleine Display verbreitete ein mickriges Licht. Aber es war ausreichend, um das Heiligenbild über der mächtigen Eichentür zu beleuchten, die den Eingang zur Kapelle versperrte. Vor den Augen der beiden Frauen tauchte ein Bild der heiligen Mutter Maria auf.

»Das gibt's doch nicht. Das ist ja das Marienbild, das vor Schuberts Tresor hängt! Maria hat sieben Schwerter in ihrem Herzen. Und da, schau. Da drüben steht die XIII. Genau wie bei Schubert«, flüsterte Stephanie aufgeregt.

»Danke. Nichts anderes wollte ich hören«, bekam sie flüsternd zur Antwort.

»Meinst du, der geplante Mord hängt irgendwie mit dieser Kapelle zusammen?«

»Ja, da bin ich mir absolut sicher. Verstehst du jetzt, warum es mir so wichtig war, noch heute Nacht mit dir hierhin zu fahren? Vielleicht führt uns das zur Klärung, und vielleicht auch zu deinem Buchhalter. Ich glaube, dass er noch lebt«, sprach Kristina mit erzwungener Langsamkeit.

Stephanie wollte gerade antworten, als plötzlich die schwere Eichentür von innen aufgeschlossen wurde. Die Frauen reagierten sofort. Wie abgesprochen sprang die eine nach links, die andere nach rechts zur Seite. Während jemand zwischen ihnen die Tür gänzlich aufdrückte, pressten sie sich gegen die Mauer des Gotteshauses. Der ungewöhnlich helle und kalte Schein einer LED-Stablampe fiel auf die Steintreppe und gab ihr dadurch etwas Unheilvolles, Gespenstisches.

Dann zappelte die Lichtquelle unruhig hin und her. Das Verschließen der alten Tür war zu hören, bevor sich der weißliche Lichtkegel schaukelnd in Richtung Wagen entfernte. Die Person eilte raschen Schrittes davon. Es schien ein Mönch zu sein, der unter seinem Arm etwas von der Größe eines Aktenkoffers trug. Seine lange Kutte wippte im fahlen Mondlicht. Das Gesicht verhüllte eine tief heruntergezogene Kapuze. Kurz darauf verschwand der Rätselhafte zwischen den alten Linden. Die beiden Nachtschwärmerinnen blieben noch eine ganze Weile mit der Wand der Wallfahrtskapelle verschmolzen. Das Starten eines Ottomotors war zu hören. Ohne Licht entfernte sich der Wagen in langsamer Fahrt. Vermutlich um kein Aufsehen zu erregen, nutzte der Fahrer die schmalen Wege inmitten der Weinreben.

»Wenn das nicht verdächtig ist. War das etwa ein Ordensbruder? Oder kann das Schubert gewesen sein?«, flüsterte Stephanie ihre Fragen kaum hörbar zur Freundin hinüber.

»Wenn er das war, hat er Borstels Einladung zur Seereise noch nicht erhalten. Wie auch immer, ich frage mich, was jemand um diese Uhrzeit in der Kapelle macht? Nur beten bestimmt nicht.«

»Fragen über Fragen. Auf die Antworten werden wir warten müssen. Morgen fahren wir bei Schubert vorbei und warnen ihn. Vielleicht gibt er uns ja bereitwillig Auskunft und es klärt sich alles auf«, entgegnete Stephanie lapidar.

»Wenn er zu diesem Zeitpunkt schon in einem Fass liegt, ist das allerdings schwierig.«

»Wer auch immer das war, wir kommen nicht umhin, herauszufinden, was euren Buchhalter mit seinem Chef verbindet, außer seinem Arbeitsvertrag natürlich. Die Sache ist komplizierter als ich zunächst dachte«, stellte die Buchhändlerin fest und rieb sich dabei die Schläfen synchron mit beiden Daumen.

»Ich denke jetzt überhaupt nicht mehr. Ich will ins Bett. Morgen wartet ein verdammt anstrengender Tag auf mich. Lass uns gehen«, erwiderte Stephanie freimütig.

Kristina gab keine Widerworte. Auch ihr Schlafbedürfnis hatte sich gemeldet, nachdem die Anspannung nachließ. Sie gähnte mit weit offenem Mund hinter vorgehaltener Hand.

»Gut, dann melden wir uns morgen früh bei ihm. Auf jeden Fall sollten wir zusehen, das wir in die Kraichgau-Bibliothek kommen. Dort finden wir die Informationen, die uns fehlen. Ich hole dich ab. Vorher frühstücken wir gemeinsam. Ist das okay?«

Stephanie stimmte zu. Sie wollte nur noch ins Bett. Sichtlich müde und doch auf merkwürdige Weise aufgewühlt folgte sie ihrer Freundin den schmalen Weg zurück zum Wagen.

Es war ein ereignisreicher Tag gewesen. Die vom kalten Licht des Mondes illuminierte Wallfahrtskapelle verschwand mehr und mehr hinter den nachtschwarzen Blättern der alten, mächtigen Linden.

10. Kapitel

Glockengeläut ließ Stephanie aus ihrem Bett hochfahren. Sie rieb sich die Augen. Es dauerte eine Weile, bis sie die Uhr ablesen konnte. Gleich würde ihre Freundin vor der Tür stehen und zum Aufbruch drängen. Dabei hatte Stephanie noch so viel anderes vor. Das Bad müsste dringend mal geputzt werden, über die dreckigen Fenster machten bestimmt schon die Nachbarn abfällige Bemerkungen. In ihrem Vorgarten befand sich das Unkraut auf der Überholspur. Auch gegen die klebrige Leere ihres Kühlschranks sollte sie etwas unternehmen. Dazu kam Borstels Eilauftrag, den sie nur erfüllen konnte, wenn sie das Wochenende durcharbeitete. Warum nur hatte sie ihrer Freundin versprochen mitzugehen?

Gerade als sie das Bad verließ, nur mit einem pinkfarbenen Schlüpfer bekleidet, klingelte es an der Haustüre. Kristina ist mal wieder pünktlich auf die Minute, dachte sie und drückte auf den Türöffner. Vor ihrem Kleiderschrank stehend sprach sie laut, um ihren morgendlichen Besuch in Parterre auch zu erreichen.

»Hallo Kristina. Willst du nicht alleine in die Kraichgau-Bibliothek? Weißt du, ich habe noch so viel zu tun. Da reicht ein Wochenende gar nicht. Was ist eigentlich mit dir? Wer macht denn gerade in deinem Laden Dienst, wenn du weg bist?«

Sie bekam zwar keine Antwort, plapperte dennoch munter weiter.

»Passt das Bolero-Jäckchen zu der schwarzen Röhrenjeans? Was meinst du? Ich weiß sonst nicht, was ich anziehen soll«, rief sie durch die offene Schlafzimmertür. Sie war sich sicher, dass ihre Freundin dort auf sie wartete. Von unten kam immer noch keine Antwort.

Stephanie wühlte weiter in ihrem Schrank, fand aber partout nichts Besseres. Auf Zehenspitzen auf dem Bettrand stehend suchte sie in der oberen Schrankhälfte nach einem passenden BH. Aber sie fand ihn nicht. So musste der Türkisfarbene herhalten.

Als sie zurück auf den Boden hüpfte, ließ sie ein Räuspern herumfahren. Im Türrahmen lehnte ein großer Mann mittleren Alters. Er trug einen gut sitzenden Anzug mit leuchtend roter Krawatte. Stephanie schrak zusammen. Sie konnte es kaum fassen. Da stand doch tatsächlich ein Fremder in ihrem Schlafzimmer und grinste sie an. Schnell hielt sie den BH vor ihre Brust.

»Guten Morgen, schöne Frau« begrüßte er sein Gegenüber.

»Wer sind Sie? Was fällt Ihnen ein? Und wie sind Sie hier überhaupt hereingekommen?«, brüllte Stephanie den Unbekannten an. Sie versuchte dabei ganz gelassen zu wirken, was ihr aber nicht wirklich gelang, denn ein ängstliches Zittern vibrierte unüberhörbar in ihrer Stimme mit.

»Entschuldigen Sie bitte. Ich wollte Sie nicht erschrecken. Ihre Eingangstür stand offen. Da bin ich einfach reingekommen«, gab ihr Gegenüber unumwunden zu verstehen. Dazu schenkte er ihr ein ansteckendes Lächeln.

»Das beantwortet aber nicht alles. Wer sind Sie überhaupt?«, wiederholte Stephanie.

»Mein Name ist Gabriel, Simon Gabriel«, beantwortete der Unbekannte die erneut gestellte Frage mit beruhigender Stimme.

»Und was wollen Sie von mir, Herr Gabriel?«

Stephanie hatte mittlerweile eine Schranktür zwischen sich und dem Überraschungsgast aufgeklappt. Nur ihr Kopf schaute hervor. Ihre pechschwarzen, mittellangen Haare fielen zur Seite.

Der Mann drehte ihr jetzt langsam den Rücken zu, bevor er antwortete. Sie sah jetzt auf das dichte braune Haar seines Hinterkopfes.

»Ich arbeite bei der Polizei und ermittle in einem Mordfall. Ein Fall, der etwa ein Jahr zurückliegt. Darf ich Ihnen ein paar Fragen dazu stellen? Es dauert nur einen Moment.«

Endlich hatte Stephanie sich wieder gefangen.

»Sie sehen ja, dass es gerade unpassend ist. Bitte warten Sie doch unten im Wohnzimmer auf mich. Ich kleide mich rasch an und komme dann zu Ihnen. Aber ich kann mir nicht vorstellen, dass ich bei Ihren Ermittlungen behilflich sein kann.«

Sie versuchte, ganz entspannt zu wirken, doch ihr Herz pochte heftig in der Brust.

Verständnisvoll nickend wandte sich der Eindringling der Treppe zu. Hinter ihm knallte Stephanie die Schlafzimmertür mit beiden Händen zu. Sie brauchte keinen Zuschauer beim Ankleiden, erst recht keinen Fremden.

Das voreilige Drücken des Türöffners würde ihr noch mal zum Verhängnis werden. Aber hatte er nicht gesagt, ihre Haustüre habe bereits offen gestanden? War etwa vor ihm noch jemand ins Haus gekommen? Wie auch immer. Dieser morgendliche Überfall hatte ihr gerade noch gefehlt. Hoffentlich tauchte Kristina bald auf!

Wie konnte man nur so frech sein? Einfach ungebeten ein Haus betreten und dann noch unverschämt grinsend im Schlafzimmer auftauchen. Das war doch allerhand. Aber hatte sie gestern nicht Ähnliches getan?, rief sie sich in Erinnerung.

Als sie versuchte, den Verschluss ihres BHs zu schließen, bemerkte sie das leichte Zittern ihrer Hände.

»Der Tag fängt ja schon gut an!«, sprach sie zu sich, während sie das Bolero-Jäckchen und die Röhrenjeans zurück in den Schrank schleuderte und ein türkisfarbenes Kleid herausfischte. Das passte besser zu ihren gebräunten Beinen, die sie an diesem sonnigen Tag nicht in einer Jeans verstecken wollte.

Wieder fiel ihr Borstels Auftrag ein.

Gerade als sie den Reißverschluss ihres Kleides schließen wollte, zuckte sie zusammen, denn eine helfende Hand packte den Verschluss und zog ihn nach oben.

»Guten Morgen Steph. Komm, lass uns fahren.« Es war Kristina. Sie war lautlos ins Zimmer gekommen und hatte sie erschreckt. Sollte das jetzt so weitergehen?

»Ist das heute ein Tag der offenen Tür?« fragte Stephanie schnippisch.

»Du wusstest doch, dass ich dich abhole?« Die Buchhändlerin war erstaunt.

»Hast du den Typ im Wohnzimmer nicht gesehen? Kennst du den?«

»Was ist los mit dir? Hier ist niemand. Bist du überhaupt schon ganz wach?« frotzelte Kristina.

»Da war gerade ein Typ, der ermittelt in einem Mordfall. Ich hatte ihm aufgemacht. Ich dachte zunächst, du wärst das«, sagte sie sichtlich beunruhigt.

»Ein Polizeibeamter? Hier ist niemand. Obwohl – deine Tür stand offen.«

»So glaub' mir doch. Da war ein Typ. Ist dir denn keiner entgegengekommen?«

»Nein. Niemand.«

Stephanie stürmte barfuß die Treppe hinunter, fand aber das Wohnzimmer verlassen vor. Kein Besucher, niemand. Wo war der Kerl hin? Sie schaute rasch in alle Zimmer. Der Mann aber blieb verschwunden.

»So glaub mir doch. Hier war niemand«, bestätigte die Buchhändlerin erneut. »Lass uns fahren. Unterwegs holen wir uns ein paar Brötchen.«

»Ich habe einen Bärenhunger!«

»Den hast du immer, meine liebe Steph.« Sie kniff ihrer Freundin in den Hüftspeck. »Wolltest du nicht diese neue LOGI-Diät ausprobieren. Du solltest mal wieder was für deine Figur tun.«

»Was für meine Figur tun!«, wiederholte Stephanie. »Ich fahre jeden Tag Fahrrad. Das reicht. Und wer mein bisschen Figur nicht mag, soll sich zum Teufel scheren.«

Bei dem Wort 'bisschen' zischte sie wie eine aufgeschreckte Schlange. Sie war wütend. Über ihre Figur hatte sich Kristina noch nie geäußert.

Die Buchhändlerin bemerkte ihren Fauxpas.

»Das war nicht so gemeint!«

Sie bekräftigte ihre Entschuldigung mit einer Umarmung. Dann löste sie sich von Stephanie und begann eine längere Erklärung abzugeben, der Stephanie nicht folgte. Stattdessen dachte die Produktionsassistentin wieder an die Firma und an Frank, der jedes Gramm an ihr gemocht hatte. Darüber hatte er sie nie im Unklaren gelassen. Seine Gattin war dünn wie eine Bohnenstange. Die klappert doch bestimmt beim Radfahren, hatte sie ihm einmal gesagt, als er sich spät abends von ihr verabschiedete. Er war dabei erstaunlich ruhig geblieben. Dieses Schweigen hatte sie nicht verstanden. Dass Frank seine Ehefrau nicht mehr liebte, hatte sie gespürt. Erwähnt hatte er es nie. Es musste etwas anderes sein, was ihn an seine Frau band. Etwas, das ihr immer unbekannt blieb.

Tief in ihr erwachte erneut eine leichte Wut, während sie an ihn und an ihre Trennung dachte. Heute schien nicht nur ein Tag der offenen Tür, sondern auch ein Tag der offenen Worte zu sein. Plötzlich wollte sie wissen, wie Kristina das sah. Wie stand sie zu ihrem Verhältnis zu Frank, einem verheirateten Mann? Sicher, sie hatten zuvor über dieses Thema gesprochen. Aber geschickt vermied es Stephanie dabei, die Meinung ihrer Freundin zu erfahren.

Sie baute sich mit dem Rücken vor der riesigen Fensterwand des Wohnzimmers auf, sah Kristina an, die mal wieder ihr so typisch unbeschwertes Lächeln an den noch frühen Tag legte, und stellte zögerlich ihre Frage.

»Du, Kristina. War das ein Fehler? Ich meine mein Verhältnis zu Frank. Sei bitte offen und ehrlich. Ich habe dir nie diese Frage gestellt, aber heute könnte ich deine Antwort ertragen.«

»Wie ich das Verhältnis fand? Was soll diese Frage? Du hast ihn geliebt, liebst ihn vielleicht immer noch. Und wo die Liebe des Herzens waltet, benötigt man keine Meinung des Verstandes.«

»Das hast du schön gesagt. Kristina, ich hätte nie gedacht, dass du das so siehst. Das tut gut, weißt du.« Sie strich mit der flachen Hand ihr Kleid zurecht. Stephanie zog sich nun die Schuhe an. Dabei wollte sie nun etwas anderes in Erfahrung bringen.

»Du sag mal, wie gehst du eigentlich mit Wut um? Ich meine so eine richtige, brennende Wut. Eine mörderische Wut. So mit Hass und Rage und allem, was dazugehört!«, fragte sie, während sie nach unten gingen.

»Wie ich damit umgehe? Ich wende die Irkutsk-Methode an. Die funktioniert in den meisten Fällen.«

Sie hatten inzwischen das Haus verlassen und öffneten gerade die Fahrzeugtüren, als Stephanie wissen wollte, was das denn für eine Methode sei.

»Steig ein, ich erzähl es dir unterwegs. Die klappt ganz prima«, antwortete die Buchhändlerin.

Während sich der Wagen in Bewegung setzte, begann Kristina zu erläutern, was sie darunter verstand.

»Also, wenn ich richtig Wut habe, so eine Wut auf irgendjemanden, dann stelle ich mir vor, ich packe ein Paket. Da hinein stopfe ich die ganze angesammelte Wut, den ganzen Groll. Dann schreibe ich als Adresse Irkutsk drauf. Jetzt muss ich die Postsendung nur noch frankieren. Das ist nicht so einfach. Dazu sollte man nämlich wissen, was die Wut kostet. Also, wenn sich ein Kleidungsstück nach wenigen Wäschen verfärbt oder ein paar wunderbare Schuhe nach genau einem Jahr auseinanderfallen, dann nehme ich den entsprechenden Preis als Porto. Danach bringe ich das Paket gedanklich zur Post und verschicke es nach Irkutsk. Von da kommt nie etwas zurück, glaub es mir. Auf diese Art bin ich so ziemlich jede Wut losgeworden.«

Die Beifahrerin schaute ihre Freundin verwundert von der Seite an, während sich der Polo ordentlich in die Kurven legte.

»Guck nicht so. Das funktioniert. Probier es doch aus«, entgegnete Kristina diesem Blick.

Also kannte sie ebenfalls diese Wut, die wie ein glühendes Eisen im Bauch lag und nicht gehen wollte. Stephanie begann zu glauben, dass diese Sache mit Irkutsk tatsächlich funktionierte. Sie nahm sich vor, die Methode bei nächster Gelegenheit auszuprobieren. Hätten sie vorher schon davon gesprochen, könnte Franka vielleicht noch leben.

Stephanies Magen knurrte. Auch Kristina hatte Verlangen nach einem Frühstück. Da half nun keine Methode. Sie mussten etwas essen. Sie hielten bei einer Bäckerei und besorgten sich Kaffee und Brötchen, auf denen sie noch herumkauten, als sie Unteröwisheim hinter sich ließen. Dann kamen sie erneut auf den Polizisten zu sprechen.

»Er ist möglicherweise einem Hinweis gefolgt? Aber was solltest du mit einem Mord zu tun haben? Ich finde es schon merkwürdig, dass er so plötzlich verschwunden ist, ohne dir Bescheid zu geben. Vielleicht hat er einen Anruf erhalten. Was auch immer. Wenn er etwas von dir will, taucht er auch wieder auf«, fabulierte Kristina.

»Oder jemand hat mich vor Schuberts Haus gesehen. Ich hätte nicht bei ihm einbrechen dürfen. Ich will mit der Polizei nichts zu tun haben.«

»Du bist nicht eingebrochen, Steph. Schuberts Tür stand offen und du hast halt im Haus auf ihn gewartet. Und das mit dem Safe kann dir keiner nachweisen. Du hast doch nichts mitgenommen.«

»Nein, natürlich nicht!«

Stephanie schaute die Fahrerin erstaunt von der Seite an. Wie verabredet, lachten beide und fühlten sich mit einem Mal einer kleinen, verschworenen Truppe zugehörig, die ein Geheimnis hüten musste.

Dann erzählte sie ihrer Freundin von einem Traum der vergangenen Nacht.

»Weißt du was? Ich habe geträumt, ein unbekannter, attraktiver Mann würde in mein Leben treten. Er hat gelächelt. Nur gelächelt. Und ich fühlte mich glücklich. Überglücklich. Bis dieser blöde Wecker dazwischen kam.«

»Sah dieser Traummann dem Typ ähnlich, der heute früh in deinem Schlafzimmer aufgetaucht ist?«

»Du machst dich wohl über mich lustig. Ich bin schon froh, dass ich nicht von Frank geträumt habe. Oder von irgendwelchen Containern. Mit lauter Fässern drin.«

Kristina lachte auf. »Steph, so gefällst du mir. Versuch ihn zu vergessen. Oder schicke deine Erinnerungen doch einfach nach Irkutsk. Das geht auch.«

Stephanie antwortete nicht. Sie fuhren durch Gochsheim, als vor ihnen das Graf-Eberstein-Schloss in majestätischer Pracht auftauchte.

»Wir sind da. Die Bibliothek befindet sich im Obergeschoss«, rief Kristina, die den Polo auf dem Parkplatz davor abstellte. Erst als die beiden auf den Eingang des Schlosses zusteuerten, wollte Stephanie plötzlich wissen, wonach sie genau genommen hier suchten.

»Hab' Geduld. Das wirst du schon sehen. Weißt du eigentlich, dass wir ein Riesenglück haben?«

»Weil wir im Kraichgau leben?«, antwortete Stephanies spontan.

»Ja, das auch. Aber die Bibliothek ist nur einmal im Monat geöffnet. Und das ist genau heute.« Dabei zeigte sie mit ihrem Zeigefinger auf den spiegelglatten Steinboden.

Die zwei großen Säle des Schlosses, die der Bibliothek zur Verfügung standen, waren vollgestopft mit Büchern. Keine Ecke hatte man ausgelassen. Die hohen Decken mit ihren goldenen Verzierungen wölbten sich oberhalb zahlreicher Regalreihen, über denen gläserne Lüster schwerelos zu schweben schienen. Die schmalen Fenster, eingerahmt von schweren, bordeauxroten Vorhängen, ließen ausreichend Tageslicht in die beiden Räume fallen. Die Strahlen der Sonne fingen sich im flirrenden Staub und bildeten so fensterbreite Dreiecke. An den Wänden hingen Gobelins mit Darstellungen von Ritterkämpfen und Jagdszenen.

Im hinteren Bereich des zweiten Raumes hatte man zwischen den leuchtend weiß lackierten Regalen alte Holzkisten gelagert, die hier nicht hingehörten.

Der ältere, grauhaarige Herr, der die Bücher zu verwalten schien, las gerade in einem schmalen Bändchen Hölderlin'scher Gedichte, als sich die beiden Frauen vor seinem Schreibtisch aufbauten. Er zeigte ihnen sein käsiges Mondgesicht, das von gelben und rötlichen Vernarbungen durchzogen war. Irgendwie erinnerte es Kristina an einen Flammkuchen.

»Guten Tag. Ich bin hier der Bibliothekar. Wonach suchen Sie denn?«, fragte er äußerst zuvorkommend.

»Wir wollen vor allem etwas finden«, antwortete sein Gegenüber resolut. Der Mann hatte seinen ersten Fehler gemacht, denn Kristina mochte das Wort ‚suchen' nicht. Am liebsten hätte sie es aus der deutschen Sprache getilgt. Stephanie konnte sich gut vorstellen, dass der eine oder andere Duden, der über ihren Ladentisch ging, an dieser Stelle geschwärzt war.

Bevor die Buchhändlerin nachlegte, erklärte sie dem Flammkuchengesicht in freundlichem Ton, das sie einen eigenen Buchladen ihr eigen nannte und sie mit der Bibliotheksarbeit bestens vertraut war. Dann erst nannte sie ihm den Zweck ihres Besuchs.

»Wir möchten etwas über die Letzenberg-Kapelle finden. Wo fangen wir denn da am besten an?«

»Was suchen Sie denn genau?«, bekam sie zur Antwort. Er schien nicht zu verstehen, warum die eine von den beiden wieder so zickig reagierte. Sichtlich genervt schaute sich die Buchhändlerin um.

»Es geht um Fotos, Zeichnungen usw. Gibt es da was? Haben sie ein elektronisches Verzeichnis?«

»Nein, leider nicht. Tut mir leid. Das sucht man hier vergebens«, antwortete er geistesabwesend. Da war wieder dieses scheußliche Wort suchen. Der Bibliothekar schien nichts anderes zu tun als zu suchen. »Suchen verwirrt den Geist«, flüsterte Kristina ihr zu. Der Mann bestätigte ihr Vorurteil.

Unsicher schaute er sich um und dachte angestrengt nach, während er sein Kinn rieb. Schließlich schrieb er aus dem Gedächtnis einige Regalnummern auf einen kleinen Notizzettel und hielt diesen der Buchhändlerin vor die Nase.

»An diesen Stellen werden Sie etwas dazu finden.«

»Na bitte, geht doch!«, antwortete Kristina.

Das Flammkuchengesicht verstand die Bemerkung nicht. Aber er schien über ein bemerkenswertes Erinnerungsvermögen zu verfügen, denn der Bestand an Büchern, Loseblattsammlungen und Folianten war beachtlich.

Gerade als sie sich mit dem Zettel in der Hand dem ersten Regal näherten, fiel dem Mann noch etwas ein.

Mit einem »Warten Sie!« hielt er beide auf. Dann kramte er so lange in einer der Schreibtischschubladen herum, bis ein riesiger Schlüsselbund in seiner Hand lag.

»Da habe ich vor Kurzem etwas reinbekommen. Einige Bücher und Unterlagen, die uns aus London zugesandt wurden. Sie galten seit Jahrzehnten als verschwunden. Da Sie vom Fach sind, möchte ich Ihnen diese nicht vorenthalten. Entleihen ist allerdings bei uns nicht möglich. Sie werden Augen machen! Ich bin mir sicher, es handelt sich hier um die Originalbauzeichnungen der Kapelle. Das wurde aber noch nicht hinreichend geprüft. Diese Baupläne sucht man übrigens schon seit über hundert Jahren. Haben mal einen Preis erhalten. Gold, glaube ich«, verkündete er stolz.

»Die Zeichnungen sind aus Gold?« fragte Stephanie, die etwas abseits stand und den Mann nicht richtig verstanden hatte.

»Nein, der Preis. Der Preis war aus Gold«, platzte es aus ihm hervor. Dann, in einem etwas versöhnlicheren Ton: »Sie müssen wissen, dass die Pläne damals bei der Bauausstellung in Dresden eine Goldmedaille gewonnen haben. Anschließend waren sie plötzlich verschwunden. Seitdem hat man sie vergeblich gesucht.«

Die beiden Frauen folgten dem Bibliothekar in den hinteren Bereich. Vor einem überfüllten Regal ging er in die Knie und zog eine massive Holzkiste hervor, die starke Gebrauchsspuren aufwies. Ein nagelneues und stabiles Vorhängeschloss verhinderte ein einfaches Öffnen. Das Flammkuchengesicht hielt einen großen Schlüsselbund vor sein Gesicht und suchte in aller Ruhe nach dem richtigen Schlüssel. Als er ihn in das Schloss stecken wollte, fuhr er erschreckt hoch.

»Was ist das denn? Jemand hat die Kiste aufgebrochen! Das gibt es doch nicht! Und wir haben noch gar nichts inventarisiert. Verdammt! Ich hoffe nicht, dass da etwas fehlt! Wer tut so was?«, rief er mit zittriger Stimme.

Zum Gelb im Gesicht des Mannes gesellte sich nun ein chilirotes Leuchten. Er war außerstande, sich zu beruhigen. Der Mann stemmte sich hoch und begann nervös im Gang auf und ab zu laufen. Schließlich, als seine Schritte langsamer wurden, steuerte er auf seinen Schreibtisch zu.

»So etwas hat es in unserer Bibliothek noch nicht gegeben. So ein Mist! Verdammt noch mal. Das wäre die Sensation für Gochsheim gewesen!«

Er wirkte immer noch höchst erregt, als er zum Telefon griff und eine dreistellige Nummer wählte. Es war vermutlich die 112. Er gab Name und Adresse durch und legte dann wieder auf.

»Die Polizei wird gleich hier sein«, brummte er, dabei wie paralysiert auf den Boden starrend. Dann sackte er völlig verzweifelt in sich zusammen und ließ sich auf den Schreibtischstuhl fallen.

Stephanie blieb ungerührt. An Kristina gewandt sagte sie flüsternd:

»Würde mich nicht wundern, wenn die Zeichnung, die ich in Schuberts Safe gesehen habe, zuvor in dieser Kiste lag.«

Die Buchhändlerin blickte zu ihr hinüber und nickte verstohlen.

»So etwas ist in unserer Bibliothek noch nie vorgekommen. Verdammt noch mal«, stammelte das Flammkuchengesicht.

»Was ist denn mit ihm los? Wie reagiert er denn, wenn wirklich etwas Schlimmes passiert?«, fragte Stephanie ihre Freundin.

»Das ist vermutlich etwas Schlimmes. Für ihn ist es jedenfalls so. Diese Dokumente und Zeichnungen sind von Bedeutung. Unersetzbar.«

»Das ist irgendein altes Papier. Wer braucht das heute noch? Alles ist doch schon längst bekannt und digitalisiert. Oder es ist völlig uninteressant geworden.«

»Du hast aber merkwürdige Ansichten.« Mitleidig blickte die Buchhändlerin ihre Freundin von der Seite an.

»Sind wir denn überhaupt an den Bauzeichnungen interessiert?«

»Ja, du kleine Intelligenzbestie. Genau danach habe ich Ausschau gehalten. Aber jemand anderes war schon vor uns hier. Wenn ich auch heute früh noch etwas im Zweifel war, wissen wir jetzt, dass wir wirklich auf was Bedeutsames gestoßen sind. Wir sollten ...«

»... jetzt einfach damit weiter machen«, bemerkte Stephanie flapsig, während sie den Zettel mit den Nummern hochhielt.

In einem Regal entdeckte sie die erste der notierten Ziffern und griff gezielt nach einem Band von 1902. Kristina folgte ihrem Ratschlag.

Mittlerweile lief der alte Mann wieder unruhig auf und ab. Dabei fuhr er ständig mit der flachen Hand von oben nach unten über sein angespanntes Gesicht, was dessen Ausdruck aber nicht veränderte. Unterdessen fanden die Freundinnen allerhand informative Wälzer. Auf einem nahen Lesetisch wuchs ein beachtlicher Berg aus Büchern. Nun begannen sie, darin zu blättern. Von der Kapelle erblickten sie zunächst großformatige Schwarz-Weiß-Fotos, die ihre tadellose Qualität hundert Jahre erhalten hatten. Daneben gab es Texte und Listen. Also genau das, was man in einer Bibliothek des Heimatvereins zu finden erwartete.

Kristina war plötzlich auf etwas besonders Interessantes gestoßen. Sie hielt Stephanie ein aufgeschlagenes Buch vor die Nase und zeigte auf ein ganzseitiges, gestochen scharfes Foto.

»Guck dir das mal an.«

»Die Baustelle der Letzenbergkapelle. Hier steht: Fundamentarbeiten 1902.«

»Gut. Und jetzt schau doch bitte mal genauer hin«, bat die Buchhändlerin.

»Da steht nichts weiter. Augenblick mal. Das Fundament ruht auf irgendwelchen Grundmauern. Die scheinen noch älteren Ursprungs zu sein. Man hat also einfach darüber gebaut. Ich frage mich, was sich da unter der Kapelle wohl befindet?«

»Ein Kellergewölbe bestimmt nicht. Solche Gebäude haben per se keinen Keller, oder? Eins ist sicher. Die Wallfahrtskapelle birgt ein Geheimnis. Vermutlich hat dieser Mönch da irgendwas Wichtiges entdeckt. Und aus diesem Grund hat er dem Gotteshaus einen nächtlichen Besuch abgestattet. Jetzt müssen wir nur noch herausfinden, was er dort gemacht hat. Am besten wäre es, wir würden selber nachschauen. Nur, wie kommt man da rein? Vielleicht finden wir ja den richtigen Hinweis in der aufgebrochenen Truhe. Die schaue ich mir mal genauer an. Hoffentlich haben die Dokumentendiebe etwas übersehen.«

Sie legte ihre Hand auf Stephanies Arm, bevor sie noch etwas hinzufügte. »Ich geh mal nachsehen. Mach du bitte hier weiter«, bestimmte die Buchhändlerin und verschwand in Richtung der großen Kiste.

Bereits nach wenigen Minuten stand ihre Freundin neben ihr. Stephanie hatte in der Zwischenzeit die anderen Bücher durchsucht, dabei aber nichts Erhellendes finden können.

»Auf dieser Seite habe ich eine äußerst interessante Textstelle entdeckt.« Kristina machte eine feierliche Mine.

»Hier steht, dass sich unter der Kapelle die Überreste eines mittelalterlichen Gebetshauses befinden. Es wird als Wendelinuskapelle geführt. Über zweihundert Jahre lang hat man davon in kirchlichen Schriften berichtet. Diese Ruine bildet also das Fundament. Achtung, und jetzt kommt der Clou! Unterhalb dieser Grundmauern wiederum vermutet man noch die Relikte eines Gutshofes aus dem 13. Jahrhundert. Dass man den auf einer noch älteren, heidnischen Kultstätte erbaut hatte, ist, glaube ich, im Moment nicht so wichtig. Auf jeden Fall gehörte dieser Gutshof dem Deutschherrenorden an. Hier wurden Waren zwischen Venedig und Hamburg umgeschlagen. Das geht eindeutig aus diesen Unterlagen hervor.«

»Deutschherrenorden, also wieder dieser Ordo Teutonicus. Das wird ja immer unheimlicher.«

»Ich finde das so richtig prickelnd. Vermutlich gehörte dieser Mönch vom Letzenberg ebenfalls diesem Orden an, wenn es den heute noch gibt.«

»Bleibt die Frage, was der zu so später Stunde da gemacht hat?«

»Das klären wir später. Irgendetwas verbindet unseren Schubert mit dem Orden und der Wallfahrtskapelle. Ich würde mir nur zu gerne die

Baupläne anschauen. Es sollte doch möglich sein, einen Zugang zu diesem tiefergelegten Hof zu finden.«

»Es sei denn, man hat den zugeschüttet.«

»Aber dann ergibt das alles keinen Sinn.«

Plötzlich drangen vom Eingang her Geräusche zu ihnen vor. Zwei Männer waren erschienen. Einer von ihnen war als Polizist zu erkennen. Der eifrige Bibliothekar hatte sie sofort abgefangen und gab wild gestikulierend eine längere Erklärung ab. Die beiden hörten höchst interessiert zu. Der Ordnungshüter notierte zwischendurch immer wieder etwas in ein kleines Büchlein. Seine Begleitung schien ein Kriminalbeamter zu sein.

»Ich glaube, die Typen da vorne werden wohl gleich die Truhe in Beschlag nehmen. Jetzt wird's brenzlig!« Die Buchhändlerin kniete sich vor die unverschlossene Holzkiste, klappte den Deckel ganz nach hinten und betrachtete den wertvollen Inhalt mit geschultem Auge.

Mit wenigen, in Windeseile ausgeführten Handgriffen verschwanden einige der Schriftstücke und Zeichnungen in ihrer großen Handtasche. Kristina hatte zu diesem Zweck dem Eingang den Rücken zugekehrt.

»Wir sollten uns schleunigst aus dem Staub machen!«, beeilte sich Stephanie zu sagen, denn das Flammkuchengesicht steuerte unterdessen mit den beiden Beamten im Schlepptau genau auf sie zu.

Die Buchhändlerin stand auf, ließ den Deckel der Truhe offen und hakte sich völlig gelassen bei ihrer Freundin unter.

»Ruhe, Steph. Lass uns jetzt einfach von hier verschwinden.«

Mit zügigen Schritten wandten sich die beiden Frauen dem Ausgang zu.

Als sie an den Polizeibeamten vorbeigingen, erblickte einer von ihnen Stephanie. Er blieb abrupt stehen, setzte ein ansteckendes Grinsen auf und wandte sich der jungen Frau zu. Jetzt erkannte auch Stephanie ihn wieder.

»Tut mir leid, dass ich Sie heute früh so erschreckt habe. Aber …«

»… das macht nichts. Ich bin an Überraschungen gewöhnt«, unterbrach sie ihn lächelnd.

»Ich mag Frauen, die Humor haben. Humor ist etwas Seltenes.«

»Diese alten Bücher hier auch. Deswegen sind Sie doch wohl hier, oder?«, fügte Kristina patzig an und zerrte an ihrer Begleitung. »Komm, lass uns gehen. Wir haben es eilig.«

Von ihrer Freundin bedrängt schaute sie über die Schulter zurück und lächelte Verständnis erheischend. Ihr morgendlicher Besucher rief ihr hinterher: »Ich melde mich bei Ihnen. Ich habe da ein paar Fragen an Sie. Aber heute wird das leider nichts mehr.«

»Kein Problem«, antwortete Stephanie großzügig, während sie weiter in Richtung Ausgang gezerrt wurde.

Als die beiden Frauen schließlich die Treppe runterstürmten, konnte Kristina es nicht lassen, Stephanie zu attackieren.

»Musste das jetzt sein? Ich habe Blut und Wasser geschwitzt. Wenn der in meine Tasche geschaut hätte, wäre ich wohl in Handschellen abgeführt worden.«

»Nun beruhige dich doch. Ich fand ihn ganz sympathisch. Er ist charmant und hat so hellwache, dunkle Augen«, schwärmte Stephanie.

»Das gibt es doch nicht! Du überraschst mich immer wieder. Kaum ist dein Frank verschwunden, schaust du dich schon nach was Neuem um.«

»Natürlich. Was glaubst du denn? Ich würde noch zwei, drei Jahre Frank hinterher weinen? Du spinnst ja. Schon mal was davon gehört, dass man älter wird und Falten bekommt? Und das bedeutet: Man wird uninteressanter für die Männerwelt. Ich bin jetzt 32. Für Trauer bleibt da keine Zeit mehr. Das Leben geht weiter. Und die guten Dinge kommen meistens überraschend.«

»Ich bin sicher, dass dein Frank sich wieder meldet. Ich frage mich nur, wie du dann wohl reagierst?«

»Erstens glaube ich nicht daran und zweitens würde ich ihn abblitzen lassen. Ein für alle Mal. Ich habe genug Zeit mit ihm verschwendet. Er hat seine Chance verpasst.«

»Das gefällt mir. Du bist konsequent. Genau das mag ich so an dir. Lass dich in den Arm nehmen.«

Kristina blieb spontan auf der Treppe stehen. Die beiden Freundinnen drückten sich. Doch die Produktionsassistentin befiel plötzlich eine innere Unruhe.

»Wäre das alles für heute? Ich muss schnellstens in die Firma. Borstel bringt mich um, wenn ich den Stichtag nicht einhalten kann.«

»Na gut. Ich will auch noch in die Buchhandlung. Und danach beschäftige ich mich mit unserer alten Kapelle und den Zeichnungen in meiner Tasche. Wäre doch gelacht, wenn wir nicht herausbekommen, was dieser merkwürdige Orden vorhat und warum vermutlich eine von den gestohlenen Bauzeichnungen in Schuberts Safe liegt.«

11. Kapitel

Diesmal gelangte sie durch den Haupteingang ins Werk. Der Pförtner winkte sie freundlich heran. Er wollte wissen, was es an einem Wochenende denn so Dringendes gab. Sie erklärte es ihm. Und auch, dass der Schlüssel, den sie von der Chefsekretärin erhalten hatte, nicht passte. Dann ging der Mann voraus, um ihr die Tür zum Bürogebäude aufzuschließen. Gleich Montag früh würde sie Frau Ronellenfitsch Bescheid geben. So war es schon nach elf, als Stephanie an ihrem Schreibtisch in der Firma Platz nahm, um die Kundendaten in den Computer einzugeben.

Als es fast Mittag war und sie bereits zahllose Korrekturen eingetippt hatte, vernahm sie ein ihr bekanntes Geräusch. Jemand öffnete die Glastür im Eingangsbereich. Sie rollte mit ihrem Schreibtischstuhl zur Tür und wagte einen Blick auf den Gang. Borstel kam ihr entgegen. Der fehlte ihr gerade noch.

»Hallo Frau Kurz. Der Pförtner hat mir gesagt, dass Sie hier sind. Kommen Sie gut voran?«

Das war doch erstaunlich. Immer dann, wenn sie mit dem Chef alleine war, erschien er ihr gegenüber freundlich, geradezu zuvorkommend. Aber kaum befanden sie sich in einer Besprechung, überschüttete er sie oder andere Mitarbeiter mit Gemeinheiten. Er bevorzugte für seine Auftritte anscheinend ein großes Publikum. Sie versuchte gelassen zu antworteten.

»Ja, danke. Ob ich jedoch alles schaffe, kann ich Ihnen nicht versprechen.«

»Bleiben Sie dran. Nur so geht es voran.« Der Chef schenkte ihr ein aufmunterndes Lächeln.

Das hat der wohl in irgendeinem Manager-Kurs gelernt, dachte Stephanie und setzte ihre Schreibarbeit fort.

»Was gibt es denn da für Probleme mit dem Schlüssel, den Ihnen unsere Frau Ronellenfitsch ausgehändigt hat? Soll ich Ihnen einen anderen heraussuchen?«

»Ja. Das wäre gut. Ich glaube, ich werde wohl auch morgen wieder hierher kommen müssen.«

»Dann lassen Sie sich dafür einen Urlaubstag bei Frau Ronellenfitsch gutschreiben«, kommentierte Borstel generös.

Er schloss sein Büro auf, stellte die Alarmanlage ab und suchte im Schreibtisch seiner Sekretärin nach den Schlüsseln. Der Chef fand den richtigen und legte ihn auf den Tisch. Daneben platzierte er ein Blatt Papier und reichte ihr seinen Kugelschreiber.

Hier, unter diesem Schreibtisch hatte sie das Gespräch zwischen Borstel und dem Nuschler verfolgt, hatte von den üblen Plänen erfahren, die Schubert das Leben kosten sollte. Der Gedanke daran ließ ihr einen kalten Schauder über den Rücken laufen.

»Ist Ihnen nicht gut?«, fragte ihr Gegenüber.

»Doch, doch. Entschuldigen Sie bitte.«

»Dann bestätigen Sie doch auf diesem Blatt noch den Empfang.«

Sie tat, wie ihr aufgetragen wurde.

»Bitte geben Sie mir den Schlüssel, der nicht passt. Ich werde mich darum kümmern.«

Sie übergab ihm den unbrauchbaren Schlüssel, den er eingehend musterte, bevor er ihn in seinem Jackett verschwinden ließ.

Stephanie machte sich schnellstens wieder an ihre Arbeit. Erst gegen 15 Uhr fuhr sie nach Hause. Sie fühlte sich müde. Aber nicht zu müde, um nicht noch beim Celik-Döner vorbei zu fahren, einem stark frequentierten Imbiss, der an der Hauptstraße lag und dem sie hin und wieder einen Besuch abstattete.

Dort angekommen lehnte sie ihr Hollandrad an die Hauswand und betrat den Laden. Es gelüstete sie nach saftigem Fleisch in einer Teigtasche. Als diese sich wenig später in ihrer Hand befand, biss sie so herzhaft zu, dass es Folgen hatte.

Die beigelegte Peperoni hüpfte blitzartig heraus, schoss durch die Luft, landete irgendwo weit abseits, rutschte anschließend über den glatten Fliesenboden und stoppte vor den Füßen eines Gastes, der im hinteren Bereich saß. Den Mann, der sich beidhändig an einer Bierflasche festhielt, hatte sie zuvor nicht bemerkt. Sie ging auf ihn zu und bückte sich, um das übermütige Gemüse aufzuheben. Da erkannte sie die schäbigen Schuhe wieder. Sie erschrak. Der Porschefahrer!

Da saß der Killer, der genau wie sie auf der Suche nach Schubert war, und glotzte sie an, als käme er von einem fernen Planeten.

Ein Handyklingeln brachte ihn zurück in die Realität. Seine Hand fuhr in die Innentasche seiner Jacke und holte ein silbernes Handy hervor, das sich nun deutlich lauter bemerkbar machte. Gelassen stand der Nuschler auf, nahm den letzten Schluck aus der Flasche und verließ grußlos den Laden. Stephanie beförderte das scharfe Gemüse in den Abfall und folgte ihm. Neben dem Imbiss lag ein kleiner Parkplatz. Dort hatte er seinen Porsche geparkt. Angelehnt an den Kotflügel seines Wagens telefonierte er. Er schien zu wissen, dass es cool aussah.

Erst als sie dicht an ihm vorbeiging, hörte sie einige Gesprächsbrocken: »Nein, bis jetzt nicht. – Verstehe. – Wir müssen uns treffen, ja – also, das letzte Mal. – Morgen Abend um acht auf der hohen Acht. – Nein, nicht länger als zehn Minuten – ja, das werde ich.«

Der Nuschler beendete das Telefonat und schaute sich um, bevor er zurück in den Laden ging. Dabei kam er unweigerlich an Stephanie vorbei, die wieder auf dem Trottoir stand und nicht wagte, in ihr verspätetes Mittagessen zu beißen. Der Mann machte ihr Angst. Erst als er nicht mehr zu sehen war, wischte sie sich eine Hand an ihrer Jeans ab und nestelte nach ihrem Handy. Sie rief im Buchladen an.

Während es einige Male klingelte, entfernte sie sich und bog um die Ecke. Dann nahm jemand ab.

»Buchhandlung Bad Schönborn, Sie sprechen mit Frau Kristina Seckelmann.«

»Sehr professionell, wie du dich immer meldest. Ich bin es. Können wir uns treffen? Ich muss dir dringend etwas sagen.«

»Kein Problem, Steph. Wollte dich auch gerade anrufen. Ich habe ein paar tolle Neuigkeiten. Und da ist etwas, das musst du dir ansehen.«

»Bin schon unterwegs.«

»Stopp. Bleib, wo du bist. Ich komme bei dir vorbei.« Das Geräusch eines Schlüsselbundes war zu hören.

»Bin aber nicht zu Hause. Ich stehe im Moment vorm Celik-Döner.«

»Gut, dann warte da auf mich.«

Als die beiden Frauen kurz darauf gemeinsam in Richtung Odenheim unterwegs waren, erzählte Stephanie von ihren Beobachtungen. Kristina hörte ihr zunächst aufmerksam zu, bevor sie ihrerseits begann, sich mitzuteilen.

»Also, die Baupläne des Erzbischöflichen Bauamts galten über hundert Jahre lang als verschollen. Und während der Deutschen Bauausstellung wurden sie tatsächlich mit einer Goldmedaille ausgezeichnet. Kurz danach waren sie verschwunden. So, und jetzt kommt der Clou: Offiziell wird behauptet, unter der Wallfahrtskapelle befänden sich nur die Überreste der Wendelinuskapelle. Der Hinweis auf einen Gutshof aus dem 13. Jahrhundert, den wir in der Bibliothek entdeckt haben, wird allgemein als unglaubwürdig abgetan. Für mich stinkt das zum Himmel. Man will den Mantel des Schweigens darüber legen.«

»Aber aus welchem Grund? Wer hätte Interesse daran, das zu vertuschen?«

»Das habe ich mich auch gefragt. Und ich bin ziemlich sicher, unser Schubert könnte uns einiges dazu sagen. Ich bin mittlerweile davon überzeugt, dass er eine wichtige Rolle im Orden spielt. Der nächtliche Anrufer sprach ihn doch mit Komtur an. Das bedeutet, dass er direkt unter dem Hochmeister steht. Die andere Frage ist, was dieser Mönch mitten in der Nacht in der Wallfahrtskapelle zu suchen hatte? Gelangt man vielleicht von dort in die tiefer liegenden Bereiche und somit zu den Überresten des Gutshauses? Gehörte das irgendwann einmal zu diesem Orden? Die hatten mal viel Landbesitz im Badischen.«

»Das bringt uns wohl zum nächsten Punkt. Was ist mit diesem Ordo Teutonicus? Hast du da etwas herausfinden können?«

»Was damit ist? Das ist der Deutschritterorden, der im Zeitalter der Kreuzzüge gegründet wurde und den es übrigens heute noch gibt. Vom 13. Jahrhundert bis etwa 1410 war er eine sehr mächtige Vereinigung.

Es war den Ordensbrüdern sogar gelungen, im Baltikum einen eigenen Deutschordenstaat zu gründen. Dort gelang es ihnen, zu Zeiten der Hanse ein riesiges Vermögen anzuhäufen.«

»Und du meinst, dass dieser Schatz unter der Kapelle liegt?«, fragte Stephanie mit einem Schmunzeln.

»Nein, das glaube ich nicht. Den hätte man vermutlich schon gefunden. Trotzdem sollten wir uns mal auf dem Letzenberg umsehen. Das Innere der Wallfahrtskapelle interessiert mich besonders. Vielleicht gibt es dort einen Zugang zu tiefer liegenden Räumen. Das wäre am einfachsten, wenn sich niemand sonst da oben befindet. Am besten gleich heute Nacht.«

»Und wie sollen wir da bitte schön reinkommen?«

»Wie wohl? Mit einem Schlüssel natürlich. Und den holen wir uns von Schubert«, beschrieb sie ihren Plan.

»Du meinst wohl, ich soll wieder einbrechen? Das kannst du dir abschminken!« Stephanie verschränkte die Arme und blickte ihre Freundin mit zusammengekniffenen Augen an.

»Nein, das machen wir diesmal gemeinsam. Aber vorher sollten wir noch unbedingt einen gewissen Herrn Fellhauer aufsuchen.« Kristina schien voller Pläne zu sein, denen Stephanie nicht folgen konnte.

»Wer ist das? Und bitte schön, was wollen wir da?«

»Lass doch mal dieses 'bitte schön'. Wart's doch ab. Mir ist da mal was zu Ohren gekommen. Eine Kundin hat es mir vor einiger Zeit erzählt. Und dieser Mann kann uns bestimmt weiterreichende Auskunft geben«, verkündete sie lapidar. »Ich versuche, seine Nummer herauszubekommen. Wir sollten so rasch wie möglich mit ihm ein persönliches Gespräch führen.« Wie zur Abwehr hob sie die Hand, um Stephanie daran zu hindern, noch etwas zu sagen. Dann griff sie zum Handy.

Eine halbe Stunde später saßen die beiden jungen Frauen Herrn Fellhauer auf einem riesigen Sofa gegenüber. Die Freundinnen genossen einen ungehinderten Blick über das Tal mit seinen vielen Häusern, deren Dächer in der Nachmittagssonne speckig glänzten. Schon während ihnen ihr Gesprächspartner aromatisch duftenden Kaffee eingoss, begann Kristina ihre erste Frage zu stellen.

»Herr Fellhauer, wir haben vor Kurzem einen Zeitungsartikel gelesen, in dem stand, dass Ihr Vater im Zweiten Weltkrieg in Malsch gekämpft hatte. Stimmt das?«

»Warum interessiert Sie das?«, fragte der große, breitschultrige Mann mit einem gewinnenden Lächeln.

»Sie müssen wissen, dass ich gerade an einer Geschichte des Kraichgaus schreibe«, log sie.

»Und dabei sind Sie auf mich gestoßen?«, fragte er die beiden Frauen, während er beide Augenbrauen hob.

»Zufälligerweise. Da es mir leider nicht gelungen ist, einen Kriegsveteranen ausfindig zu machen, habe ich mich umgehört. So erfuhr ich, dass Ihr Vater im letzten Krieg dort war. Stimmt das?«, fragte Kristina mit bestimmendem Ton.

»Ja, das ist richtig. Hören Sie: Können Sie mir die Fragen nicht aufschreiben? Ich höre mich in der Verwandtschaft ein wenig um. Das ist vielleicht aufschlussreicher für Sie als so ein kurzes Gespräch.«

»Ich glaube aber, dass Sie uns schon jetzt etwas sagen können«, bedrängte ihn die Buchhändlerin. Schubert war in Gefahr. Es galt, keine Zeit zu verlieren. Sie brauchten schnelle Antworten. Aber sie mussten achtgeben. Unter keinen Umständen wollte sich Kristina ihre innere Unruhe anmerken lassen.

»Sollte Ihnen nach unserem Gespräch noch etwas einfallen, dann rufen Sie mich an. Hier finden Sie meine Adresse und Telefonnummer.« Kristina platzierte die Visitenkarte ihrer Buchhandlung neben die Kaffeetasse des Gastgebers.

»Na schön. Dann wollen wir mal versuchen, ob ich Ihnen helfen kann. Also. Legen Sie los«, sagte er mit süffisantem Unterton und sichtlich entspannter.

»Hat Ihr Vater schon mal von der Letzenberg-Kapelle gesprochen?«

»Schon mal? Sie sind gut. Das tat er oft. Besonders hatte ihn beeindruckt, dass die Wallfahrtskapelle trotz heftigen Beschusses nicht einen Kratzer abbekommen hatte. Zu dieser Zeit verkrochen sich zahlreiche Landser in irgendwelchen Stollen, die dort unterhalb der Kirche in den Berg getrieben worden waren.«

»Sind die Stollen denn noch vorhanden?«

»Na sicher. Die Stollen und unterirdischen Gänge sind noch da. Sie wurden jedoch unmittelbar nach dem Krieg verschlossen.«

»Warum tat man das? Hatte man nicht gänzlich andere Sorgen in jener Zeit?«

»Die Frage ist berechtigt. Eine Erklärung kann ich Ihnen nicht bieten. Mehr kann ich im Moment auch nicht für Sie tun. Ich glaube wirklich, es wäre vernünftiger, wenn ich mich schlaumache. Ich brauche dazu nur etwas Zeit. Sie haben doch Zeit, oder?«

»Alle Zeit der Welt«, log sie. »Nur noch eine kleine Frage zum Schluss. Warum sind denn diese Gänge in den Berg getrieben worden?«

»Unter der Kapelle existierte ein Labyrinth aus Gängen, Stollen und Gewölben. Irgendwas aus sehr früher Zeit. Als 1945 der Berg beschossen wurde, haben sich einige Offiziere und Gefreite an die Bevölkerung gewandt. Die Älteren erinnerten sich an die Stollen und führten sie zu den Eingängen. So soll es seinerzeit auch einen geheimen Gang, eine Verbindung zur nahegelegenen Kirche, gegeben haben. Auf jeden Fall haben die Flüchtenden Schutz gefunden. Seitdem ist es still um den Letzenberg. Bis auf ein wirklich merkwürdiges Ereignis in den 60er Jahren.«

»Was war das für ein Ereignis?«

»Es gab damals eine unterirdische Explosion. Irgendwie genau unter der Kapelle. Was aber dahintersteckt, hat man nie erfahren.« Der Mann stellte seine Kaffeetasse ab und rieb dann nervös seine offenen Handflächen über die Oberschenkel.

»Glauben Sie, es gibt noch einen Zugang?« Kristina war voller Tatendrang.

»Ich werde das Gefühl nicht los, dass Sie eine Ausgrabung planen«, äußerte Fellhauer seine Vermutung mit einem leisen, ansteckenden Lachen. Seine Stirn legte er dabei in kräftige Falten.

»Sicherlich nicht. Ich fürchte mich im Dunkeln«, entgegnete ihm die Buchhändlerin mit einem aufgesetzten Unschuldslächeln. So kamen sie nicht weiter. Sie musste ihn aus der Reserve locken.

Sie griff in ihre große Handtasche und zog langsam die alte Bauzeichnung heraus, die sie aus der Truhe der Bibliothek gestohlen hatte. Darauf war das Jahr 1900 verzeichnet. Ganz ohne Zweifel war es eine der lange verschollenen Originalzeichnungen. Sie legte sie so hin, dass ihr Gastgeber sie betrachten konnte, ohne sich dabei den Hals zu verrenken.

»Donnerwetter! Das ist ja eine alte Zeichnung! Das sieht ja aus wie der Grundriss der Letzenberg-Kapelle.«

Der Gesichtsausdruck des Mannes schien sich zu versteinern. Er sprang aus seinem Sessel auf und stemmte die Hände in die Hüften.

»Wo haben Sie das her?«, fragte er mit forderndem Unterton.

Die Buchhändlerin behielt die Ruhe, hielt seinem Blick stand und stellte eine Gegenfrage.

»Können Sie sich vorstellen, dass man durch die Kapelle in die tiefer liegenden Räume kommt? Ich meine, auf dieser Zeichnung sieht es so aus, als ob es möglich wäre. Gelangt man über die Wendeltreppe des Turms weiter nach unten? Vielleicht gibt es so einen Zugang zu den Überresten der Wendelinuskapelle, die immerhin zwei Jahrhunderte da oben stand.«

Herr Fellhauer setzte sich wieder. Dann schaute er zur Decke, bevor er antwortete. »Donnerwetter. Jetzt haben Sie mich aber beeindruckt. Ich sage Ihnen, wenn Sie so weiter machen, bekommen Sie Schwierigkeiten. Sie beide sind jung und ausgesprochen hübsch. Sie sollten sich besser mit dem Leben hier oben beschäftigen und nicht mit den toten Dingen in diesem Berg.«

»Was wird da unten schon sein? Vermutlich ein paar zurückgelassene Waffen und weitere Gegenstände der Wehrmacht«, meldete sich Stephanie zu Wort.

»Da seien Sie mal nicht so voreilig. Mein Vater hat immer gesagt, da unten gäbe es geheime Kammern mit zahlreichen Reliquien und anderen, wertvollen Dingen«, fügte er nachdenklich an.

»Da ist er aber der Einzige, der so etwas bisher geäußert hat«, stellte die Buchhändlerin überrascht fest. Das war gespielt und sollte ihren Gesprächspartner dazu verleiten, sein Wissen preiszugeben. Der anschließende Kommentar Fellhauers war wie ein Schuss Adrenalin in ihren Adern.

»Ja, mag schon sein. Kann aber auch sein, dass die anderen, die sich dort auskennen, schweigen«, beendete er das Gespräch.

Stephanie versuchte, Schuberts Tür aufzudrücken. Sie war diesmal aber nicht angelehnt, sondern fest verschlossen.
»Mist. Da kommen wir nicht rein«, stellte sie fest.

»Klingle doch mal.«

»Und dann – was sollen wir sagen? Herr Schubert, rücken Sie den Schlüssel zur Letzenberg-Kapelle heraus. Wir wissen, dass Sie ihn haben. Und übrigens: Halten Sie in nächster Zeit Abstand zu Fässern, wenn Sie nicht verreisen wollen.«

»Ja, so was in der Art. Aber sich den Schlüssel einfach nehmen wäre geschickter.«

»Ich erkenn' dich nicht mehr wieder. Kristina, woher kommt diese ganze kriminelle Energie?«

»Wenn man ein Ziel hat, sollte man sich von nichts zurückhalten lassen. Wir stehlen ihn ja auch nicht. Kurzfristig ausleihen nennt man so etwas. Du lenkst ihn ab und ich suche nach dem richtigen Schlüssel.«

Im gleichen Moment drückte sie auf den Klingelknopf. Von innen hörten sie ein schlurfendes Geräusch.

»Wer ist da?«, drang eine gedämpfte, dunkle Stimme durch das Eichenholz.

Kristina stupste ihre Freundin an.

»Nun sag schon was«, flüsterte sie ihr zu.

»Ich, äh, ich bin es. Frau Kurz, Stephanie Kurz, ihre Kollegin von KKF. Neben mir steht Frau Seckelmann, die Sie ja schon kennen.«

»Was wollen Sie von mir?«

»Wir haben eine sehr wichtige Nachricht für Sie. Können wir hereinkommen? Wie gesagt, es ist sehr wichtig.«

»Nein, kommen Sie ein anderes Mal wieder. Ich habe jetzt wirklich keine Zeit«, war Schuberts knappe und ruppige Antwort.

Die beiden hatten nicht die geringste Vorstellung davon, dass dem Buchhalter im Moment nichts wichtiger war als die vier entdeckten Bücher, die auf seinem Schreibtisch lagen. Sie forderten seine ganze Aufmerksamkeit.

12. Kapitel

Kristina lenkte ihren Polo geschickt durch die Straßen der Stadt, während sie mit ihrer Beifahrerin die Ereignisse des Tages Revue passieren ließ. Mehrere Male musste Stephanie das Telefonat des Auftragskillers wiedergeben, das sie auf dem Parkplatz mitgehört hatte.

»Mit dir wird's nie langweilig. Du scheinst so etwas anzuziehen. Dieser Nuschler und sein Auftraggeber sind ziemlich gerissen. Die haben so eine Art Geheimsprache. Das ist ganz schön aufregend«, amüsierte sich die Fahrerin.

»Was soll daran aufregend sein? Die Antwort ist doch wohl einfach. Die wollen sich auf dem Letzenberg treffen. Die Kapelle ist doch achteckig«, frotzelte Stephanie.

»Nein. Das ist zu einfach, Steph. Ich glaube, die treffen sich woanders.«

»Und wo soll dieses Woanders bitte schön sein?«

»Denk mal nach. Wenn du richtig zugehört hast, geht es um die Hohe Acht.«

»Also, die Kapelle ist ein Oktogon. Und wenn der Letzenberg nicht hoch ist …?«

»Aber warum sollten die sich dort treffen? Da laufen ständig Spaziergänger und Wandergruppen vorbei. Da sind sie zwar unter den zahlreichen Menschen recht unauffällig. Der Ort ist trotzdem nicht geeignet. Sie könnten zufällig auf einem Foto festgehalten werden. Deswegen bin ich mir sicher, dass sie sich dort nicht treffen werden.«

»Also mach es nicht so spannend. Was soll denn deiner Meinung nach die Hohe Acht sein?«

»Überleg doch mal. Die höchste Erhebung im Kraichgau ist …?«

»Nicht der Letzenberg, wie ich vermutet habe, sondern ….? Nun sag schon!«

»Es handelt sich um die Burg Steinsberg. Das ist der höchste Punkt im Kraichgau und darauf steht – na, was wohl?«

Kristina wackelte etwas mit dem Kopf und schaute ihre Freundin erwartungsvoll an. Plötzlich riss Stephanie die Augen auf.

»Na klar. Ein Turm. Die haben also von diesem achteckigen Turm gesprochen. Den kenn' ich. Da bin ich schon mal mit dem Rad hingefahren. Und du meinst wirklich, diese Burg ist damit gemeint? Aber wenn man so drüber nachdenkt. Das könnte stimmen. Als Treffpunkt ideal. Da gibt's doch auch ein Restaurant.«

»Denkst du immer nur ans Essen?«, frotzelte Kristina.

»Hör doch auf mit den Sticheleien. Freundinnen sollten sich so nehmen, wie sie sind«, schmollte Stephanie.

»Okay. Ein Friedensangebot: Wir gehen heute Abend zusammen essen. Du bist eingeladen.«

»Gerne, wenn du fährst?«

»Kein Problem. Kannst du so bis etwa 19 Uhr fertig sein? Zieh dir was Hübsches an. Man weiß ja nie, was so ein Abend für Überraschungen bereithält. Und bis dahin hast du noch jede Menge Zeit, um an Borstels Listen zu schreiben.«

»Du bist blöd. Du solltest mal erleben, wie der sich aufführt, wenn etwas nicht zum Stichtag fertig wird«, entgegnete Stephanie. Nur zu gut konnte sie sich an seine Wutausbrüche erinnern. Sie war noch in Gedanken, als Kristina fragte: »Wo soll ich dich absetzen?«

»Mein Fahrrad steht auf der Hauptstraße. Kannst du mich ...?«

»Kein Problem«, beeilte sich Kristina zu sagen.

Unter dem Licht einer rötlichen Sonne, die schon tief im Westen stand, betraten die beiden den Burghof. Das Restaurant befand sich nicht in dem gewaltigen, achteckigen Turm, der hier alles dominierte, sondern schmiegte sich harmonisch an die Innenseite der inneren Burgmauer an.

Sie waren die ersten Gäste. Gezielt hielten sie Ausschau nach einem kleinen Tisch, der möglichst in einer Nische stehen sollte. Von dort wollten sie alles in Augenschein nehmen. Sie entschieden sich für einen Platz, der zwar nicht ganz Kristinas Ideal entsprach, aber trotzdem genügend Sichtschutz bot. Stephanie, in der Ecke vor einem großen Bild der Burg sitzend, hatte ein eingeschränktes Blickfeld. Sie sah nichts außer ihrem Gegenüber.

Während Kristina ihren Stuhl so zu platzieren versuchte, dass sie den Eingang durch eine fensterartige Öffnung in der massiven Trennwand gut beobachten konnte, begann Stephanie die Speisekarte zu studieren.

Sie mussten nicht lange warten. Schon nach wenigen Minuten wurde die Eingangstür von Borstel aufgedrückt.

»Sieh mal einer an. Da kommt er schon. Und eine hübsche Begleitung hat er auch dabei«, wisperte Stephanie und riss augenblicklich die Karte hoch, um nicht erkannt zu werden.

Mit Borstel betrat eine aparte Blondine, vermutlich eine Enddreißigerin, das Restaurant. Beide steuerten auf einen Tisch zu, der reserviert war. Er rückte ihr den Stuhl zurecht und ließ sie Platz nehmen. Dann setzte er sich dicht neben sie, bevor er seinen Arm um ihre Schultern legte.

»Hat dein Chef etwa seine Frau dabei?«, wollte Kristina wissen.

Hinter der aufgeschlagenen Karte meldete sich die Stimme ihrer Freundin.

»Seine Frau kann das nicht sein. Die ist bei ihrem Sohn in Buenos Aires. Das ist bestimmt eine seiner russischen Hintertür-Freundinnen.«

»Danach sieht's nicht aus. Die glüht den richtig an. Das vermittelt den Eindruck von echter Bewunderung.«

»Da sieht man mal, wie schlecht diese Frau meinen Chef kennt«, fügte Stephanie hinzu und grinste dabei über das ganze Gesicht.

Gerade als sie sich wieder ihrer Karte widmen wollte, flüsterte ihre Freundin eine Warnung.

»Achtung, die Dame der Liebe geht sich die Fingerchen waschen.«

Borstels Begleitung trat aus dem Sichtschatten heraus, um kurz darauf am gegenüberliegenden Ende des Restaurants die Tür zu den Toiletten aufzudrücken. Stephanies Augen weiteten sich.

»Mensch, ich fasse es nicht. Das ist …« Im gleichen Moment meldete sich ihr Handy durch heftige Vibrationen. Der gleichzeitige Ton besagte, dass da eine SMS eingeflattert war.

»Augenblick!«, flüsterte sie und schob das Display nach oben. Eine kurze Mitteilung wurde sichtbar. Stephanie war wie vom Donner gerührt.

»Was ist? Schlechte Nachrichten?« Ihre Freundin zeigte ungebremste Neugier.

»Wie man es nimmt. Diese SMS kommt von Frank. Er ist gerade von Sylt zurück und möchte mit mir reden.«

»In Wirklichkeit will er nur, dass du dich ausziehst«, stichelte Kristina.

»Sei nicht so. Ich verstehe gar nichts mehr. Haben die beiden sich etwa getrennt?«

»Im Urlaub kommt so etwas vor. Die plötzliche Nähe zum Ehepartner kann sehr stressig sein – von Erholung keine Spur. Es kommt zum Streit am Badestrand und vielleicht auch zu einer Trennung beim

Candle-Light-Dinner. Zu diesem Thema gibt es wunderbare Ratgeber. Die verkaufen sich gut.«

»Glaubst du wirklich, dass er sich getrennt hat?«, fragte Stephanie verunsichert. Dann verschwand ihr Gesicht wieder hinter der Karte. Die Frau mit den gewaschenen Fingern nahm erneut an Borstels Tisch Platz.

Stephanie schaute ihre Freundin mit aufgerissenen Augen an.

»Du könntest recht haben. Das würde auch erklären, warum gerade mein Chef zusammen mit Franks Frau da drüben am Tisch sitzt.«

»Bist du dir sicher?«

»Ja, jetzt bin ich mir ganz sicher. Das ist Fiona, Franks Frau.«

Kristina schaute aus den Augenwinkeln zu den beiden herüber.

»Er hat seinen Arm um ihre Schultern gelegt.«

»Glaubst du, die sind ein Paar?«

»Sieht fast so aus, würde ich sagen. Der schwarze Prinz küsst das güldene Haar der holden Burgschönheit und fasst ihr ans Geschmeide.«

»Diese Burgmauern haben eine merkwürdige Wirkung auf deine Gehirnzellen«, bemerkte Stephanie spöttisch.

Die Buchhändlerin senkte den Kopf und schaute ihre Freundin gespielt schüchtern an, bevor sie antwortete: »So solle sie ungehemmt sprechen. Wie viel Zeit muss noch verrinnen?«

»Bis zum Termin sind's nur noch vier Minuten.«

»Auf schwarze Ritter ist Verlass. Sie kommen mit dem Glockenschlag.«

»Werden die beiden sich hier drin unterhalten? Gibt es hier ein Hinterzimmer oder so was? Was meinst du?«

»Nö, würde mich wundern. Die treffen sich draußen, vielleicht im Turm. Auch im Bereich der Burg gibt's zahlreiche dunkle Ecken. Mich würde es jetzt nicht überraschen, wenn Borstel gleich das Restaurant verlässt. Wart's ab«, antwortete Kristina gelassen.

»Manchmal bist du mir unheimlich.« Stephanie sprach aus, was sie dachte. Sie hätte nie geglaubt, dass das Treffen hier und nicht bei der Kapelle stattfinden würde. Und sie hätte es nicht für möglich gehalten, dass sich Frank noch einmal bei ihr melden würde. Sie empfand noch viel für ihn. Doch sie musste Obacht geben, dass ihr klarer Verstand nicht darunter litt. Mit Frank gab es keine Zukunft, dessen war sie sich sicher. Doch wie sollte sie jetzt reagieren? Sie würde auf dem Rückweg versuchen, nochmals mit Kristina darüber zu sprechen. Aber erst, wenn die wieder normal geworden und den mittelalterlichen Privatdetektiv in sich abgelegt hatte.

»Was machst du denn da?«

Stephanie erkannte in der Hand ihrer Freundin eine kleine schwarze Kamera.

»Sie möge sich gedulden. Diese Camera obscura wird bald Licht ins dunkle Geflecht der Intrigen bringen. Ränkespiel und Hexenbrut lässt sich alsdann beweisen.«

»Wenn das mal gut geht!«

Kristina hantierte zunächst an den Einstellungen herum, schien ein spezielles Programm auszuwählen, platzierte die Digitalkamera geschickt neben einer Pflanze, die in der Öffnung der massiven Trennwand stand, und wandte sich wieder ihrer Freundin zu, ohne das Gerät weiter zu beachten.

»Wir sollten jetzt etwas bestellen.«

Stephanie rief die Bedienung zu sich, die gerade sorgsam einen Tisch in ihrer Nähe eindeckte. Die junge Frau drehte sich zu ihnen um, zeigte ein aufgesetztes Lächeln, und noch während sie auf sie zukam, kramte sie eilfertig ihren Schreibblock heraus.

Das Kameraobjektiv zeigte nun präzise zu den beiden Verdächtigen, dem Versicherungsbetrüger und seiner sonnengebräunten Herzensdame. Ein giftgrünes, unscheinbar kleines Licht an der Oberseite der Digitalkamera pulsierte sanft. Die Kamera zeichnete nun jede Bewegungen auf.

Durch die Anspannung hatten die beiden Frauen ihren Appetit verloren. So einigten sie sich darauf, wenigstens etwas von der Dessert-Karte zu bestellen. Ihre Wahl fiel auf zwei große Eisbecher mit jeweils vier Kugeln und viel Schlagsahne. Erst als die Bedienung mit ihrem Block in Richtung Küche verschwand, wagte Kristina erneut einen Blick hinüber zu Borstels Tisch.

Dort saß aber nur das einsame Burgfräulein, das sich mit einem Glas Perlwein begnügte. Der Platz neben ihr war frei. Borstel war verschwunden.

»Alsdann, frisch auf. Wohlan, folgen werde ich dem schwarzen Ritter nun«, legte Kristina ohne Umschweife fest, erhob sich und spazierte in Richtung Küche. Dort befand sich ein zweiter Ausgang, der bevorzugt von den Kellnern benutzt wurde. So gelangte man auf kürzestem Weg zu den Biergartentischen im Burghof.

Gerade als sie den Personalausgang erreicht hatte, stieß sie mit einer Frau des Küchenpersonals zusammen. Sie entschuldigte sich fahrig, bevor sie in Freie trat. Im letzten Moment erkannte sie Borstel, der den Innenhof der Burg mit großen Schritten durch das mittelalterliche Tor verließ. Sie folgte ihm in sicherem Abstand. Im Dunkel des Torbogens blieb sie stehen und schaute sich um. Die Abenddämmerung hatte bereits eingesetzt. Wohin war Borstel entschwunden?

Sie ließ ihren Blick schweifen. Da erspähte sie den Mann, der eiligen Schrittes eine Freitreppe hinunterlief. Unten angekommen marschierte er zielsicher auf eine halbrunde Steinbank zu, die elegant in die gleich geformte, äußere Burgmauer eingelassen war. Durch einen großen, runden Steintisch wirkte diese mittelalterliche Eckbank einladend. Von hier oben hatte man einen weiten Blick über den Kraichgau. Mit bedächtigen Schritten trat Kristina vor das Tor. Unmittelbar neben diesem steinernen Halbrund ragte eine riesige, alte Linde empor, die mit ihrem dichten Blätterdach Tisch und Bank darunter wie mit einem schützenden Schirm überspannte.

Im zauberhaften Halbschatten des Baumes schien jemand zu warten. Das könnte der Auftragskiller sein. Ihre Vermutung wurde augenblicklich durch ein Handzeichen von ihm bestätigt, das Borstel prompt erwiderte. Kaum hatte Stephanies Chef die Steinbank erreicht, zogen sich beide Personen in den Sichtschatten der mächtigen Linde zurück.

Jetzt musste sie reagieren. Es bestand nur eine Möglichkeit, etwas von Borstels kriminellen Plänen zu erfahren. Wenn es ihr gelang, sich unbemerkt in Hörweite der Männer zu begeben, gab es eine realistische Chance. Mit bedächtigen Schritten steuerte sie auf die den beiden abgewandte Seite des Baumes zu. Dort presste sie sich zu guter Letzt in den engen Winkel zwischen Stamm und Burgmauer. Das war ein idealer Platz, um das Gespräch zu belauschen, ohne dabei Gefahr zu laufen, entdeckt zu werden. Mit beiden Beinen stand sie nun auf einer der großen Wurzeln, die die Linde über viele Jahrzehnte tief in die dunkle Erde der Burg gegraben hatte. Für einen kurzen Moment wagte sie einen Blick über ihre Schulter. Hier war die Burgmauer sieben Meter hoch, schätzte sie. Dort ging es fadengerade nach unten. Ihr wurde mulmig zumute.

»Nein, so machen wir das nicht«, hörte sie von der anderen Seite des Stammes.

Borstel reagierte verärgert. »Wer bezahlt, der bestimmt. Oder hat sich das etwa in letzter Zeit geändert? Ich bezahle Sie. Und ich sage Ihnen jetzt, wie Sie das zu erledigen haben. Also …«

»… vergrabe ich ihn irgendwo im Wald?«

»Sie hören mir nicht zu. Genau das wird nicht gemacht. Sie hängen den Kerl kopfüber auf. Vorher müssen Sie ihm noch die Füße brechen. Und zwar so, dass Sie rechtwinklig nach außen abstehen. Haben Sie das verstanden?«, sagte der Auftraggeber.

»Na klar. Bin ich etwa blöd?«, antwortete der Nuschler ungehalten.

»Wollen Sie wirklich eine ehrliche Antwort hören?«

Der Raucher verzichtete dankend und zog stattdessen kräftig an seiner Zigarette. Sein Selbstbewusstsein war heute nicht so stark, dass er es darauf ankommen lassen wollte.

»Wo soll er denn hängen, so kopfüber?«

Ein Wind ging plötzlich durch das Blätterdach der Linde. Ein befreiendes, sanftes Rauschen erfasste die Natur. Erst als dieses nachließ, verstand sie wieder etwas von dem konspirativen Gespräch.

»... nachts. Kein Problem. Das geht klar. Sie können sich auf mich verlassen.«

»Sie glauben gar nicht, wie oft ich den Spruch schon gehört habe. Der hängt mir langsam zum Hals raus. Erledigen Sie, was erledigt werden muss.« Stephanies Chef war in seinem Element.

»Haben Sie den anderen bereits auf die Reise geschickt?«, fuhr er fort.

»Nein, der Mann ist abgetaucht. Aber das wird ihm nichts nutzen. Den bekomme ich schon zu fassen.«

Wieder kam ein Wind auf. Der frische Luftzug kühlte auf angenehme Weise ihre Haut. Das Blätterdach der Linde reagierte mit einem geräuschvollen Rascheln, das sich allen anderen Geräuschen überstülpte.

Urplötzlich stand Borstel vor ihr. Er musste um den Baum herumgegangen sein. Doch er sah sie nicht. Noch nicht. Glücklicherweise wandte er ihr den Rücken zu, während er sich die Hände rieb. Kristina rechnete damit, dass auch der Porschefahrer gleich auftauchen und sie dann augenblicklich hier im Halbdunkel des Baumes entdecken würde.

Mit einer sanften Drehung um die eigene Achse reagierte sie geschmeidig und schnell wie eine Katze. Sie war in die Hocke gegangen und klammerte sich an das alte Geländer der Burgmauer, die hier steil abfiel. Auf ihre Hände abgestützt ließ sie sich langsam und lautlos nach unten gleiten, bis ihre Arme schließlich ganz gestreckt waren. So blieb sie hängen. Wie lange sie das durchhalten würde, wusste sie nicht. Jedenfalls waren ihre Füße nicht verdreht und kopfüber hing sie auch nicht. Mit dem rechten Bein begab sie sich auf die Suche nach einem Vorsprung in der Steinwand. Nach wenigen Versuchen fand ihr Fuß Halt auf einem schmalen Sims. Unverzüglich erhielten ihre Arme Entlastung.

Als die Finger des Windes ihr Spiel mit den Lindenblättern leid hatten, begann sie wieder etwas zu hören. Es waren Schritte, die sich entfernten. Mühsam und mit großer Kraftanstrengung zog sie sich so weit nach oben, dass sie gerade über die Mauer schauen konnte. Borstel stand da, immer noch mit dem Rücken zu ihr, und schaute zum gewaltigen Turm hoch, der in der Abenddämmerung einen rötlichen Schimmer aufwies und unwirklich vor ihm aufragte.

Wieder ließ sie ihren Körper langsam und lautlos nach unten gleiten. Hoffentlich ist der bald weg, wünschte sie sich. Vermutlich geht der erst, wenn der Nuschler außer Sichtweite ist. Er will nicht mit ihm gesehen werden. Das ist verständlich. Nach bangen Minuten wagte sie nochmals einen Blick über die Mauer. Jetzt war niemand mehr hier. Die Luft war rein.

Kristina schwang sich erleichtert nach oben, rutschte über das Geländer, ging um den Baum herum und setzte sich auf die steinerne Bank. Dann, während sie über das Gehörte nachdachte, rieb sie sich die Arme, bis daraus die Anstrengung verschwunden war. Sie musste zu Stephanie zurück. Ihr all das sagen, was sie gerade Ungeheuerliches gehört hatte.

Mit wackligen Knien stieg sie die Stufen der Freitreppe hinauf. Oben angekommen blickte sie sich unauffällig um. Auch hier war niemand zu sehen.

Umsichtig und mit größter Anspannung steuerte sie auf das Haupttor der Burg zu. Da kam plötzlich ein Schatten auf sie zugerannt. Sie bekam es mit der Angst zu tun. Voller Erleichterung erkannte sie, dass es Stephanie war, die ihr da atemlos entgegeneilte.

»Das ist mir in dem Restaurant zu gefährlich geworden. Borstel oder die Burmester könnten mich entdecken. Das ist mir zu viel Aufregung. Meine Nerven liegen blank«, stieß Stephanie hervor.

»Vielleicht hast du recht. Bei mir war es auch ziemlich knapp.«

»Na dann, auf was warten wir noch? Hier, deine Tasche.« Sie hielt ihr die Handtasche hin.

»Es ist nur schade um meinen Eisbecher. Den könnte ich jetzt gut vertragen«, sagte Kristina leise.

»Denkst du immer nur ans Essen?«

»Augenblick mal, das war mein Spruch«, beschwerte sich die Buchhändlerin.

»Sei unbesorgt. Das Eis ist an einem sicheren Ort.«

»In deinem Magen, vermute ich. Aber doch nicht alle acht Kugeln?«

»Doch, für jede Ecke des Turms eine«, bemerkte sie und rieb sich dabei den Bauch.

»Steph, ich wollte dich doch einladen.«

»Keine Sorge, das hast du auch. Ich war so frei und habe das Eis von deinem Geld bezahlt. War doch in Ordnung, oder?« Stephanie versuchte die Frage mit einem treuherzigen Grinsen zu ergänzen, was ihr nicht gelang.

»Frechheit siegt. Und was jetzt?«

»In das Restaurant sollten wir wirklich nicht zurückkehren. Das sehe ich ja ein. Aber einfach abzuhauen wäre sicherlich auch verkehrt. Komm, wir begeben uns erst einmal auf die andere Seite der Burg. Von dort haben wir einen freien Blick auf das untere Burgtor und den Parkplatz. Als Nächstes warten wir ab, bis Borstel mit seiner Burgschönheit verschwunden ist. Andernfalls stolpern wir ihm womöglich noch über die Füße. Wenn er weggefahren ist, machen wir uns auch aus dem Staub!«

Ihr Weg führte um die innere Burgmauer herum. Während sie über das frisch gemähte Grün liefen, berichtete Kristina von dem, was ihr zu Ohren gekommen war. Die beiden Frauen konnten sich keinen Reim darauf machen. An einer günstigen Stelle blieben sie stehen und sondierten die Lage. In einiger Entfernung befand sich der Besucherparkplatz. Inmitten der dort abgestellten Fahrzeuge erkannten sie einen alten Porsche, der im fahlen Schein einer Laterne parkte.

Sie warteten eine Weile. Dann beobachteten sie, wie der Sportwagen losfuhr, kurz, nachdem darin das Licht eines Feuerzeugs aufflammte. Das konnte nur der Auftragskiller sein.

Ein nerviges und langes Warten begann.

»Offenbar haben sich Borstel und Fiona allerhand zu sagen. Die tauchen einfach nicht auf.«

»Geduld. Als Privatdetektiv braucht man Geduld«, kommentierte Stephanie trocken.

»Du hast gut reden. Ich habe keine acht Kugeln Eis gegessen«, entgegnete Kristina.

»Was ist denn das?«

»Ich kann gar nichts erkennen.« Die Buchhändlerin hatte nicht mitbekommen, dass ihre Freundin mittlerweile in die entgegengesetzte Richtung starrte. Dort hatte sie eine kleine Steinmetzarbeit an der Burgmauer erspäht.

»Nein, nicht unten auf dem Parkplatz, sondern hier, an der Mauer.«

Kristina drehte sich um. Im schwachen Licht des Abends erkannte sie in Kopfhöhe einen auffällig bearbeiteten Stein.

»Ach das. Das hat man erst vor einigen Jahren entdeckt, als man weite Teile der Burgmauern von Rosen und Efeu befreite. Das ist eine magische Zauberschlinge. Zeigt genau nach Westen.«

»Das kenne ich. Das gleiche Zeichen befindet sich in Schuberts Haus. Ich weiß aber nicht mehr genau, wo das war«, versuchte sich Stephanie zu erinnern.

»Das ist schon ein merkwürdiger Kerl, dein Schubert.«

»Das ist nicht MEIN Schubert. Aber es stimmt. Er wirkt so unauffällig, ist stets freundlich und zuvorkommend. Von seinem Doppelleben hatte ich bisher nicht das Geringste geahnt. Das ist schon unheimlich, findest du nicht?«

Stephanie schaute sich die mittelalterliche Steinmetzarbeit näher an. Dann hob sie die Hand, um mit dem Finger der Zauberschlinge zu folgen. Doch kurz bevor sie den Stein berührte, wurde plötzlich ihr Arm gepackt und heftig nach unten gedrückt.

»Nicht anfassen, das bringt Unglück. Es gibt bestimmte magische Symbole im Kraichgau, die man nicht berühren sollte«, stieß Kristina mahnend hervor.

»Abergläubisch? Das kenne ich ja gar nicht von dir?«, antwortete ihre Begleitung sichtlich überrascht.

»Es existieren Dinge zwischen Himmel und Erde, die sollten in ihrem Bann verharren.«

»In ihrem Bann verharren? Das ist doch Blödsinn.«

»Achtung. Da kommen die beiden.« Schnell gingen die Frauen in Deckung.

»Schau einer an. Hand in Hand wie zwei Jungverliebte. Ob das dein Frank ahnt? Hat er sich deshalb wieder bei dir gemeldet?«

»Erstens ist das nicht mehr MEIN Frank und zweitens ist mir das mittlerweile schnuppe.«

»Ich glaube, du hast recht. Das hätte sich Frank Burmester vorher überlegen sollen.«

»Er hat seine Chance gehabt. Jetzt kann er mir den Buckel runterrutschen«, ergänzte Stephanie voll innerer Überzeugung und streckte stolz ihren Oberkörper.

Wenig später fuhren zwei Wagen hinunter ins Tal. Sie sahen von hier oben aus wie Kinderspielzeuge. Den beiden Frauen blieb nichts anderes übrig, als nun ebenfalls den Heimweg anzutreten.

Sie standen schon auf dem Parkplatz, als Kristina plötzlich rief:

»Wo ist denn meine Kamera?«

»Ups, die habe ich wohl vergessen«, gestand ihre Freundin sichtlich erschrocken.

Kristina setzte ein betont saures Gesicht auf.

»Bleib hier, ich hole sie«, brummte Stephanie, knallte ihre Handtasche aufs Autodach und lief unverzüglich und mit raschen Schritten in die Burg zurück.

Die Lichter des Restaurants wurden gerade gelöscht, als sie keuchend den Burghof erreichte. Ein älterer, freundlich dreinblickender Ober lehnte in der Tür und rauchte.

»Ich glaube, ich habe etwas vergessen«, rief sie ihm zu.

»Dann schauen Sie schnell nach. Wir schließen in wenigen Minuten.«

Stephanie schlüpfte an ihm vorbei. Da war sie, die Kamera. Sie stand noch unentdeckt in ihrem Versteck im Schatten der Pflanze.

Dann tat sie etwas, das sie später bereuen sollte. Sie verließ den Burghof, wählte aber nicht den kürzesten Weg zu den Parkplätzen, sondern ging um die innere Burgmauer herum. Dieser Weg führte sie unweigerlich wieder an der Zauberschlinge vorbei. Diese Steinmetzarbeit hatte es ihr angetan. Sie blieb darunter stehen, streckte ihre Arme nach oben und berührte das in Stein gehauene mystische Zeichen mit beiden Händen.

Als sie einige Minuten später neben ihrer Freundin stand, war sie außer Atem, hielt aber die Kamera schwenkend nach oben.

»Na prima. Da ist sie ja. Jetzt bin ich mal gespannt, was die so aufgezeichnet hat.«

Während die Buchhändlerin kurz darauf den Kleinwagen geschickt durch die engen Straßen des nahen Dorfes lenkte, versuchte Stephanie der Kamera Leben einzuhauchen. Es war vergeblich. Der kleine schwarze Kasten hatte vermutlich eine Zeit lang Bilder aufgezeichnet, aber nun blieben sämtliche Lämpchen und auch das Display dunkel.

»Der Akku ist leer. Der muss erst aufgeladen werden. Vorher ist nichts zu machen«, stellte die Beifahrerin enttäuscht fest.

Kristina schien es gar nicht gehört zu haben. Ohne darauf einzugehen, rief sie überrascht:

»Du, welchen Tag haben wir denn heute?«

Stephanie schaute auf ihre Armbanduhr und nannte ihrer Freundin das Datum.

»Das habe ich ja völlig vergessen! Ich bin eingeladen. Andrea Sauver macht heute ein Grillfest.« Kristina hielt drei Finger der rechten Hand an ihre Stirn, bevor sie weiter sprach. »Ich habe eine Idee! Du kommst einfach mit.«

»Mensch Kristina, du bringst meine ganzen Pläne durcheinander. Ich hab' doch noch so viel zu tun.«

Die Fahrerin zeigte auf die Uhr am Armaturenbrett. »Mist, da werden wir wohl zu spät kommen.«

»Ich mag nicht irgendwo hingehen, wo ich nicht eingeladen bin. Außerdem muss ich noch etwas Wichtiges erledigen.«

»Wir haben jetzt einen brisanten Fall. Vergiss das nicht.«

»Vergessen! Du bist gut. Ich kann sowieso an fast nichts anders denken.«

»Na also. So eine Party ist jetzt genau das Richtige. Dadurch wird man locker und kommt auf neue Gedanken. Und genau das brauchen wir jetzt. Wir beide brauchen das jetzt. Das macht einen freien Kopf.«

»Schau mich an. Ohne mich frisch zu machen, gehe ich nirgendwo hin.«

»Kein Problem. Andrea hat ein riesiges Bad. Da können wir uns vorher noch stylen.«

Wenig später standen sie in neuer Frische mitten unter den illustren Gästen in einem von Andrea und ihrem Mann großzügig angelegten Garten. Sie versuchten ein paar bekannte Gesichter auszumachen, während sie Eiswürfel gegen die Innenseite ihrer Gläser klickern ließen. Das gab einen angenehm hellen und festlichen Klang.

»Ich kenn' doch hier keinen. Warum hab' ich auf dich gehört?«, äußerte Stephanie ihren Unmut.

»Dann lernst du halt jemanden kennen. Setz einfach deinen Charme ein. Oder zwicken dich etwa die acht Kugeln Eis?«

Stephanie wollte gerade etwas entgegnen, als sich ein schlanker junger Mann in einem groß karierten Hemd zu ihnen gesellte.

»Guten Abend. Es ist schön, Sie hier zu sehen. Wusste gar nicht, dass Sie meine Schwester kennen?«, sagte der Mann mit einer freundlichen Stimme, die sie schon aus ihrem Schlafzimmer und aus der Bücherei her kannte. Es war der Polizist.

»Kenne ich auch kaum. Meine Freundin hat mich mitgenommen. So ganz spontan«, versuchte Stephanie ihm zu erklären. Sie freute sich, diesen sympathischen Mann wiedergetroffen zu haben.

»So ganz spontan erlebt man doch die schönsten Dinge.« Er schaute ihr Vertrauen erweckend in die Augen.

»Das wird sich noch herausstellen«, lächelte sie ihn an.

Vom Grill kam ihnen eine dunkle Wolke entgegen. Sie mussten augenblicklich husten.

»Wie geht es Ihnen denn?«, wollte der Beamte wissen, als sich der Rauch verzogen hatte.

Stephanie suchte nach den passenden Worten, als die Gastgeberin auftauchte. Sie hatte die kleine Runde ausfindig gemacht und kam mit einem Sektglas in der Hand schnurstracks auf sie zu. Sie ließ die drei nicht im Unklaren darüber, was sie vorhatte.

»Ach, da seid ihr ja. Stellt euch mal schön zusammen. Ich mache ein Foto von uns.«

Andrea war ein Energiebündel. Aber das traf es eigentlich nicht richtig. Bei ihr bemerkte man etwas, was man taghelles Selbstbewusstsein nennen könnte. Hinter ihren kleinen Augen glühten heiße Lavaströme, die sämtliche Energien der Umgebung ins Abseits stellten. Aber das Erstaunlichste darin war ein innerlich berührendes, kraftgebendes

Element. Sich in der Nähe dieser Augen aufzuhalten entsprach dem Gefühl, das ein Waldläufer verspürt, wenn er nach mühevoller Wanderung eine wärmende Lichtung betritt.

Andrea positionierte die Kamera auf die Brüstung der Veranda. Dann nahm sie einige Einstellungen vor, drückte den Auslöser, kam hastig zu ihnen gelaufen, drehte sich in Positur und stand augenblicklich in der Mitte eines hellen Blitzlichts. Gleich danach legte sie ihren Arm auf die Schulter ihres Bruders.

»Simon, du wolltest doch helfen. Bitte kümmere dich mal um die Gäste. Ich sehe überall nur leere Gläser. Hol doch noch Getränke aus dem Keller.«

Bevor er der Anweisung seiner Schwester folgte, schaute er Stephanie an und hob wie zur Entschuldigung kurz die Schultern.

»Hast du was bemerkt?«, wollte Kristina von ihrer Freundin wissen.

»Nein, Frau Kommissarin, nichts«, entgegnete Stephanie.

»Die Kamera. Sie hat die gleiche wie ich. Nur ist ihre silbern, meine ist ...«

»... fast schwarz. Ja, habe ich gesehen. Dann müsste sie also auch über ein Ladegerät verfügen, oder?«

»Genau, meine Liebe. Und das holen wir uns jetzt.«

Kristina hielt auf den Kellereingang zu, aus dem gerade Simon mit einigen Flaschen Wein herauskam. Sie wedelte mit ihrer Kamera vor dessen Gesicht herum. Minuten später hatten die beiden Frauen in der bequemen Wohnzimmergarnitur Platz genommen. Interessiert beobachteten sie nun den Polizisten, der auf Knien rutschend versuchte, mit einem Verbindungskabel die Bilder der kleinen Speicherkarte auf den riesigen Bildschirm zu zaubern.

Simon steckte mit seinem Oberkörper in der Schrankwand. Auf einem Bein neben dem Fernseher kniend probierte er, das Kabel in die richtige Position zu bringen, als plötzlich die Terrassentür aufgeschoben wurde und Andrea eintrat.

»Hier steckst du also. Bitte komm'. Das Fass ist leer. Im Keller steht ein neues. Stefan will das Fleisch auf den Grill legen. Aber er sagt, er braucht dich.« Zu den beiden Frauen gewandt fragte sie verwundert: »Was macht ihr hier eigentlich? Ihr wollt doch nicht etwa fernsehen?«

Simon riss seinen Kopf hoch. Dabei schlug er lärmend gegen die Unterseite eines Regalbretts. Er erhob sich langsam, rieb seinen Hinterkopf und schaute seine Schwester mit einem schrägen, entschuldigenden Blick an. Kristina versuchte, ihr die Situation zu erklären.

»Nein, wir wollen nur sehen, was meine Kamera aufgezeichnet hat. Ich glaube, da wird etwas Interessantes zu sehen sein.«

»Aber den Simon braucht ihr doch nicht, oder?«

»Jetzt sollten wir schon alleine zurechtkommen«, stellte Kristina selbstsicher fest. »Wir wollen uns etwas Wichtiges anschauen. Und Simon war so nett, uns mit der Technik zu helfen.«

Der Polizist zuckte mit den Schultern, um auf diese Art Verständnis zu erbitten. Er bekam es bereitwillig.

Wenige Minuten später huschte die Buchhändlerin zur Terrassentür hinaus, um Andrea zu holen. Sie fand sie mitten unter einer Reihe von Gästen, die gerade begonnen hatten, mit einem Glas Sekt in der Hand auf die angestaubte Musik der 80er zu tanzen. Sie ließ sich nur sehr schwer überreden, mitzukommen. Als die drei Frauen anschließend vor dem Fernseher Platz nahmen, begann Kristina auf ein paar Knöpfen ihrer Kamera herumzudrücken. Schließlich hatte sie die gesuchte Szene des Films gefunden, die sie nun wiederholte. Das Bild war überraschend kontrastreich und scharf. Das Restaurant, der Tisch und die Personen waren deutlich zu sehen.

»Hier kommt es. Achtung. Jetzt. Was ist das, Andrea?«, fragte die Buchhändlerin.

Man konnte im rechten Rand des HD-Bildes gut erkennen, wie Borstel eine Medikamentenpackung aus der Innentasche seines Jacketts hervorholte und sie seiner Begleitung überreichte. Diese schenkte dem Mittel keine Beachtung, sondern ließ es umgehend in ihrer Handtasche verschwinden.

»Macht das bitte mal größer«, verlangte die Apothekerin.

»Groß genug?«

»Noch ein bisschen.«

Simon kam herein und setzte sich. Es war zufällig der Platz neben Stephanie, den er wählte.

»Das sieht nach nichts Gutem aus. Verdammt. Das ist hoch dosiertes GHB mit ein paar Zutaten!«, rief Andrea entsetzt.

»Und was ist dieses GHB?«

»Das ist Gamma-Hydroxy-Buttersäure, angerührt mit einigen üblen, toxischen Zusätzen. In dieser hohen Dosis wie dort in der Flasche ist es außerordentlich gefährlich. Um es klar zu sagen. In dieser Zusammensetzung ist das Mittel in Deutschland verboten. Wenige Tropfen davon hauen einen Elefanten vom Hocker.«

Stephanie versuchte, sich einen Elefanten mit übergeschlagenen Beinen auf einem Hocker vorzustellen, der einfach zur Seite kippte. Sie lachte in sich hinein.

Andrea fuhr fort: »Wenn man nur wenig davon nimmt, fällt man einfach nur um. Und das Tollste daran ist, dass nach 24 Stunden kein Labor das Zeug mehr nachweisen kann. Noch höher dosiert ist es garantiert tödlich. Ich kenne keinen Apotheker, der so etwas verkauft, auch nicht faute de mieux oder unter dem Ladentisch. Das gibt es nur illegal. Im Ausland vielleicht, oder im Internet. Verdammtes Internet.« Sie schlug mit der flachen Hand auf das glatte Couchleder.

Stephanie zuckte erschreckt zusammen. Als hätte er darauf gewartet, legte Simon schützend seinen Arm um sie. Die anderen schienen es nicht zu bemerken.

»Nun reg' dich nicht auf. Wir gehen der Sache nach«, versuchte Kristina sie zu beruhigen.

»IHR geht der Sache nach? Seid ihr jetzt unter die Privatdetektive gegangen? Ihr spinnt wohl? Ihr habt ja gar keine Vorstellungen davon, wie gefährlich eigene Ermittlungen sein können. Das kann euch mein Bruder bestätigen. Bisher scheint das ziemlich glimpflich abgelaufen zu sein. Aber wenn ihr so weitermacht, kommt ihr schnell in Teufels Küche. Lasst das jemanden erledigen, der vom Fach ist! Ihr seid keine Profis.« Auffordernd schaute sie hinüber zu ihrem Bruder.

Der nickte überlegen und zog gleichzeitig Stephanie dichter an sich heran, die sich das gerne gefallen ließ.

»Das Ganze ist etwas komplizierter. Hier scheint einer in Gefahr zu sein, den Stephanie kennt. Wir müssen weiter recherchieren!«, beharrte Kristina auf ihrem Standpunkt.

»Das müsst ihr NICHT. Es sei denn, ihr arbeitet neuerdings bei der Polizei. Und da das nicht der Fall ist, rate ich euch, die Finger da rauszuhalten. Die beiden führen was wirklich Übles im Schilde. Das sind Kriminelle. Und jetzt macht die Flimmerkiste aus. Hier läuft nämlich immer noch eine Party. Und da will ich Euch unter den Gästen sehen.«

Simon stand auf, schaltete den Fernseher aus, schob die schwere Terrassentür auf und verschwand im Garten. Die drei Frauen löschten das Licht im Wohnzimmer und folgten ihm, als Andrea die beiden, auf der Terrasse stehend, zurückhielt.

»Mein Bruder fährt später einige Gäste nach Hause. Das Angebot gilt auch für euch. Ihr könnt unbesorgt die guten Kraichgauer Weine ausprobieren, klar. Auswahl ist genug da. Simon fährt euch. So und jetzt rein ins Getümmel. Lasst uns weiterfeiern. Verstanden? Jetzt ist Party angesagt«, verkündete sie, die große Glastür dabei zuschiebend. Mit »Hat einer meine Zigaretten gesehen?« wandte sie sich ihren Gästen zu.

Kristina blieb vor der Glasfront stehen und dachte nach. Sie hatte andere Pläne und war mit den Forderungen der Apothekerin nicht einverstanden. Sie wollte sich diesen Fall nicht aus den Händen nehmen lassen. Sie hielt Stephanie sanft am Ärmel fest und flüsterte ihr etwas ins Ohr. Diese jedoch tat nur so, als hörte sie zu. Ihr Blick huschte währenddessen suchend über die zahlreichen Gäste, die im spärlichen Licht farbenfroher Lampions im Garten standen. Da entdeckte sie Simon. Der entkorkte gerade eine Flasche Wein und schaute dabei lächelnd in ihre Richtung. Auch er schien ihr Augenpaar zu suchen.

13. Kapitel

Der Komtur saß in der ersten Reihe der Sankt-Anna-Kapelle und wartete. Der Platz neben ihm war frei geblieben. Man hatte gerade mit der feierlichen Abendzeremonie begonnen, als endlich sein Helfer auftauchte.

Der Priester sprach lateinisch. Er folgte einer alten sakralen Liturgie. Obwohl die Bankreihen kaum gefüllt waren, hing eine erwartungsvolle Spannung in der Luft. Der zu spät Gekommene wählte den längeren Weg nach vorne und setzte sich zu seinem Auftraggeber. Leise flüsternd berichtete er ihm, was vorgefallen war. Mit einem Lächeln bedankte er sich und der Helfer verschwand, auch diesmal ohne dabei Aufsehen zu erregen.

Bedächtig schloss er die große Pforte hinter sich. Vor der Kapelle wagte er es, in die Innentasche seiner Jacke zu greifen. Er holte den Umschlag hervor, den er zugesteckt bekommen hatte, und riss ihn auf. Neben der Summe Bargeld, die vereinbart war, befand sich eine kurze Notiz. Die konnte er nicht entziffern.

Als ihm wenig später seine Mutter den Inhalt vorlas, bestätigte sich seine Vermutung. Er sollte sich um diese Frau Kurz kümmern. Schon seit Wochen hatte er mit diesem Auftrag gerechnet. Er war stolz auf sich. Er kannte seinen Chef immer besser, ja ahnte mittlerweile sogar, was dieser plante. Von dem neuen Orden hatte er nicht die geringste Vorstellung. Aufgefallen war ihm jedoch, dass der Komtur den DHvSS gegründet hatte, kurz nachdem er begonnen hatte, seltsame Versuche durchzuführen. Den Rauswurf bei den Deutschherren in Wien hatte er kommen sehen. Doch von den Experimenten des Komturs verstand er wenig. Maßgeblich war nur, dass er daran gut verdiente. So hoffte er, dass man diese noch eine ganze Weile weiterführen würde.

Er hatte vor, die benötigte Lieferung prompt zu erledigen. Er war bereit, für diesen Mann alles zu tun. Er war eine stetig sprudelnde Geldquelle. Aber nur, wenn er keine Fragen stellte und seine Anordnungen genauestens befolgte.

Auch diesmal würde es so sein. Andernfalls konnte sein Auftraggeber sehr unangenehm werden. Dass er ihm vom Verrat in den eigenen

Reihen berichtet hatte, war seiner Mutter zu verdanken, die ihn dazu ermutigt hatte. Das brachte ihm einen ordentlich gefüllten Umschlag ein. Die Summe reichte aus, den gebrauchten Porsche, den er sich immer erträumt hatte, zu besorgen und auf einen Schlag zu bezahlen.

14. Kapitel

Der Platz hinter der Tür war wirklich schmal. Sie durfte sich nicht bewegen. Damit würde sie sich verraten. Nur so blieb sie unerkannt. Und nur so blieb sie dem Chef verborgen.

»Frau Ronellenfitsch!«, rief Borstel aus seinem Büro mit lauter Stimme. Eine Antwort erhielt er nicht. Wie auch? Seine Sekretärin befand sich zusammen mit anderen Kolleginnen in der Mittagspause. Und das schon eine ganze Weile. Bisher war dieser Tag ganz nach Plan verlaufen. Damit jetzt nichts schief ging, drückte sie sich noch weiter in den schmalen, dunklen Spalt hinter die Tür. Das Telefon der Ronellenfitsch klingelte. Zeitgleich auch das des Chefs. Es war ein riesiger grauer Apparat, der da auf dem Schreibtisch stand. Beim dritten Klingeln ergriff Borstel den Hörer. Stephanie lauschte, vermochte aber nicht herauszufinden, wer da an dem anderen Ende der Leitung sprach. Dabei arbeitete sie schon einige Jahre bei KKF-Technologies. Das Telefonat wurde schnell beendet.

Die ISDN-Telefonanlage spielte eine große Rolle im Unternehmen. Erst als Frau Ronellenfitsch ihr einen verdeckten Hinweis gegeben hatte, hatte sich in ihrem Kopf einiges zu sortieren begonnen. Ihr Chef hörte viele der Gespräche ab. Egal, ob es um internen Tratsch, Kundengespräche oder Privates ging. Sein Ohr hing in der Leitung. Und mit dem eingebauten Mikrofon, das ja so praktisch war, konnte man ganz bequem die Räume abhören, selbst wenn keiner telefonierte.

Sie lauschte angestrengt. Dann war das Geräusch von Aktenordnern, die leisen Quietschtöne eines Drehsessels und das Schleifen übereinander gleitender Papierstapel zu hören.

Borstel ging in das Vorzimmer und öffnete einen Aktenschrank. Er schien etwas zu suchen. Es dauerte eine geraume Zeit, bis er es fand. Zurück in seinem Büro, blieb er lesend vor seinem Schreibtisch stehen. Dabei wandte er ihr den Rücken zu. Das rasche Blättern in einem Notizbuch war zu hören. Langsam kam sie hinter der Tür hervor. Mit bedächtigen Bewegungen schlich sie auf ihn zu. Sie war sich sicher, absolut lautlos gewesen zu sein. Trotzdem schien Borstel sie in seinem Rücken zu spüren. Er drehte sich abrupt um. Völlig überrascht glotzte er sie an.

»Frau Kurz?«, stieß er erstaunt hervor.

Sie machte einen großen Schritt auf ihn zu und stand nun direkt vor ihm. Ihr rechter Ellenbogen schoss nach hinten, um dann noch schneller nach vorne zu schnellen. Das große Messer, das sie schon die ganze Zeit mit ihrer Hand fest umklammert hielt, jagte sie ohne Gegenwehr in seinen Bauch. All ihre Wut steckte nun in seinem Leib. Er riss die Augen weit auf. Sein Mund öffnete sich wie in Zeitlupe, aber kein Ton drang an ihr Ohr. Er war sprachlos. Er, der immer auf alles eine passende Bemerkung hatte, der stets bereit war, etwas Verletzendes, etwas Demütigendes zu sagen, war sprachlos. Er stand da wie gelähmt.

»Heute ist Ihr Stichtag, Herr Borstel!«, hörte sie sich sagen.

Dabei sprach sie in einem ruhigen Tonfall und einer emotionslosen Stimmlage, die sie gar nicht als die ihre erkannte. Abschließend führte sie die freie Hand zum Messerknauf und drückte den Stahl, der noch tief in Borstels Bauch steckte, beidhändig kräftig nach unten. Sofort strömte eine große Menge Blut unter seinem Hemd hervor und ergoss sich wärmend über ihre Hände.

So vereint blieben sie eine Weile stehen. Als sie den Griff lockerte, fiel ihr Opfer langsam zur Seite. Wie in einer Zeitlupendarstellung sackte er schließlich in sich zusammen. Sein Körper schlug ungebremst mit dem Rücken auf dem Boden auf.

Das Messer entglitt ihr.

Schon der Tür zugewandt, schaute sie nochmals zurück. Der Mann lag ganz gerade ausgestreckt vor dem Schreibtisch. Sein Mund war für immer geschlossen. Ein riesiger roter Fleck erstreckte sich vom Hals bis zu den Beinen. Seine Füße waren merkwürdig verdreht. Sie konnte sich nicht erklären, wie so etwas möglich war.

Stephanie lief zurück in ihr Büro. Niemand hatte in der Zwischenzeit etwas bemerkt. Lautlos schloss sie ihre Tür und wandte sich um. Sie atmete immer noch heftig, als sie einen großen braunen Briefumschlag entdeckte, den jemand mitten auf ihrem Schreibtisch hochkant platziert hatte.

Sie hob ihn hoch und betrachtete die Schrift. Mit dickem Filzstift war eine schwarze Zauberschlinge darauf gemalt. Sie drehte den Umschlag herum, ohne daran zu denken, dass ihre Hände immer noch voller Blut waren.

Auf der Rückseite stand in schlampiger Schrift etwas geschrieben: FRAU KURZ und darunter PERSÖNLICH. Doch alles was sie berührte, bekam eine rote Deckschicht. Das Blut aus Borstels Bauch klebte überall am Umschlag. Sie riss ihn mit einer raschen Bewegung auf und zog einen Brief heraus.

Wichtige Information für Stephanie Kurz, stand ganz oben. Darunter konnte sie nichts mehr erkennen. Auch hier war mittlerweile alles rotverschmiert und unleserlich.

Dann wachte sie auf.

15. Kapitel

Der nächste Morgen begann mit einem sanften Kribbeln auf ihrer Haut. Diese morgendliche Nähe war sie nicht gewohnt. Ein unbeschwert prickelndes und gleichzeitig verbindendes Gefühl weckte augenblicklich alle Sinne in ihrem Körper. Ein höchst behagliches, intensives Erwachen setzte ein. Die fremde Hand wanderte umher, streichelte ihre Brust und dann die Innenseite der Schenkel.

Langsam füllte eine angenehme Erinnerung die Leere in ihrem Kopf. Und was dort auftauchte, war herrlich wohltuend. Simon war ein liebevoller Mann. Nicht nur gestern Abend. Auch der neue Tag begann mit zärtlichen Berührungen. Es war eine wunderbare Nähe, die durch alle Poren in ihre weiche Haut eindrang, ihr ein Urgefühl der Zweisamkeit, von Vertrauen vermittelte und ihre Lust entflammte.

Aber sie wollte diesem Verlangen nicht nachgeben, wollte es ihm nicht wieder zu einfach machen. Mit aller Kraft presste sie plötzlich die Beine zusammen. Die Hand verschwand.

»Ich mache uns ein Frühstück. Magst du Rühreier?«

Er beantwortete die Frage nicht, sondern stellte selbst eine.

»Soll ich Brötchen holen?« Er sprang aus dem Bett und stand nackt vor ihr.

»Ja, gerne. Aber du solltest dir vorher etwas anziehen! Sonst stößt du damit überall an.« Sie lachten beide. Dieses Lachen verband sie und schien gleichzeitig einen Fallschirm über ihnen zu öffnen. Einen, der den freien Fall durch den ruppigen Alltag angenehm abbremsen konnte, sie sanft schaukelte und auch noch vor der Sonnenglut von oben schützte.

So schnell hatte Stephanie die Pforten ihres Herzens noch nie aufgeschlossen. Simon war ein Überfallkommando. Im Tempo eines ICE hatte er alle Hürden und Hindernisse ihres Selbstschutzes umfahren. Wie war so etwas möglich? Eine Erklärung dazu gab es. Aber die wollte sie nicht denken, noch nicht denken. Und aussprechen erst recht nicht. Sie hatte sich im selben Tempo in Simon verknallt, in dem sie eine Schachtel Schokoherzen vertilgte. Das war in jedem Fall zu schnell.

In der Lücke zwischen dem Ende des Frühstücks und dem Anfang des Tages nahmen sie sich in den Arm und drückten sich fest.

Dann sprach Simon eindringlich auf die junge Frau ein: »Als ich gestern früh bei dir aufgetaucht bin, ist eine ältere Dame aus deinem Haus gekommen. War das deine Mutter?«

»Nein, die lebt nicht mehr. Bist du sicher, dass die bei mir aus der Tür kam?«

»Ja, die wirkte sehr in Eile.«

»Ach so, deswegen bist du auch ins Haus gekommen und bist plötzlich in meinem Schlafzimmer gestanden!« Simon nickte kurz, bevor er eine weitere Frage stellte.

»Wer besitzt denn Schlüssel zu deinem Haus?«

»Nur Kristina, sonst niemand.«

»Wie ist die Frau denn dann ins Haus gelangt?«

Stephanie kratzte sich am Hinterkopf, während sie antwortete.

»Ich glaube, das ist ganz einfach. Es hat geklingelt und ich habe aufgedrückt.«

»Und hast nicht nachgesehen, wer das war!«

»Ja. Das hätte ich machen sollen. Ich weiß. Ich gelobe Besserung.«

»Stephanie, sei bitte vorsichtiger. Unternimm nichts, was gefährlich werden kann! Deine Freundin und du, ihr seid da einer Sache auf der Spur, die wahrscheinlich mit dem alten Kriminalfall aus dem letzten Jahr zu tun hat, an dem ich immer noch arbeite. Eine Frauenleiche im Wald, weißt du. Mehr darf ich dir darüber nicht sagen. Das verstehst du doch, Stephanie?«

In seiner Stimme schwang ein härterer, unnachgiebiger Ton mit. Er schien wirklich ernsthaft um sie besorgt zu sein.

Stephanie löste sich von ihm, ergriff seine beiden Hände, hob sie an ihr Gesicht und küsste sie. Dann suchte sie seinen Blick.

»Simon, sei unbesorgt. Kristina und ich sind keine jungen Dinger mehr. Wir wissen, was wir uns zutrauen dürfen und was nicht.«

»Gegen deinen Willen ist wohl nicht anzukommen, oder? Bitte mach nichts Unüberlegtes.« Seine Augen leuchteten wie Scheinwerfer in dunkler Nacht.

Sie wollte die Diskussion nicht fortführen. Stattdessen stellte sie ihm eine Frage, vorsichtig und unbefangen. Eine Frage, die beantwortet werden musste. Und die Antwort konnte über alles Weitere, was sie betraf, entscheidend sein.

»Wo kann ich dich denn erreichen?«

Er antwortete mit einem gequälten Lächeln und begann seine Kleidung intensiv zu durchsuchen. In seiner linken Gesäßtasche wurde er fündig. Die verknickte Visitenkarte, die er ihr gab, schien selbst gedruckt worden zu sein und hatte nur zwei Zeilen. Sein Name stand in der ersten, die Handynummer in der zweiten. Mehr befand sich nicht darauf. Adresse, Logo oder Foto fehlten. Während sie so mit der Karte in ihrer Hand dastand, drückte er sie an sich und küsste sie auf die Stirn. Sofort entfaltete sich bei ihr ein wohliges Gefühl.

Simon war im Begriff zu gehen, als er im Türrahmen stehen blieb, sich umdrehte und fragte: »Sag mal, was machen wir denn heute Abend?«

»Ich habe noch nichts vor, warum?«, erwiderte sie mit einem aufgesetzten Unschuldslächeln. In Wirklichkeit vermutete sie, dass seine Frau und die Kinder zu Hause schon ungeduldig auf ihn warteten. Sie erkundigte sich nie nach Ehefrau oder Familie. Das würde den Reiz des Kennenlernens mit einem Bleigürtel versehen. Alle Wünsche und zarten Träume würden hoffnungslos im bitteren Sumpf des Misstrauens versinken.

»Prima. Wir sollten uns treffen. Ich muss zwar noch bei meiner Schwester aushelfen. Das habe ich ihr versprochen. Aber danach hätte ich Zeit. Ich rufe dich dann an, okay?«

Ein trockenes »Jaha« war alles, was sie herausbekam. Er hatte sie überrascht. Stephanie musste sich räuspern. Simon legte ein enormes Tempo vor und bot keine Chance auf ein Entkommen.

Der Sonntagvormittag schien wie im Fluge zu vergehen. Die Eingaben in ihren Laptop gelangen auf wundersame Weise zügig. Mit großer Leichtigkeit erledigte sie ein ordentliches Pensum. Es erschien ihr, als ob sie von einer neuen, unbekannten Energie beseelt würde.

Es gefiel ihr, dass Kristina sich nicht bei ihr meldete. Sie wollte heute mit niemandem telefonieren, außer mit Simon vielleicht.

Am frühen Nachmittag beendete Stephanie ihre Computerarbeit. Daraufhin saß sie eine Weile da, dachte nach und aß eine Kleinigkeit. Sie schaute auf ihren Garten heraus. Auch der wollte versorgt werden. Das gute Wetter lud regelrecht zur Gartenarbeit ein. Sie schlüpfte in ihre Cargohose, steckte vorsorglich das Handy in die Tasche, Simon könnte ja anrufen, und begann, am Zaun zur Nachbarin Unkraut zu jäten.

Die Arbeit ging ihr leicht von der Hand. Hin und wieder beschlich sie ein merkwürdiges Unbehagen. Sie hatte das untrügliche Gefühl, von der alten Frau beobachtet zu werden. Etwas anderes schien Gesine Herbst, diese neugierige Ziege, auch nicht zu können. Den lieben langen Tag stand sie da und glotzte auf ihre Nachbarschaft herab.

Nach einer Weile überfiel Stephanie eine angenehme Müdigkeit. Es fehlten ihr ein paar Stunden Schlaf, vor allem aber fehlte ihr Entspannung. So richtete sie ihren Liegestuhl fadengerade auf die wärmende Nachmittagssonne des Kraichgaus aus, bevor sie sich darauf langmachte.

Was würde sie Kristina sagen, wenn diese anrief? Vielleicht ein Satz wie: »Nein, ich habe nicht allein gefrühstückt.« Aber mehr nicht. Das zarte Pflänzchen einer neuen Liebe kann durch Gerede eingehen. Das wollte sie unter keinen Umständen. Sie nahm sich vor, nichts darüber hinaus zu erzählen und sich im Falle eines Falles rechtzeitig auf die Zunge zu beißen.

Hier draußen, in der Wärme der Sonne, gelang es ihr, Klarheit in ihren Kopf zu bekommen. Sie hatte eine zärtliche und intensive Nacht mit Simon verbracht. Ihre Erinnerung an Frank wurde immer diffuser. Das gefiel ihr.

Sie nahm eine Zeitschrift zur Hand, um darin zu lesen, schlief jedoch auf der Stelle ein.

Das zweite Erwachen an diesem Tag erzeugte panische Angst. Sofort riss Stephanie die Augen auf, weil eine feste Hand ihr den Mund zudrückte. Sie wand und drehte sich, um dem festen Griff zu entfliehen. Es gelang ihr nicht. Als sie schwer keuchend auf den Boden fiel, erkannte sie in den Augenwinkeln das schäbige Paar ausgetretener Slipper wieder. Erneut versuchte sie, sich zu entwinden. Kurzzeitig hatte sie das Gefühl, sich befreit zu haben. Sie stieß den Mann zur Seite und richtete sich auf. Im gleichen Moment erhielt ihr Schädel plötzlich einen Schlag von solcher Wucht, dass sie das Bewusstsein verlor.

16. Kapitel

»Nein, das kann nicht sein! Das kann ich nicht glauben! Sie hätte es mir erzählt, hätte vorher mit mir darüber gesprochen! Ganz bestimmt hätte sie das getan.«

Kristina war wütend und verzweifelt zugleich.

»Vielleicht war es eine spontane Entscheidung.«

Simon Gabriel rieb sich das Kinn. Auch er schien sichtlich besorgt um Stephanie und hatte sich daher spontan mit der Buchhändlerin in Brusel verabredet. Wenn man nicht mehr weiter weiß, sollte man im Schlosspark ein paar Runden drehen, dann klärt sich oft alles auf, hatte er ihr am Telefon mit beruhigender Stimme versichert.

»Ich bin die Spontane in unserer Beziehung. Nicht sie«, stellte Kristina fest.

»Aha, Sie haben also eine Beziehung«, wollte der Polizist wissen.

»Ja, eine freundschaftliche. Eine sehr gute freundschaftliche und langjährige Beziehung. Daher verwundert es mich umso mehr, dass sie so mir nichts dir nichts verschwunden ist. Außerdem stand die Terrassentür offen. Und ihre drei Fahrräder befanden sich da, wo sie hingehörten.«

»Jetzt sollten wir Ruhe bewahren«, entgegnete er.

»Dadurch taucht sie auch nicht wieder auf! Oder soll das etwa heißen, dass man mit dem Schlimmsten rechnen muss?« Kristina standen Tränen in den Augen. Sie war völlig aufgelöst.

Er gab ihr darauf keine Antwort. Das beängstigte sie noch mehr.

»Was geht Ihnen so durch den Kopf? Gibt es irgendeinen Anhaltspunkt, der mir bei der Suche helfen könnte?«

»Ja, ich glaube, den gibt es«, gestand Kristina.

»Na, dann legen Sie mal los«, bat der Beamte.

»Irgendjemand muss mitbekommen haben, dass wir einer krummen Sache auf der Spur sind«, hauchte sie.

»Aha, diese Sache mit dem Gift?«

Der Polizist hatte schon darüber spekuliert, ob der alte Fall und Stephanies Verschwinden irgendwie zusammenhängen könnten. Sein Gespür sagte ihm, dass es hier Parallelen gab.

»Ja, diese Sache mit dem Gift«, wiederholte Kristina.

»Das auf dem Film, den wir uns bei meiner Schwester angesehen haben, war doch der Chef von ihr, oder? Herr Borstel von KKF-Technologies, wenn ich mich recht erinnere.«

»Ja, das war er. Und neben ihm war die Ehefrau von einem seiner Mitarbeiter. Borstel will vermutlich deren Ehemann aus dem Weg räumen. Der heißt übrigens Frank Burmester und kommt aus Brusel.«

»Habe schon längst darüber Nachforschungen angestellt. Dieser Borstel ist nicht in unserer Kartei. Hat weder Vorstrafen noch Punkte in Flensburg. Nicht einmal ein Knöllchen. Der Kerl hat eine blütenreine Weste, würde ich sagen.«

»Dann strengen Sie sich mal an. Der Mann wollte einen Mord begehen. Nein, einen Mord begehen lassen, um genau zu sein. Dann passt ihm wohl die reine Weste nicht mehr.«

Kristina wurde vom Klingeln seines Telefons unterbrochen, gerade als sie die hintere, breite Treppe zum Schloss hochgingen.

Simon griff in seine Hemdtasche, zauberte ein ultraflaches Handy hervor, drückte die grüne Taste, hielt das Ding ans Ohr und nannte Dienstgrad und Namen. Jemand am anderen Ende sprach zu ihm, was sie nicht verstand. Der Polizist nickte, nickte nochmals und riss dann die Augen auf. Nur drei Worte hasteten über seine Zunge.

»Fahre sofort los!«

Das Telefonat war damit beendet.

Er ließ das flache, elektronische Wunder in der Hosentasche verschwinden und wandte sich wieder seinem Gegenüber zu.

»Ich muss jetzt leider los. Rufen Sie mich an, sobald Sie etwas in Erfahrung bringen«, forderte der Polizist sie auf.

»Ich versuche in der Zwischenzeit herauszufinden, wo Stephanie stecken könnte.« Kristina wollte nicht tatenlos zusehen. Dann hängte sie noch mit zittriger Stimme eine Frage an.

»Was gibt es denn so Wichtiges, dass Sie sofort los müssen?«

»Eine Leiche. Meine Kollegen haben eine Leiche gefunden.« Er hatte sich schon ein paar Meter von ihr entfernt, als er zur Beruhigung hinzufügte: »Keine Panik, sie ist männlich.«

17. Kapitel

Sein Polizeiwagen jagte mit Blaulicht über die Landstraße. Das Martinshorn ließ Simon Gabriel abgeschaltet. Die Abzweigung fand er sofort. Sie führte in den dichten Wald bei Oberderdingen. Es gab hier kaum einen Fleck, den er nicht kannte. Ein Polizist muss sein Revier kennen, war seine Devise. Unweit von dieser Stelle hatte es vor genau einem Jahr einen Mordfall gegeben. Es war ihm immer noch nicht gelungen, ihn aufzuklären. Man hatte auf der Kleidung der Frauenleiche neben ihrer eigenen DNS nur die einer anderen Frau nachweisen können. Weitere Spuren fehlten. Es gab keinerlei Hinweise auf eine Sexualstraftat. Einen finanziellen Vorteil aus ihrem Tod hatte niemand gezogen. So hatte die Liste der Verdächtigen keine Eintragung. Er fischte im Trüben. Der Fall blieb mysteriös.

Die Reifen wirbelten den staubigen Boden der knochentrockenen Waldwege hoch in die Luft. Wie ein braungelbes Puder legte sich eine Staubschicht auf die Blätter der Büsche und Bäume. Seit vielen Tagen war kaum ein Tropfen gefallen. Nicht nur die Förster, auch die Landwirte blickten gen Himmel und sehnten den Regen herbei.

Die beschriebene Stelle tauchte auf. Er verlangsamte die Geschwindigkeit und fand einen Abstellplatz neben den Einsatzfahrzeugen seiner Kollegen, die hier schon einige Zeit zugebracht hatten. Beim Aussteigen wäre ihm beinahe von dem Wagen des Erkennungsdienstes die Tür abgefahren worden. Er fluchte laut. Das blieb völlig unbeachtet.

Die beiden Insassen waren offenbar von der schnellen Truppe. Sie sprangen aus ihrem Kleinbus, packten sich ihre Gerätschaften und liefen mit weiten Schritten den Wald hinauf. Er folgte den beiden, die vor ihm die Kuppe erreichten. Der Größere von ihnen war stehen geblieben und rief erschreckt aus:

»Sag mal, was ist denn das für eine Sauerei?«

Der Zweite schien nicht minder erstaunt. Von der anderen Seite des Waldbuckels rief man ihnen eine Antwort zu.

»Das ist ein keltischer Steinaltar, auch Blutstein genannt.«

Als die beiden Männer auf diese zeremonielle Opferstelle zugingen, sagte der eine, der vermutlich die Rolle des Witzboldes innehatte:

»Das Blut ist aber nicht mehr keltischen Ursprungs, oder? Das sieht ziemlich frisch aus.«

»Mit Sicherheit ist es keine vierundzwanzig Stunden her, das es über den Stein lief!« Die Stimme kam von dem Polizisten, der neben dem Altar stand.

Simon hatte die Verfolgung der Kollegen vom ermittlungstechnischen Dienst aufgegeben und blieb oben stehen. Er wollte sich zunächst einen Überblick verschaffen. Was er zwischen den Bäumen erkannte, war ein Desaster. Ein Mann, der in einem dunklen Anzug steckte, hing kopfüber an einem Seil. Dieses war so geschickt angebracht worden, das der Kopf des Toten etwa ein Meter oberhalb des rituellen Steins zu schweben schien.

Der Bauchbereich der Leiche war tiefrot gefärbt. Von dort musste das ganze Blut gekommen sein, das über den Steinaltar geflossen war. Zahlreiche Insekten, angezogen vom süßen Duft des Blutes, surrten durch die trockene Luft.

Simons Handy klingelte. Kristina Seckelmann sprach am anderen Ende. Er drehte dem Tatort den Rücken zu, um nicht von den Kollegen gehört zu werden. Die Buchhändlerin teilte ihm mit, dass sie ihr persönliches Adressbuch durchtelefoniert hatte. Aber niemand der Angerufenen konnte sich Stephanies Verschwinden erklären. Nicht ein Einziger war in der Lage, sich vorzustellen, dass sie, ohne ein Lebenszeichen von sich zu geben, so lange wegbleiben würde. Geduldig hörte er zu und versicherte ihr, ihr unverzüglich Bescheid zu sagen, sobald er zu neuen Erkenntnissen gelangte. Er versprach, sich umgehend um die Ortung von Stephanies Handy zu kümmern, und beendete das Gespräch, nachdem er sich mit Kristina Seckelmann für den nächsten Morgen verabredet hatte. Die Buchhändlerin hatte darauf bestanden.

Wo konnte Stephanie nur stecken? Simon hatte sie eindringlich davor gewarnt, etwas auf eigene Faust zu unternehmen. Er begann sich große Sorgen zu machen.

Der Kollege aus der Technik, den er unmittelbar danach anrief, machte sich sofort daran, die letzte Position von Stephanies Mobiltelefon herauszufinden. Simon sollte postwendend Meldung erhalten. Mehr konnte er im Moment nicht tun.

Als Nächstes näherte er sich dieser merkwürdigen Szenerie, die da unten auf ihn wartete. Ein dichtes Blätterdach tauchte alles in ein mystisches Halbdunkel.

Ein Kollege rief ihn winkend zu sich.

»Haben Sie auf seine Füße geachtet? Die sind stark verdreht.«

»Was zur Hölle ist das? Jemand muss dem Mann die Beine gebrochen haben.«

»Die Füße stehen etwa so ab wie bei Charlie Chaplin. Das ist ein Ritualmord. Soviel ist sicher.«

»Oder jemand will, das wir das denken«, stieß Simon Gabriel hervor und kam sich schlau dabei vor.

»Oder so«, katzbuckelte der Kollege und begann, die Leiche langsam am Seil abzulassen.

»Was soll dieser Mord Ihrer Meinung nach noch bedeuten?«

»Das ist doch ganz klar. Da hat sich jemand selbstständig machen wollen. Und jemand anderes war dagegen, hat ihn umgebracht und ihn hier zur Abschreckung hingehängt.« Er zeigte auf die Leiche und fuhr fort. »Der da wollte vermutlich eigene Wege gehen. Das hat ihm jemand übel genommen.«

»Das sind ja versteckte Talente, die ich da bei Ihnen entdecke. Wenn Sie mir jetzt noch sagen, warum der Mann verkehrt herum hängt, haben Sie mich endgültig beeindruckt.«

»Chef, Sie haben es gerade selbst gesagt. Verkehrt! Den eigenen, also einen anderen Weg als die Gemeinschaft gehen, sich von der Gemeinschaft trennen, ist verkehrt.«

»Was könnte das denn für eine Gemeinschaft sein? Bisher sind mir in unserem Revier keine ähnlichen Fälle bekannt.«

»Vermutlich ein Geheimorden oder irgendetwas Pseudochristliches. Möglicherweise auch eine Sekte, irgendwelche Leute mit 'ner Menge obskurer Rituale.«

»Sie sind ja ein besonders cleveres Kerlchen.«

»Das sagt mir meine Mutter auch ständig.«

»Dann wird ja wohl was dran sein«, schmunzelte der Kriminalbeamte.

Es dauerte länger als gedacht, bis es gelang, den Toten vorsichtig vor dem Blutstein abzulegen. Sofort begann die Spurensicherung, sich eingehend mit ihm zu beschäftigen. Wieder fotografierte man Knoten, Hände, Gesicht und Füße.

»Kennt den jemand?«, fragte Simon Gabriel in die Runde. Er erntete nur Kopfschütteln. Mit Gummihandschuhen geschützt begann er, die Taschen der Leiche zu durchsuchen. Er fand weder Papiere noch ein Portemonnaie. Es gab nichts Verwertbares. Seine Kleidung war vorher durchsucht worden. Man hatte alles, was die Ermittlungen beschleunigen könnte, entnommen. Diese Hinrichtung zählte zur Kategorie: sehr professionell durchgeführt. Erneut durchwühlte er die Taschen des Toten. Vielleicht war dem Mörder ja etwas entgangen.

Seine Mühe war nicht vergebens. Durch den Stoff hindurch ertastete er tatsächlich einen Gegenstand. Ein Schlüssel hatte sich so in das glatte Futter des Jacketts geschoben, dass er nicht herausgefallen war. Der Täter hatte ihn wohl übersehen. Er betrachtete den Fund genau und schrieb sich Nummer und Hersteller auf, bevor die Kollegen das Fundstück zu guter Letzt in ein transparentes Plastiktütchen verpackten.

An das clevere Kerlchen gewandt sagte er.

»Sieht nicht so aus, als könnten wir hier schnell eine Lösung herbeizaubern. Ich muss jetzt weg, habe noch einen Termin. Rufen Sie mich an, sobald Sie etwas Brauchbares finden. Wenn der Obduktionsbericht vorliegt, werden wir mehr über die Tatwaffe und den Tathergang wissen. Ich weiß nicht, wie Sie das sehen, aber ich würde mich sehr wundern, wenn der Bericht darüber hinaus verwertbare Hinweise enthält.«

18. Kapitel

Der Boden des Raumes war steinhart. Als Stephanie die Augen öffnete, erkannte sie nicht das kleinste bisschen. Es war völlige Dunkelheit um sie herum.

Augenblicklich schossen ihr tausend Fragen durch den Kopf. Warum hatte man sie verschleppt? Warum war das alles so schnell gegangen? Was hat man mit ihr vor? Wo war dieser Nuschler? Hat Borstel erfahren, dass Kristina und sie ihn beobachtet hatten? Hatte Schubert seine Seereise schon angetreten? Wollte man sie nun ebenfalls in ein Fass stecken? Wo befand sie sich jetzt?

Sie suchte die nähere Umgebung mit ihrer Hand ab. In der Wand neben ihr ertastete sie einen Metallring. Wie einem Zwang folgend stemmte sie ihren Oberkörper daran hoch und drehte sich so, dass sie nun den schwarzen Raum auf allen Vieren vorwärts kriechend erkunden konnte.

Ihr Kopf verlangte nach einer Ruhepause. Irgendetwas hämmerte darin und es war schlimmer als sämtliche Kopfschmerzen ihres Lebens zusammengenommen.

Mit der linken Hand orientierte sie sich an der Natursteinwand, die andere griff ins dunkle Nichts. Ihr gelang es nicht, eine Tür oder eine Öffnung zu finden. Auch nicht in der nächsten Wand oder den darauf folgenden. Dann stießen ihre Finger erneut gegen den Metallring. Aber sie hatte mitgezählt. Wenn es derselbe Ring war, den sie da fühlte, verfügte dieser Raum immerhin über acht Ecken. Schon wieder die Zahl acht, dachte sie.

Nun galt es, den inneren Bereich des Raumes genauestens abzusuchen. Das erste, was sie entdeckte, war ein Plastikeimer. Bald darauf ertastete ihre Hand eine kalte, unbewegliche Eisenstange, dann noch eine und noch eine. In der Dunkelheit dauerte es eine Weile, bis sie sich sicher war, dass es sich um einen mit einem Metallgitter versperrten Zugang handelte. Er war in den Boden des Raumes eingelassen. Nach bangen Minuten der erste Hinweis, hier nicht lebendig eingemauert worden zu sein.

Dennoch gab es kein Entkommen. Schnell begriff sie, dass das Gitter im Boden unverrückbar in einer Stahlkassette steckte und zugeschlossen war. Dieser Stahleinsatz selbst war mit dicken Bolzen felsenfest im Mauerwerk verankert. Doch was befand sich darunter?

Sie brachte ihr Gesicht näher an das Eisengitter. Ein feuchter Geruch drang ihr in die Nase. Mittendrin in diesem Modergeruch waberte ein leichter Duft nach Männerschweiß. Panik stieg in ihr hoch.

Der hämmernde Druck in ihrem Kopf nahm Fahrt auf. Alle Arten von Kopfschmerz schienen zeitgleich einen Platz in ihrem Schädel einnehmen zu wollen.

Sie zwang sich zur Ruhe und atmete tief durch. Dann legte sie ganz mechanisch ihren Oberkörper so auf die Steine, dass ihre Schläfe eine der Eisenstangen berührte. Die Kühle, die sie spürte, tat gut. Im gleichen Moment verlor sie wieder das Bewusstsein.

Als sie träge erwachte, lag ihr Kopf immer noch auf dem stählernen Gitter. Das Erwachen war ein zäher, klebriger Vorgang. Ihre Augen öffneten sich nur widerwillig. Ihre Lider schienen über ein Gewicht zu verfügen, das den schweren Toren einer Lagerhalle entsprach. Aber sie fühlte sich besser. Ihr Kopf fing an, wieder klare Gedanken zu fassen.

»Nicht aufgeben, du lebst.«

Sie setzte sich auf und begann, in der Dunkelheit die zahlreichen Taschen ihrer Cargohose zu durchsuchen. Sie war überrascht, mit welcher Ruhe es ihr gelang. Plötzlich ertastete sie ihr Handy. Sie konnte es kaum glauben. Wer auch immer sie hierher gebracht hatte, ihre Kleidung war nicht oder nicht gründlich genug durchsucht worden. Sie schob das Gerät auf. Im gleichen Augenblick fiel Licht in den Raum. Das erste Licht, seit sie auf dem Liegestuhl eingeschlafen war. Dann betrachtete sie das kleine Display. Ein mickriger, unscheinbarer Balken gab ihr zu verstehen, dass es hier keinen Empfang gab. Das hatte sie schon vermutet. Aber immerhin verfügte sie jetzt über so etwas wie eine Lichtquelle.

Mit dem Mobilfunktelefon, das sie nun als kümmerlichen Taschenlampenersatz missbrauchte, unterzog sie ihr Gefängnis einer erneuten

Untersuchung. Trotz besserer Lichtverhältnisse war kein Fluchtweg erkennbar. In diesem merkwürdigen Verlies gab es nichts, was ihre Hoffnung nährte.

Tränen schossen ihr in die Augen. Ihr Mut war verpufft. Sie fühlte sich verzweifelt und hilflos. Sollte ihr Leben in dieser Dunkelheit ein jämmerliches Ende nehmen?

Plötzlich piepste ihr Telefon. Es war diese Tonfolge, die unmissverständlich auf den Ladezustand des Akkus verwies.

»Der verdammte Akku ist gleich leer«, schrie Stephanie. Ihre Courage ging in die Knie wie die Energie in ihrem Handy.

Dann war es wieder still wie in einem Grab. Sie wünschte sich, das Rattern eines vorbeifahrenden Zuges hören zu können. Irgendetwas, das ihr das Gefühl gab, nicht alleine zu sein. Sie begann zu schluchzen.

Aber das half nicht. Sie musste etwas unternehmen. Ängstliche Gedanken schossen ihr durch den Kopf. Dieser Typ kommt bestimmt wieder, dachte sie. Sobald er auftaucht, schreie ich ihn an. Ich werde mir die Seele aus dem Leib schreien!

Stephanie schob das Handy zusammen. Augenblicklich beschlagnahmte erneut eine gnadenlose Schwärze den Raum. Dazu gesellte sich diese grauenerregende Lautlosigkeit. Nicht das kleinste Geräusch drang an ihr Ohr. So saß sie einige Zeit bewegungslos da. Sie wollte hier nicht warten, bis etwas Schreckliches passierte. Wieder durchsuchte sie ihre Cargohose. In einer langen Außentasche fand sie ein benutztes Papiertaschentuch. Daneben spürte sie eine Anzahl Kabelbinder, die sie dort verstaut hatte. Sie erinnerte sich an Franka, die sie kaltschnäuzig erwürgt hatte, und schämte sich. Wie hatte die Wut sie so weit bringen können, eine unschuldige Katze sinnlos zu töten? Sie hasste sich dafür.

Franka hatte für den verdammten Hass auf Frank und dessen Lügen herhalten, die Wut ertragen und mit dem Leben bezahlen müssen. Den Tod des Tieres konnte sie nicht mehr rückgängig machen. Wenn sie hier raus kam, würde sie ganz konsequent nur noch Kristinas Irkutsk-Methode anwenden.

Sie griff wieder zu ihrem Handy. Mithilfe des schwachen Lichts des Displays begab sie sich zu der Öffnung in der Mitte des Raumes. Sie hielt die Leuchtquelle genau darüber und blickte hinunter. Der Durchbruch war nur etwa einen halben Meter tief und endete in einem Gang. Dort erkannte sie einen Kittel, der an einem Haken an der Wand hing. Und gleich daneben hatte jemand einen Schlüssel an einen Nagel gehängt. Das konnte doch nur der zu dem Stahlgitter sein.

Solange der Akku noch etwas Energie lieferte, unterzog Stephanie dem Stahlgitter eine genauere Betrachtung. Von unten war ein Schloss eingelassen. Das war ihrer Aufmerksamkeit zuvor entgangen. Mit einem Finger befühlte sie es. Sie hoffte, dass dort keine dicke Spinne saß.

Das leuchtende Display hielt sie in der einen Hand, während sie mit der anderen durch das Gitter langte. Sie versuchte, an den Schlüssel zu kommen. Das war aussichtslos. Ihr Arm hätte zwanzig Zentimeter länger sein müssen.

Sie benötigte also eine Verlängerung. Einen Stock oder etwas Ähnliches gab es hier nicht. Vielleicht würden die Kabelbinder diesen Zweck erfüllen? Sie griff in die aufgenähte Tasche und fingerte zwei der Kunststoffstreifen heraus. Billiges Plastik, aber es könnte ihre Freiheit bedeuten. In ihr keimte Hoffnung auf.

Es müsste funktionieren. Mit aller Vorsicht steckte sie die beiden Streifen ineinander. Von der Länge her fühlte sich das schon gut an.

Dann legte sie sich so dicht an das Gitter, dass sie einen Arm ganz durchstrecken konnte und gleichzeitig in der Lage war, das Ende des Plastikstreifens zu beobachten.

Mit größter Geduld packte sie die Spitze des Kabelbinders mit der einen Hand und führte mit der anderen das dicke Ende an den Haken heran.

Dann ging es plötzlich sehr schnell. Der Metallring des Schlüssels ließ sich anheben und schwebte, nur von der kleinen Kante des schmalen Kunststoffstreifens gehalten, nach oben und kam so immer näher. Bald hatte er das Stahlgitter erreicht. Wenn der Schlüssel jetzt fallen würde, wäre alle Hoffnung dahin. Mit der anderen Hand formte sie ein U und umschloss den Schlüssel von unten. Sie hätte sich nicht vorstellen können, dass sich kalter Stahl so wunderbar anfühlte. Das war geschafft. Aber bevor sie aufschloss, führte sie das Ende des Kabelbinders in den dafür vorgesehenen Plastikschlitz ein, bis es einige Male klickte. Jetzt war der Ring geschlossen und der Schlüssel dauerhaft damit verbunden. Gleichzeitig hatte sie darauf geachtet, dass der Streifen um einen Gitterstab herum führte. So konnte er ihr nicht aus der Hand fallen, er würde mit dem Kabelbinder am Gitter hängen und dadurch immer erreichbar bleiben.

Plötzlich piepste es wieder. Der Akku schien nun fast leer zu sein. Das hätte nicht früher passieren dürfen. Sie schaltete das Handy ab. Nunmehr mussten alle weiteren Handgriffe in absoluter Dunkelheit erfolgen.

Sie atmete tief durch, bis sie sich beruhigte.

»Ich schaffe das. Ich komme hier raus«, ermutigte sie sich selbst.

Den Schlüssel führte sie mit der rechten Hand von unten in das Schloss ein, drehte ihn, bis es zweimal klackte. Das Gitter war entriegelt. Mit der Kraft beider Hände packte sie nun die schwere Stahltür und klappte sie nach oben auf. Jetzt war die Freiheit zum Greifen nah.

Sie setzte sich und ließ ihre Beine durch den Gitterrahmen nach unten baumeln. Mit den Armen stemmte sie sich ab und glitt Stück für Stück in die Tiefe, bis sie, von ihren Händen gehalten, in der Luft hing. Dann ließ sie einfach los. Der Fall war kurz. Der lehmige Boden nahm sie sanft in Empfang. Sie war ihrem Gefängnis entkommen.

Die Dunkelheit erzeugte in ihrer Vorstellung wilde Fantasien von schleimigen Kreaturen und hinterlistigen Gestalten. Sie könnten hier überall lauern. An der Wand Halt suchend atmete sie wieder mehrmals tief ein und aus, bis die grausigen Bilder verschwanden. Dann drückte sie ihr Kreuz durch und entschied sich für eine der beiden möglichen Richtungen. Mit höchster Anspannung setzte sie Schritt vor Schritt. Der Weg war holprig. Die Unebenheiten spürte sie durch ihre Schuhsohlen. Es schien ihr eine Ewigkeit zu dauern, bis der Gang einen Knick machte und leicht abschüssig nach unten führte. Angst kroch ihr in die Glieder. War das der richtige Weg? Sie durfte in dieser Schwärze keinerlei Fehler machen. Sie könnte sich dadurch womöglich verletzen.

Plötzlich stieß sie mit dem Kopf an einen Querbalken. Schnell stellte sie fest, dass es sich um einen mit einfachsten Mitteln gezimmerten Zugang handelte. Sie öffnete die hölzerne Verriegelung und drückte die Tür auf. Zu ihrer Überraschung gab es kaum Widerstand. Auch dahinter empfing sie nur Dunkelheit. Doch mit jedem weiteren Schritt begann diese sich zunehmend mit schwachem Licht zu durchsetzen, das von weit vorne zu kommen schien. Sie hoffte, dass es Tageslicht sei.

Sie umfasste ihr Handy, obwohl es ihr keinen Dienst mehr erweisen konnte. Ein sanfter Luftzug war auf ihrer Haut zu spüren. Dies war also der richtige Weg. Der Stollen, dessen Verlauf fadengerade war, erschien ihr sogar leicht abschüssig zu sein. Die Luft wurde kühler und es fröstelte ihr. Sie wollte schon umkehren, als sie erneut vor einem Verschlag stand. Mit einem kräftigen Ruck lies er sich öffnen.

Nach ein paar Metern tauchte plötzlich eine glatte Steinwand vor ihr auf. Sie war feucht und fühlte sich an wie Beton. Der Gang führte an dieser massiven Wand entlang, bis eine Wand ihre Flucht bremste. Sollte hier ihr Weg zu Ende sein? Es schien kein Weiterkommen zu geben. Schließlich, nach einigem Suchen, gelang es ihr, einen schmalen Spalt zu finden, durch den sie sich hindurchzwängen konnte.

Sie gelangte in einen quadratischen Raum. Es kam ihr vor, als befände sie sich in einem Bunker. Unter höchster Anspannung schaute sie sich um. Ihr gegenüber hatte jemand eine Plastikfolie vor einem sonst türlosen Eingang gehängt. Licht fiel auf den staubigen Boden. Es roch nach Urin und Unrat, als sie den Bunkerraum durchquerte.

Vor der Folie blieb sie stehen und lauschte eine ganze Weile in die Stille hinein. Sie wollte sichergehen, jetzt keinen Fehler zu machen, den sie später bereuen würde. Doch nur Waldgeräusche drangen an ihr Ohr. Lautlos schlüpfte sie durch den Vorhang und stand unvermittelt im Freien.

Sie rieb sich ihre Augen. Sie befand sich in einem Wald. Es war sehr früher Morgen. Die Sonne war gerade aufgegangen. Ein feiner Nebel hatte sich zwischen die Stämme der Bäume geschoben und gab ihnen so das Aussehen von stummen Wächtern. Orientierungslos stürzte sie voran. Ihre Beine liefen über feuchten, nachgiebigen Waldboden. Unter ihren Schuhen spürte sie kleinere Ästchen und Wurzeln. Erneut hielt sie inne, um etwas zu hören. Doch nur das verrauschte Fauchen einer entfernten Autobahn drang an ihr Ohr.

Vielleicht gelang es ihr ja doch noch, das Handy zum Leben zu erwecken. Sie hoffte darauf, dass es möglicherweise einen brauchbaren Rest an Energie besaß. Sie schob es auf. Für eine Minute leuchtete das Display auf und die Netzsuche begann ihre Arbeit. Sie lief umher, um eine gute Stelle für den Empfang zu finden. Dann, gerade als ein Netz gefunden war, gab es einen dunklen Ton und die Anzeige verschwand.

Plötzlich passierte es. Ihr linker Fuß fand keinen Halt und sie fiel augenblicklich einen steilen Abhang hinunter. Dabei wirbelte sie einige Male um die eigene Achse. Wurzeln und Äste, die im Weg lagen, traktierten ihren Körper und zerrissen ihre Kleidung.

Als sie endlich zum Stillstand kam, lag sie auf dem Bauch. Sofort stemmte sie sich hoch. Sie durfte nicht liegen bleiben. Sie musste weg, weg von diesem scheußlichen Ort. Sie lief nun durch wildwucherndes Gehölz. Sie hoffte darauf, bald einen Forstweg zu queren. Doch der Wald schien immer dichter, undurchdringlicher zu werden.

Stephanie entschied sich zu guter Letzt, auf allen Vieren voranzukommen, was überraschenderweise einfacher war. Der nadelübersäte Waldboden endete abrupt. Unter ihren Händen spürte sie nun etwas Hartes. Es war Asphalt.

Dann schaute sie auf, erschrak und hielt den Atem an. Ein Auto fuhr genau auf sie zu. Intuitiv richtete sie ihren Oberkörper auf. Das war keine Sekunde zu früh. Ein heftiger Windhauch schlug ihr ins Gesicht. Der Wagen war dicht an ihr vorbeigefahren. Das war knapp.

Sie durfte hier nicht stehenbleiben. Sie wählte die Richtung, die das Fahrzeug genommen hatte, und folgte der Straße. Ihre Stimmung hellte sich auf.

Sie war ohne fremde Hilfe entkommen, war durch einen Wald geirrt und hatte eine Landstraße erreicht. Dieser brauchte sie nur zu folgen.

Irgendwann käme eine Behausung oder eine Ortschaft. Dort wollte sie sich sofort bei der Polizei melden.

Sie bog um eine Rechtskurve, als sie zwei rote, unbewegliche Lichter erkannte. Das Fahrzeug, das sie beinahe überfahren hatte, schien da auf sie zu warten. Sie beschleunigte schon ihre Schritte, als ihr ein Gedanke durch den Kopf schoss. Was, wenn es der Entführer ist, der da auf sie wartete? Sie blieb wie versteinert stehen. Nur nicht die Nerven verlieren.

Sie hörte, wie die Wagentür geöffnet wurde. Jemand rief ihren Nachnamen. Angst schoss ihr in die Glieder.

»Frau Kurz! Sind Sie das, Frau Kurz?«

Dann wurde sie ein weiteres Mal gerufen. Jetzt erkannte sie auch die Stimme, beruhigte sich und ging nun unbeirrt auf die Gestalt zu, die da zwischen den beiden Rücklichtern auf sie wartete. Schließlich stand sie vor ihr.

»Frau Kurz. Dachte ich es mir doch.« Es war ihre Nachbarin, vor deren Auto sie beinahe gelaufen wäre.

»Frau Herbst, ich kann ihnen gar nicht sagen, wie froh ich bin, Sie zu sehen.«

»Na, nicht gleich übertreiben. Soll ich Sie mitnehmen? Na ja, die Frage ist wohl überflüssig«, bekam sie zur Antwort.

»Ja, das ist sie.«

»Sie sehen ziemlich verdreckt aus! Ist was passiert? Oder ist das Waschen jetzt etwa aus der Mode gekommen?« Diese Frau versprühte wieder ihr Gift. So kannte man sie. Und genau diese Polemik war es, die sie an ihr nicht ausstehen konnte. Stets war die Alte bereit, ihre bissigen Kommentare über alles und jeden auszuschütten. Was nicht in ihr Bild passte, wurde attackiert. Immer mit einem kräftigen Schuss Bosheit durchsetzt.

»Na, dann steigen Sie mal ein. So wie Sie aussehen, setzen Sie sich besser nach hinten auf die Decke«, befahl die Fahrerin.

Das sollte ihr recht sein. Hauptsache, es geht nach Hause, dachte sie, während die alte Frau den ersten Gang einlegte, langsam die Kupplung kommen ließ und losfuhr.

Stephanie konnte nicht mehr an sich halten. Sie erzählte ihrer Nachbarin von ihrer Entführung und wie sie sich hat befreien können. Dabei schaute sie immer wieder nach draußen. Ein leichter Regen, der von Minute zu Minute heftiger wurde, hatte eingesetzt. Die schlechte Sicht erlaubte kein schnelles Fahren. Das Prasseln des sich mittlerweile entwickelten Schauerregens ließ beide Insassen verstummen. Sie fuhren wie durch Sturzbäche hindurch. Es schien kein Ende nehmen zu wollen. Stephanie gelang es nicht, eine bekannte Wegmarkierung auszumachen. Schließlich suchte sie nach ihrem flachen Mobiltelefon. Sie fand es nicht. Es war ihr wohl beim Sturz verloren gegangen. Dessen Batterie war ohnehin leer.

»Haben Sie ein Handy dabei?«, rief sie in das Trommeln hinein.

»Nein, so was brauche ich nicht«, antwortete die Alte mit lauter Stimme.

»Wo sind wir denn jetzt überhaupt? Und wie spät ist es eigentlich?«, wollte Stephanie wissen.

»Es ist so kurz nach acht und wir sind gleich zu Hause.«

Urplötzlich und ganz ohne Warnung war der Regen verschwunden. Als die Gerettete erneut eine Frage stellte, klang es, als würde sie schreien.

»Welcher Tag ist heute?«

»Sie sind ja völlig durcheinander«, kommentierte die Fahrerin, ohne darauf zu antworten. »Haben Sie Rauschmittel genommen?«

»So ein Zeug fasse ich nicht an. Nur das, was man in Weinflaschen abfüllt«, widersprach Stephanie zynisch, während sich ihr Magenknurren zu den Fahrgeräuschen des Wagens gesellte.

»Sie scheinen einen ordentlichen Hunger zu haben?«

»Ja, ziemlich großen sogar. Haben Sie das etwa gehört?«

»Das war nicht zu überhören, Kindchen. Sie haben wohl nichts mehr zu essen im Haus, nehme ich an?« bedauerte die Fahrerin gekünstelt, als sie in die Straße einbog, an dessen Ende sich ihr Grundstück befand.

Stephanie überlegte eine Weile. Sie hatte alle Vorräte aufgebraucht. Das passierte ihr häufiger. Sie erinnerte sich, dass nach dem Frühstück mit Simon der Kühlschrank endgültig leer war. Durch den Stress der letzten Woche hatte sie das Einkaufen völlig vergessen.

»Ja, ich bin irgendwie nicht dazu gekommen, einzukaufen«, gab sie kleinlaut zu, während Gesine Herbst das Auto in ihre Garage fuhr. Diese hatte sie kurz zuvor mit einer Fernbedienung aus dem unbenutzten Aschenbecher geöffnet. Als der Wagen zum Stillstand kam, wandte sie sich wieder an ihre Mitfahrerin.

»So, wir zwei gehen jetzt erst mal ins Haus. Ich habe immer ausreichend Lebensmittel im Kühlschrank. Ein Frühstück wird jetzt wohl nicht reichen. Da sind noch Reste von gestern übrig. Die werde ich Ihnen rasch warm machen. Das ist Ihnen doch recht?«

Die Fahrerin schaute ihren Fahrgast über die Schulter an. Der Hunger bestimmte Stephanies Denken und setzte sich gegen ihre Abneigung durch. Sie nickte. Das langte als Antwort.

Gesine Herbst drückte erneut auf den Knopf der kleinen Fernbedienung. Als beide ausstiegen, senkte sich das Garagentor schon wieder.

»Ich muss dringend mit meiner Freundin telefonieren. Die macht sich fürchterliche Sorgen. Und bei der Polizei sollte ich mich auch melden. Ich lauf rasch zu mir rüber.«

»Nichts da! Anrufen können Sie genauso gut von meinem Apparat aus. Folgen Sie mir einfach.«

So trottete sie ihrer Nachbarin hinterher, die auf eine metallene Tür zusteuerte. Diese verband die Garage mit dem Wohnhaus. Jemand musste erst vor Kurzem diese solide Stahltür fachmännisch eingebaut haben. Der Putz um den Ausgang herum hatte noch keinen Anstrich erhalten.

»Sehr praktisch, solch ein Durchgang«, stellte Stephanie fest und ergänzte »Das hätte ich auch gerne in meinem Haus. Das ist wohl neu? Welcher Handwerker hat Ihnen das denn gemacht?«

»Mein Sohn. Er kommt aber leider nur selten zu Besuch. Haben Sie niemanden, der handwerklich geschickt ist?«

»Nein, bedauerlicherweise nicht«, entgegnete Stephanie wahrheitsgemäß.

»Es geht mich ja nichts an, aber Sie sollten weniger arbeiten und dafür einen Kochkurs belegen. Schauen Sie den Tatsachen ins Auge. Mannsbilder bevorzugen Frauen, die imstande sind, gut zu kochen. Die laufen ihnen dann auch nicht mehr davon. Und die kann man äußerst sinnvoll mit Handwerksarbeiten beschäftigen. So kommen die nicht auf dumme Gedanken. Das können Sie mir glauben«, höhnte ihre Nachbarin lakonisch.

Stephanie ging gar nicht darauf ein. Im Flur angekommen kramte die Alte ein frisches Handtuch aus einem kleinen Schränkchen hervor. Sie hielt es ihr unter die Nase und wies mit dem Kopf auf eine Tür.

»Da drüben befindet sich das Bad.«

Gesine Herbst hatte recht. So verdreckt, wie sie war, gehörte sie nicht an einen Esstisch. Sie genoss es, sich mit viel Wasser zu waschen. Lange ließ sie es über ihre Handgelenke fließen. Es war ihr, als würde zeitgleich sämtliche Angst von ihr abgewaschen werden. Sie schaute in den Spiegel. Die Strapazen waren ihr anzusehen. Aber das würde sich ändern. Schließlich hatte sie ihre Freiheit zurückgewonnen. Das fühlte sich gut an. Ihre Gedanken wurden zunehmend klarer. Neue Lebenskraft durchströmte ihren Körper. Da meldete sich vehement ihr Hunger wieder.

Sie trocknete sich ab, hängte das Handtuch an einen freien Haken und betrat den Flur. Während sie die Badezimmertür hinter sich schloss, hörte sie, wie Gesine Herbst, die ihr den Rücken zuwandte, telefonierte. Sie wollte den Telefonhörer gerade auflegen, als Stephanie neben ihr stand.

»Darf ich telefonieren? Ich muss dringend bei der Polizei anrufen. Die werden erfreut sein, wenn sie erfahren, dass ich aufgetaucht bin.« Die junge Frau war voller Tatendrang.

Die Alte starrte auf den Hörer und schaute ihren Gast von der Seite an. Ihr prüfender Blick glitt über das nun saubere Gesicht ihres Gegenübers. Sie dachte nach, während sie den Telefonhörer langsam auf die Gabel legte.

»Ich habe doch gerade dort angerufen. Es wird bald jemand hier sein«, bekam sie zur Antwort. Stephanie war sichtlich erleichtert.

»Danke, das war nett von Ihnen. Darf ich noch flugs meine Freundin informieren? Die wird sich gewiss Sorgen machen.«

»Das können Sie immer noch erledigen, wenn Sie gegessen haben. Das Essen ist jetzt warm. Kommen Sie«, drängte ihre Nachbarin. »Danach erzählen Sie ihr alles ganz ausführlich und vor allem ohne Nebengeräusche.«

Stephanie zögerte kurz, schmunzelte in sich hinein und zeigte sich schließlich damit einverstanden. Sie nahm am Esstisch Platz. Hier einmal zu sitzen und etwas vorgesetzt zu bekommen, hätte sich die junge Frau nicht träumen lassen. Das Leben spielte einem doch komische Streiche.

Mit sauberen Händen, aber immer noch mit zerschundener Kleidung, saß sie auf einer Tageszeitung, die Gesine Herbst ihr untergelegt hatte. Auf dem massiven Holztisch vor ihr, der einen großen Teil der Küche einnahm, war schon für sie gedeckt worden. Stephanie schaute sich um. Alles wirkte modern und gepflegt. Nur ein altes Nudelholz hing zur Zierde an der Wand.

Am äußeren Ende der Küchenzeile, die sie jetzt in Augenschein nahm, erblickte sie ein geknicktes Heftchen. Es sah dem zum Verwechseln ähnlich, das sie in Schuberts Tresor entdeckt hatte. Sie schaute genauer hin. Das waren doch nicht etwa dieselben Regularien? Sie schüttelte ihren Kopf. Gingen die Nerven mit ihr durch?

Hatte Gesine Herbst womöglich Kontakt zu diesem merkwürdigen Orden? Auf einmal fiel ihr eine Bemerkung von Simon ein, der felsenfest behauptete, eine ältere Dame wäre ihm vor dem Haus entgegengekommen. Und die Eingangstür hätte seltsamerweise offengestanden.

Stephanie erhob sich und wollte sich gerade das Heftchen greifen, als Gesine Herbst ihr zuvor kam. Mit einer raschen Handbewegung ließ sie es in ihrer geblümten Schürze verschwinden.

»Ich habe gesehen, was Sie mit der Katze in Ihrem Garten gemacht haben«, verkündete ihre Gastgeberin gallig. Sie stand am Herd und wandte ihr dabei den Rücken zu. Immer wieder rührte sie in zwei Töpfen. Es sollte schnell gehen, aber nicht so schnell, dass alles anbrannte.

»Das kann ich Ihnen erklären!«, log Stephanie.

»Das brauchen Sie gar nicht. Jetzt gibt es erst einmal eine richtige Mahlzeit für sie. Es gibt Dampfnudeln mit Kartoffelsuppe. Ist noch von gestern Mittag. Sie mögen doch die gute badische Küche, oder? Ein wenig Nachtisch ist auch da.«

Eine innere Unruhe überfiel sie plötzlich. Irgendetwas schien hier nicht zu stimmen. Stephanies Misstrauen war geweckt. Sie nahm sich vor, ohne Aufschub Kristina und Simon Bescheid zu geben.

»Das hört sich ja gut an. Aber ich würde zu gern noch vor dem Essen telefonieren!« Sie versuchte erneut sich gegen die resolute Frau durchzusetzen.

»Nein, erst wird gegessen«, befahl die Gastgeberin. »Die Polizei ist doch jetzt schon informiert«, ergänzte sie, während der Essensduft den Raum erfüllte.

»Aber danach muss ich unbedingt meine Freundin anrufen«, entgegnete die Hungrige kleinlaut.

»Sie sollten sich danach lieber etwas ausruhen, bevor Sie abgeholt werden.«

»Das duftet ja ausgezeichnet.« kommentierte Stephanie.

»Das will ich wohl meinen«, unterstrich die alte Frau, stolz darauf, eine gute Köchin zu sein.

Der Teller wurde gefüllt. Das Essen war gut und reichlich. Bei ihrem Hunger hätte man alles Mögliche auf den Tisch stellen können. Aber dass es Dampfnudeln mit Kartoffelsuppe waren, die darum baten, gegessen zu werden, war kaum zu überbieten. Während die Entführte mit großem Appetit bei der Sache war, setzte sich die Gastgeberin ihr vis-à-vis an den Tisch.

»Nehmen Sie noch nach, besonders von der Suppe. Die scheint Ihnen ja zu schmecken!«

»Gerne. Und was ist mit Ihnen? Essen Sie nicht mit?«

»Nein, ich habe jetzt keinen Hunger. Sie müssen ja geschafft sein von all dieser Aufregung«, hörte sie ihr Gegenüber sagen.

»Das bin ich auch«, antwortete Stephanie und gähnte hinter vorgehaltener Hand. Zu guter Letzt löffelte sie den Nachtisch, der nicht besser hätte sein können. Zimtquark mit Äpfeln gehörte zu den Besonderheiten der badischen Küche, für die sie alles andere stehen ließ.

Gut gesättigt lehnte sie sich an die Eckbank. Eine plötzliche Müdigkeit überfiel sie. Vielleicht waren die Ereignisse der vergangenen Tage zu viel für ihre Nerven?

Ihre Gedanken wurden konturlos. Gleichzeitig fiel eine Anspannung von ihr ab, der sie sich zuvor gar nicht bewusst gewesen war. Sie hatte viel zu schnell gegessen und fühlte sich unversehens miserabel. Die

Mahlzeit lag nun schwer in ihrem Magen. Sie bat darum, sich kurz hinlegen zu dürfen.

Die Gastgeberin nahm sie daraufhin in den Arm und führte sie mit kleinen Schritten ins gegenüberliegende Wohnzimmer. Der Raum war von geringer Größe und wirkte vollgestopft. Stephanie bemerkte sofort die zahlreichen Fotos verschiedenster Größe, die an der Wand neben der Couch hingen. Auf ihnen war stets ein und dieselbe Person zu erkennen. Nur die Hintergründe wechselten. Es waren entweder Schiffe oder Häfen. Sie betrachtete die Fotografien nun etwas genauer. Das Gesicht darauf kam ihr seltsam bekannt vor.

Auf einer Aufnahme lehnte der Mann cool gegen den Kotflügel eines Sportwagens und telefonierte. Plötzlich tauchten innere Bilder auf. Die Erinnerung an das merkwürdige Telefonat auf dem Parkplatz kam zurück. Jetzt wusste sie, um wen es sich da handelte. Augenblicklich erschrak sie. Auf all diesen Fotos war der Nuschler zu sehen. Die Fotografien zeugten von einer glücklichen Zeit. Er musste damals noch recht jung gewesen sein.

Stephanie wollte sich aufsetzen, doch sie fiel kraftlos nach hinten. Eine Müdigkeit überfiel sie mit solcher Heftigkeit, dass sie sich völlig erschöpft zusammenrollte und die Augen schloss. Von ferne vernahm sie ein metallisches Quietschen. Es war das Geräusch des Garagentores, das sich öffnete. Sie kannte es bereits. Das Schlagen einer Tür war zu hören, daraufhin folgten laute Schritte. Sie kamen vom Flur und klangen energisch.

Urplötzlich stand Gesine Herbst neben der Couch. Ihre Lippen bewegten sich. Sie schien ihr etwas erklären zu wollen, es blieb jedoch unverständlich. Ein dichter Nebel umhüllte zunehmend ihre Sinne. Das hämisch grinsende Gesicht des Porschefahrers war das Letzte, was sie erkannte. Es tauchte nur für Sekunden in ihrem Blickfeld auf, bevor seine kräftigen Arme sie nach oben rissen. Ihr Oberkörper drehte sich zur Seite. Dadurch schlugen ihre Füße ungebremst auf dem Boden auf. Rückwärtsgehend zerrte der Mann Stephanie hinter sich her. Schließlich öffnete der Nuschler die Beifahrertür und verfrachtete die bewegungslose Last auf die schmale Rückbank des Sportwagens. Als das satte Geräusch des Boxermotors den Innenraum erfüllte, war sie schon nicht mehr bei Bewusstsein.

19. Kapitel

Eigentlich wollte er schon längst auf dem Weg in Richtung Norden sein. Aber der Komtur hielt wieder einen dieser Umschläge in der

Hand. Dies tat er immer dann, wenn er beabsichtigte, ihm einen klaren Auftrag zu erteilen.

Nichts war überzeugender als ein Bündel Geldscheine. So tat er, wie ihm aufgetragen wurde, und kassierte ab. Annähernd zwei Jahre arbeitete er jetzt für diesen seltsamen Auftraggeber. Sein Wesen und sein Denken waren ihm mittlerweile vertraut. Was er jedoch genau plante, hatte er nie begriffen. Sein Verstand reichte nicht aus, das alles zu überblicken. Das war auch nebensächlich. Wichtig war, dass der Mann ihn stets anständig behandelte. Nie geriet er aus der Fassung, nie war er unangenehm oder gar arglistig. Der Komtur gab ihm das Gefühl, ein unentbehrlicher Teil einer Mannschaft zu sein, die an einer großen Sache dran ist. Und nie zuvor hatte er in den Diensten eines ähnlichen Bosses gestanden, dessen Worte Gesetz und dessen Wünsche Befehl waren. Alle Anweisungen, selbst die kleinsten, galten als unumstößlich.

Die vielen elektronischen Geräte, die er heute durch die mittelalterlichen Gänge schleifte, durften nicht herunterfallen oder gar irgendwo anstoßen. Sie waren schwer, extrem teuer und höchst empfindlich. Behutsam trug er die silbernen Kisten in den achteckigen Raum, um sie dort nach Plan aufzustellen. Die Messgeräte waren hier schon einmal gestanden. Ein Jahr war das mittlerweile her. Nur die Anschlüsse verlegte der Chef höchstselbst. Das überließ er keinem anderen.

Er hatte den Aufbau fast fertig, als ihn ein Anruf seiner Mutter erreichte. Sie sprach auffallend leise. Er musste sich anstrengen, um sie zu verstehen. In der Absicht, der Frau etwas zu essen und zu trinken zu bringen, war Gesine Herbst zu ihr gefahren. Allerdings war ihr die Entführte bereits am Straßenrand entgegengekommen. Mit List und Tücke war es seiner Mutter gelungen, Stephanie in ihr Haus zu locken. Sie brauchte jetzt dringend Unterstützung.

Er teilte das auf der Stelle dem Komtur mit. Der Mann hörte geduldig zu und ließ sich Zeit, bis er zu einer Lösung kam. Es wurde ein neuer Auftrag erteilt. Aber diesmal gab es keinen Umschlag. Er hätte irgendeinen Fehler begangen, sagte man ihm. Sonst hätte die junge Frau nicht entkommen können.

Eine Stunde später war er schon wieder zurück. Er trug die Frau mit beiden Armen. Sie kam ihm zwar schwerer vor als jede einzelne der silbernen Kisten, dafür musste er mit ihr allerdings nicht so behutsam umgehen. Er legte sie auf dem Boden ab. Schließlich tauchte der Chef auf und bat ihn, eine weitere Angelegenheit für ihn zu erledigen. Solche Tage waren anstrengend, aber sie zahlten sich aus. Seine Finanzen würde er damit bald in Ordnung bringen können, hoffte er. Er sah sich gezwungen, das heute noch durchzuziehen. Er wollte den Komtur auf jeden Fall zufriedenstellen.

20. Kapitel

»Kennen Sie diesen Mann? Können Sie mir sagen, wer das ist?« Simon betrachtete ihr Gesicht, nachdem er die Aufnahme aus seiner Hemdtasche zog. Kristinas Augen waren von dunklen Halbmonden gezeichnet und zeugten von langen, schlaflosen Nachtstunden. Ihre anfängliche Nervosität war einer aufgesetzten Gelassenheit gewichen, die sie nur mit großer Willensanstrengung aufrecht halten konnte. Er ließ sich nicht blenden und konnte sich lebhaft vorstellen, was sie seelisch durchmachte.

Mit beiden Ellbogen auf den Tisch gestützt, zeigte er ihr das Foto der nackten Leiche, das ein Kollege aus der Obduktion geschossen hatte. Dabei bemühte er sich, den unteren Teil mit einer Hand abzudecken. Sie sollte die riesige Schnittwunde nicht sehen. Solche Bilder wird man manchmal nicht mehr los. So blickte sie verdutzt nur auf das vom Blut befreite Gesicht des Toten.

Sie hatten sich zu früher Stunde im Café Laib & Seele in Brusel verabredet. In dem großen Raum waren sie die ersten und bisher einzigen Gäste. Die jungen Frauen, die hier arbeiteten, bestückten die zahlreichen Brotkörbe mit frischen Brötchen. Ein angenehmer Duft nach Frischgebackenem drang zu ihnen vor.

Die letzte Nacht hatte dem Kriminalbeamten nur einen kurzen Schlaf geschenkt. Zu viele Gedanken waren auch ihm durch den Kopf gegangen. So sahen sie beide übermüdet aus.

Kristina erwartete, das Bild Schuberts vorgehalten zu bekommen, eventuell auch das einer ihr unbekannten Person. Umso erstaunter war sie darüber, wer ihr da gezeigt wurde. Der Mann wirkte auf dem Foto zwar recht blass, war aber eindeutig zu erkennen. Es war der Mann, der zusammen mit dem Nuschler einen üblen Plan ausgeheckt hatte. Die Antwort kam ihr zögerlich über die Lippen.

»Ich weiß, wer das ist. Sie müssten ihn eigentlich auch wiedererkennen. Aber mich interessiert nur eins. Haben Sie endlich eine Spur von Stephanie? Konnten Sie ihr Handy finden? Wo. Steckt. Meine. Freundin?«

»Wir wissen es nicht, noch nicht. Meine Leute arbeiten fieberhaft daran.«

»Dann frage ich mich, wieso die nichts rausfinden konnten. Ich hatte gehofft, Sie würden sich mehr engagieren. Wer weiß, was ihr zugestoßen ist.«

Tränen rollten ihr über die Wangen. Mit ihrer Vermutung lag sie falsch. Der Polizist war über alle Maßen engagiert. Gestern Nacht hatte er diesem Schubert einen Besuch abgestattet. Doch selbst zu dieser späten

Stunde war der Mann nicht zu Hause gewesen. Als er das Zylinderschloss an Schuberts Eingangstür unter die Lupe genommen hatte, hatte er schnell erkannt, dass es vom gleichen Hersteller war wie der Schlüssel, den er aus dem Jackett der Leiche gezogen hatte. Er versuchte damit vergeblich, das Zylinderschloss zu öffnen. Er wollte einfach nicht passen. Diese Schließsysteme waren keine Allerweltsartikel, sondern etwas Spezielles. Jemand stellte hier höchste Anforderungen an die Sicherheit und hatte auch das nötige Geld dafür.

Schade, das hätte die Sache einfacher gemacht. Aber die Sache war nicht einfach. Sie war komplizierter als gedacht. Alle KKF-Schlösser, auch die von Borstels Privatvilla, hatte er zuvor vergeblich geprüft. Bereits kurz nach dem Fund des Schlüssels hatte er der Herstellerfirma den aufgravierten Nummern-Code durchgeben können. Und noch heute Vormittag erwartete er die zugehörige Adresse als Fax zugesandt zu bekommen. Dann würde er erfahren, wessen Schlüssel der Tote in seiner Tasche trug. Vielleicht würde sich auf diese Weise auch klären, wieso sich die DNS von Stephanie Kurz auf dem Schlüssel befand. Das wollte er der Buchhändlerin unter keinen Umständen mitteilen. Er legte seine Hand auf ihre Schulter, bevor er antwortete.

»Ich kann Sie gut verstehen. Aber wenn Sie mir jetzt helfen, kommen wir vielleicht schon einen entscheidenden Schritt weiter. Sie wissen also, wer das ist!« Der Polizist wurde ungehalten.

»Na klar kann ich Ihnen sagen, wer das ist.«

Kristina nippte an einem Latte macchiato, dessen Schaum stabiler wirkte und länger zu halten schien als eine Beziehung im 21sten Jahrhundert.

»Und, wer ist das bitte schön?«

Simon Gabriel hob fragend die Augenbrauen.

»Das ist Borstel, wie er leibt und lebt«, stellte Kristina lakonisch fest.

»Lebt! Das ist hier nicht das richtige Wort. Tot wäre passender.«

»Da hat ihm jemand also endlich den Hals umgedreht. Verdient hat er es«, kommentierte Kristina cool.

»Das will ich jetzt nicht gehört haben.«

»In dem Film, den wir dank Ihrer Hilfe bei Ihrer Schwester angesehen haben, hatte er sich dieses üble Medikament geben lassen. Aber da sah er noch nicht so blutleer aus«, versuchte die Buchhändlerin ihn zu erinnern.

»Da hatte ich mich wohl mehr mit der Technik beschäftigt als mit den Inhalten des Films.«

»Oder nicht doch mehr mit meiner Freundin?«

Der Polizist blickte unruhig auf seine Armbanduhr. Es schien, als ob er auf etwas warte. Dann, wie zur Beruhigung, atmete er hörbar und tief durch. Er erhob sich, ging ans Fenster und schaute auf den sonnigen Tag hinaus. Die fleißigen Menschen des Kraichgaus wurden heute mit einem strahlend blauen Himmel belohnt. Zu seinen Gefühlen passte das überhaupt nicht.

Dann fuhr er fort, ohne sich zu der Buchhändlerin umzudrehen. Er tat so, als wäre er allein, würde seine Gedanken ordnen und nur zu sich selbst sprechen.

»Borstel also. Der Chef von KKF-Technologies. Der Kerl gibt einen Auftrag zu einem Mord. Das jedenfalls hat Stephanie zufällig mit angehört. Dann erwischt es ihn selbst. Das ist ziemlich merkwürdig. Und dieser Schubert ist wie vom Erdboden verschluckt ...«

»... oder vermutlich auf einer unfreiwilligen Seereise«, mischte sich Kristina ein.

»Was ich übrigens nicht glaube. Und diesen Porschefahrer konnte ich bisher auch noch nicht ausfindig machen. Und Stephanie ...«

»... ist immer noch verschwunden. Warum unternehmen Sie nichts? Tun Sie doch was. Finden Sie meine beste Freundin. Wir leben doch nicht mehr im Mittelalter. Konnten Sie denn nicht herausfinden, wo das Handy meiner Freundin ist? Ich habe letzte Nacht kein Auge zugemacht. Ich hoffe inständig, dass ihr nichts passiert ist.«

»Wir sind dran. Glauben Sie es mir!«

»Was machen denn Ihre Ermittlungen? So reden Sie doch ...«

Kristinas ernste Sorgen wurden von einem Klingelton unterbrochen, den sie schon vom Schlosspark her kannte. Der Polizist nahm den Anruf entgegen.

»Ja, Gabriel, Kommissariat 32, Kriminalitätsbekämpfung.«

Der Gesprächspartner sprach eine ganze Weile.

»Ich verstehe. – In Ordnung. – Ja, verstanden. – Sind Sie sich absolut sicher? – Was soll das heißen? – Das ist – ja – ja doch! – Danke.«

Simon wandte sich wieder an seine Begleitung, die ihn mit erwartungsvollen Augen ansah wie ein kleines Mädchen einen Kaugummiautomaten. Dabei hatte sie sich mit beiden Händen in seinen rechten Arm verkrallt.

»Natürlich mache ich mir Sorgen. Ich kann an fast nichts anderes mehr denken. Aber jetzt kennen wir den Ort, wo ihr Handy zuletzt im Netz war. Es ist nahe der Letzenberg-Kapelle. So hundertprozentig genau kann man das nicht sagen. Aber von etwa dort hatte sich ihr Gerät für wenige Sekunden ins Netz eingewählt.«

»Also, was machen wir noch hier?! Fahren wir hin! Los doch!«, drängte Kristina.

»Ich muss meinem Kollegen noch Bescheid geben. Der holt mich in einer halben Stunde hier ab.«

»Den können Sie auch auf dem Weg zum Letzenberg anrufen. Mein Polo steht vor der Tür.« Kristina wandte sich dem Ausgang zu.

»Na, dann bleibt uns wohl nichts anderes übrig!«, sagte er und eilte ihr hinterher.

Während der Fahrt informierte er seinen Kollegen. In hohem Tempo ging es durch Rauenberg in Richtung Wallfahrtskapelle.

Die Landschaft flog nur so an ihnen vorbei.

»Ich glaube, es gab unterwegs kein Verkehrszeichen, das Sie befolgt haben«, stellte er fest, nachdem der Wagen von der Landstraße in einen Feldweg abgebogen war. Die Weinreben begrenzten den Fahrweg an beiden Seiten.

»Das ist mir im Moment so was von egal. Jetzt gibt es Wichtigeres«, schlug sie ihm ihre Antwort um die Ohren.

Dann, mitten in der Fahrt, drehte sie den Zündschlüssel plötzlich um und ließ den Polo leise ausrollen. Das tat sie, um möglichst wenig Aufsehen zu erregen. Der Wagen blieb in einiger Entfernung von der Wallfahrtskapelle stehen. Sie zog die Handbremse an und stieg aus.

Eine beängstigende Ruhe schien die Kapelle zu umklammern, die sich im klaren Licht der Morgensonne friedlich an den Berg schmiegte, und so tat, als könnte hier oben nichts Schlimmes geschehen.

Die Buchhändlerin eilte auf den Eingang der Kapelle zu, während der Polizist ihr folgte. Kein Lüftchen verfing sich in den alten Linden, die das Gotteshaus umstanden. Der Mond leuchtete noch zaghaft am Rand des Morgenhimmels. Sein Licht wurde von dünnen, fusseligen Wolken und von der zunehmenden Helligkeit des Tages gedämpft. Es würde nicht mehr lange dauern, dann wäre es Vollmond.

»Da kommen wir nicht rein. Die Tür ist verriegelt«, stellte Kristina flüsternd fest, als sie beide den Treppenaufgang erreicht hatten. Nachdenklich blieben sie stehen und spitzten die Ohren.

»Habe ich eigentlich auch nicht erwartet, dass es so einfach wird. Da kommen wir nicht so leicht rein. Da brauchen wir wohl einen unserer Spezialisten«, flüsterte der Polizist, während er das Schloss in Augenschein nahm.

»Ich werde im Pfarramt anrufen lassen. Die sollen uns aufmachen. Das wird etwas dauern, schätze ich.«

Er wählte die Nummer seiner Dienststelle und schilderte sein Vorhaben.

Enttäuscht wandte sich die Buchhändlerin ab. Rückwärtsgehend entfernte sie sich von der Kapelle. Dabei ließ sie das Gebäude nicht aus den Augen.

»Wenn es vorne nicht geht, steht immer noch die Hintertür zur Verfügung«, raunte sie dem Polizisten zu.

Mit bedächtigen Schritten, darauf achtend, kein Geräusch zu machen, schlichen sie um das Gebäude herum. An keiner der acht Außenwände konnten sie einen weiteren Zugang entdecken.

»Das war es dann wohl«, flüsterte der Polizist.

»Hier! Schauen Sie. Die Freikanzel. Da ist alles offen. Darüber müssten wir doch in die Kapelle gelangen. Nicht so schnell aufgeben, Herr Gabriel!«, gab sie ihrem Begleiter zu verstehen.

Ihr Begleiter wirkte extrem angespannt. Mit wenigen Gesten wurde geklärt, wie es gehen sollte. Mit einer Räuberleiter gelang es zuerst dem Polizisten, in die steinerne Kanzel zu klettern. Dann zog er Kristina mit nur einer Hand zu sich nach oben. Diese Außenkanzel diente den Andachten, die an dieser exponierten Lage an sonnigen Tagen im Freien stattfanden.

»Stephanie hat schon recht. Sie haben einen Dickkopf«, empfing er Kristina, als sie dicht neben ihm in der Kanzel stand.

»Hat sie Ihnen das wirklich gesagt?«

»So hat sie sich ausgedrückt.«

»Besondere Situationen erfordern halt besondere Mittel.«

»Und mit diesem besonderen Mittel werden wir vermutlich diese Tür öffnen können.« Dabei zeigte er auf einen Dietrich, den er flink aus seiner Hosentasche gezaubert hatte.

»Bitte wegsehen«, ordnete der Polizist unmissverständlich an.

Kristina linste durch ihre vorgehaltene Hand. Wer wusste, wann man das mal gebrauchen konnte. Es gab ein kaum wahrnehmbares, helles Knacken, bevor die Tür unvermittelt offen stand.

»Voilà«, flüsterte er.

Vorsichtig gingen sie die gewendelte Steintreppe hinab, bis ihr Weg erneut versperrt war. Eine stabile Eichentür, die vom Treppengang allem Anschein nach den Zugang zur Kapelle bildete, erlaubte kein Weiterkommen. Simon Gabriel drückte die Klinke herunter. Die Tür war verschlossen. Enttäuscht schauten sich die beiden Einbrecher an. Jemand hatte offensichtlich ein besseres Schloss einbauen lassen. Mit einem simplen Dietrich war dem nicht beizukommen. Der Kriminalbeamte suchte an der rauen Steinwand nach einem Lichtschalter, fand ihn und legte ihn um. Eine schwache Glühbirne, die ihren Namen nicht verdiente, verbreitete nur ein fahles Licht.

Von hier war es ihnen möglich, den Turm hinaufzusteigen oder abwärts der Wendeltreppe zu folgen. Überraschenderweise endete diese in einem kleinen, fast kreisrunden Raum. Wollte man weiter hinuntersteigen, musste man durch eine Stahltür. Dies schien tatsächlich der einzige erkennbare Eingang zum Untergeschoss des Gotteshauses zu sein. Der Polizist drückte die Klinke herunter und ließ sie gleich wieder los. Es war abgeschlossen. Enttäuscht wandte er sich ab. Auf der Zeichnung hatte Kristina klar erkannt, dass genau diese Tür einen Zugang zu den verborgenen Bereichen ermöglichte. Auch die Fotografie von 1902 hatte ihr offenbart, dass es unterhalb der Wallfahrtskapelle eine unbekannte Kammer gab.

»Sackgasse!«, sagte der Kriminalbeamte und schob sein Kinn nach vorne.

»Aber was ist mit dem Foto aus der Bibliothek? Es muss hier unten etwas geben, sonst hätte man sicherlich nicht diese stabile Stahltüre eingebaut. Da bin ich mir ziemlich sicher.« Die Buchhändlerin wollte nicht so schnell aufgeben.

»Daran zweifele ich nicht, Frau Seckelmann.«

»Hilft uns Ihr Dietrich weiter?«

Simon Gabriel bückte sich und inspizierte das Schloss. Das mickrige Licht am untersten Ende der Treppe verhinderte eine genaue Aussage.

»Das ist ein besonderer Schließzylinder. Ich glaube, wir sollten warten, bis jemand mit dem richtigen Schlüssel auftaucht.«

»Vielleicht ist der Bereich auch von einer anderen Stelle erreichbar.«

»Denkbar ist das.« Er machte einen Seufzer. Im gleichen Moment ertönte eine Stimme.

»Hallo, Herr Gabriel, wo stecken Sie?«

Sein Berufsgenosse, der suchend um die Kapelle herum gelaufen war, rief nach ihm. Einen Augenblick später war der Klingelton seines Handys zu hören. Der Polizist nahm das Gespräch entgegen, bat kurz um Geduld, stürmte die Treppe hinauf und winkte seinem Kollegen von der Kanzel aus zu.

Dann hielt er das flache Telefon wieder ans Ohr. Am anderen Ende der Leitung teilte ihm eine Kollegin aus dem Präsidium etwas mit. Er bedankte sich.

»Jemand vom Pfarramt wird gleich hier sein«, erklärte der Einbrecher seiner Komplizin, nachdem das Telefonat geendet hatte.

Mit Schwung setzte er sich auf die Brüstung der Freikanzel, um schließlich den Sprung auf den weichen Boden unter sich zu wagen. Kaum gelandet drehte er sich auch schon um seine eigene Achse. Das war keine Sekunde zu früh, denn im selben Augenblick sprang die Buchhändlerin und landete in seinen Armen.

»Mist, wir haben die Tür offen gelassen«, stellte Kristina erschrocken fest. Doch da tauchte bereits der Küster, in der Hand einen riesigen Schlüsselbund schwenkend, unter den alten Linden auf. Eilig marschierte er auf die Kapelle zu.

Der kleine Mann, der etwa Mitte fünfzig war, stellte sich umständlich vor. Die Polizisten erklärten mit wenigen Worten ihre Absicht. Während der Kirchenmann die massive Eichentür öffnete, begann er sein Wissen kundzutun. Mit einer gehörigen Portion Eitelkeit plauderte er über das Gotteshaus, das sie nun betraten.

»Diese Wallfahrtskapelle ist außergewöhnlich. Ganz außergewöhnlich und anders als die meisten ihrer Art. Das hat einen Grund. Es ist der exakte, achteckige Grundriss, den man sofort bemerkt, wenn man die Kapelle betritt. Das ist architektonisch sehr anspruchsvoll und vor allem sehr kostspielig. Daher findet man diese aufwendige Bauform nicht so oft. In aller Regel scheuten sich die Bauherren davor, Oktogone zu errichten. Aber hier haben sie es gewagt und so etwas Großartiges geschaffen. So zieht diese Kapelle jedes Jahr viele Tausend Besucher an.«

Während der Begehung spürte man weder eine entführte Frau auf, noch entdeckte man einen Hinweis darauf, dass irgendetwas nicht stimmte. Das letzte Lebenszeichen von Stephanies Handy war vom Letzenberg gekommen. Das hatte man in der Zentrale zweifelsfrei herausgefunden. Aber diese kleine Kirche war doch das einzige Gebäude weit und breit.

Der Küster öffnete die Durchgangstür zur Freikanzel. Das Licht aus der nun weit geöffneten Tür erhellte das Treppenhaus dahinter. Gemeinsam ging es treppab. Vor der geschlossenen Stahltür angekommen fanden die vier Personen kaum Platz, so eng war es. Erneut fingerte ihr Führer an seinem Schlüsselbund herum. Es dauerte nicht lange, bis er den passenden Schlüssel in das Schloss steckte. Das lag daran, dass es der einzige seiner Art war. Kristina blickte Simon Gabriel erstaunt an. Warum hatte man an dieser alten Tür ein neues und dann auch noch so hochwertiges Zylinderschloss einbauen lassen? Verbarg sich dort etwas von hohem Wert? War dieser Mönch, den sie nächtens beobachtet hatten, auch in dieser Kammer gewesen? Hielt man Stephanie an diesem Ort gefangen? Die Hoffnung wuchs, sie zu finden.

»Wohin führt diese Tür?«, wollte der Beamte wissen.

»In den Wendelinus-Keller. Der wird seit Jahrzehnten nicht mehr genutzt. Aber sie wollen ja alles sehen!« Es schien dem Mann nicht zu gefallen, hier unten zu sein.

»Ja, das ist unsere Absicht.«

»Diesen Raum habe ich schon Ewigkeiten nicht mehr betreten«, sagte der Küster und drückte die Türklinke herunter.

Geräuschlos schwang die gut geölte Tür auf. Sofort stieg ihnen ein feuchter, modriger Geruch in die Nase. Sie bückten sich, um den Durchgang zu passieren. Ihre Füße liefen über einen unebenen, aber festen Lehmboden. Kühle Luft kroch unter ihre Kleidung. Die wenigen Lichtstrahlen, die sich bis hier hinunter verirrten, zauberten eine unheimliche Atmosphäre.

Der Kirchenmann blieb abrupt stehen, suchte mit zusammengekniffenen Augen das Mauerwerk zu seiner linken ab, fand einen Schalter und legte ihn um. Wieder gab es nur ein funzeliges Licht. Vor den Wänden des Raumes lagen behauene Steine verschiedenster Größen. Sie waren aus dem gleichen Material, aus dem der Sockel des Gebäudes gemauert war. Wie es aussah, hatten die Steinmetze diesen Keller genutzt, um ihrer Arbeit nachzugehen. Das lag nun schon über 100 Jahre zurück.

»Gibt es einen Zugang zu noch tiefer liegenden Gebäudeteilen?« Der Polizist wollte sichergehen. Vielleicht war man damals auch zu der Überzeugung gelangt, diese Hohlräume zuzuschütten.

»Nein, gibt es nicht, obwohl es immer wieder behauptet wird. Wenn ich Sie jetzt bitten darf, die Wallfahrtskapelle zu verlassen. Ich bin sehr in Eile. Sie haben meine Terminplanung völlig durcheinandergebracht. Aber man hilft ja gerne.« Der Küster schaute dabei unruhig auf seine Armbanduhr. Er hatte es eilig, nach oben zu kommen.

»Sie sollten jedoch wissen, dass uns starke Hinweise auf diese Kapelle aufmerksam gemacht haben. Ich danke Ihnen, dass Sie so schnell zur Stelle waren.«

»Ich bitte Sie, das ist doch selbstverständlich. Sie haben jetzt alles gesehen, was es zu sehen gibt.«

Der Kriminalbeamte wandte sich als Erster dem Ausgang zu. Unversehens blieb er stehen.

»Hier ist frischer Putz an der Mauer. Schauen Sie sich das an. Was hat das zu bedeuten?« Er wies mit der Hand auf den Teil des Mauerwerks, der sich verdeckt im Schatten der Tür befand.

Verwundert bauten sich die Anderen neben ihm auf. Jetzt erkannten alle den neu verputzten Bereich einer ansonsten nackten Wand. Weitere Spuren waren nicht zu erkennen.

»Das sieht so aus, als hätte jemand einen Durchgang zugemauert und anschließend ordentlich verputzt. Warum macht man sowas? In einem Kellerraum, der seit Jahrzehnten nicht genutzt wird. Das sagten Sie doch?«

»Ja, das sagte ich.«

»Wir müssen das von unseren Leuten aufstemmen lassen. Das verstehen Sie doch?«

Der freundliche Mann aus dem Pfarramt nickte zustimmend. Er konnte oder wollte dazu keine Erklärung abgeben. Seine Überraschung wirkte echt.

»Ich kann das gar nicht begreifen. Warum sollte man diese Wand verputzen?«

»Das wissen wir auch nicht. Aber das sieht nach der Arbeit eines Handwerkers aus. Und die schreiben für gewöhnlich Angebote und Rechnungen. Diese Sachen gehen doch über Ihren Schreibtisch, oder?«, mischte sich die Buchhändlerin ein.

Der Küster argumentierte nicht.

»Mir ist darüber nichts bekannt. Ich werde sehen, was ich für Sie tun kann«, war seine lapidare Antwort auf diesen Vorwurf hin. Dann ging er voraus. Die kleine Gruppe folgte ihm und stieg die Wendeltreppe nach oben.

Plötzlich machte der Kirchenmann eine Entdeckung, die ihn in helle Aufregung versetzte. Ein kurzer Aufschrei war zu hören. Die obere Tür, durch die man zur Freikanzel gelangte, war unverschlossen. Das hatte es wohl noch nie gegeben.

»Seit fast zehn Jahren bin ich für diese Kapelle verantwortlich. Und in der ganzen Zeit war diese Tür hier stets abgeschlossen. Dass sie nun offen steht, ist höchst ungewöhnlich! Wer kann das gewesen sein?«

Die Buchhändlerin und die beiden Polizisten kannten die Antwort darauf, ließen sich aber nichts anmerken. Der Küster schaute sich in der kleinen Kirche um. Es schien nichts zu fehlen.

»Da muss ich wohl im Pfarramt Meldung machen. Vielleicht brauchen wir dort ein neues Schloss. Und das mit der Wand lässt sich bestimmt klären. Ich glaube, im Moment kann ich nichts weiter für Sie tun?«

»Doch, Sie können. Geben Sie den Schlüssel meinem Kollegen. Der wird sich um die verputzte Wand kümmern. Vielen Dank für Ihre Hilfe.«

Sie verabschiedeten sich. Der Küster verschwand, wie er gekommen war, nachdem er seinem Schlüsselbund zwei Schlüssel entnommen und sie den Beamten übergeben hatte. Simon Gabriel unterzog sie einer genauen Betrachtung, während sein Kollege bei der Dienststelle anrief. Er bat um die schnelle Hilfe eines Handwerkers.

Kurz darauf später standen die drei inmitten von Weinreben in der Nähe ihrer Fahrzeuge.

»Mit einem großen Vorschlaghammer sollte es uns gelingen, die Wand zu beseitigen. Ich kann mir nicht vorstellen, dass wir Stephanie Kurz dahinter finden. Das sagt mir mein kriminalistischer Verstand.

Sicher, das letzte Lebenszeichen ihres Handys kam zwar vom Letzenberg. Aber es muss nicht notwendigerweise aus dieser Kapelle gekommen sein. Es ist durchaus möglich, dass es aus der unmittelbaren Umgebung kam. Jetzt brauchen wir eine andere Strategie.«

»Lassen Sie uns loslegen. Wir fangen gleich mit der Suche an.« Stephanies Freundin wollte nicht länger warten.

»Das werden Kollegen von uns machen. Die sind dazu ausgebildet worden. In der Zwischenzeit sollten wir unseren Kopf anstrengen.« An die Buchhändlerin gewandt sagte Simon: »Sind Sie nach wie vor davon überzeugt, dass dieser Buchhalter zur Klärung des Falls beitragen kann?«

»Ja, das bin ich. Vielleicht sollte ich Ihnen noch etwas zu diesem Schubert erklären. Der scheint Mitglied eines Ordens zu sein. Der nennt sich Ordo Teutonicus. Ich habe dazu schon recherchiert. Dieser Deutschherrenorden ist auf ganzer Linie eine höchst seriöse Gemeinschaft mit der Zentrale in Wien. Dort sollten Sie sich mal über diesen Schubert erkundigen.«

»Aber Schubert ist doch Buchhalter und kein Mönch. Oder geht das neuerdings nebenberuflich?«

»Das habe ich mich auch gefragt. Ich konnte herausfinden, dass neben den Ordensbrüdern ebenso Frauen wie Männer dem religiösen Orden beitreten können. Die nennt man dann Familiaren.«

»Und Sie glauben also, dass er dazugehört!«

»Ja. Er hat ein Regelwerk darüber zu Hause liegen. Es gibt noch etwas Merkwürdiges. Stephanie und ich konnten beobachten, wie ein Mönch vorgestern Nacht diese Kapelle hier verließ. Er war allein und trug irgendetwas unter dem Arm. Hinter sich hat er die Eingangstür zugeschlossen und ist dann verschwunden. Sein Auto hatte einen Aufkleber. Darauf stand Ordo Teutonicus.«

»Kann es sein, das er Sie beobachtet hat?«

»Nein, ich bin mir ganz sicher, dass es nicht so war. Wir haben ihn beobachtet.«

»Das kann sich manchmal umdrehen. Das wäre nicht das erste Mal. Und selbst wenn es so wäre, kommt doch ein Mönch nicht wirklich in Verdacht, Stephanie entführt zu haben. Das wäre ziemlich schwer zu glauben, oder? Und falls es so ist und er Sie beide gesehen hat, sind auch Sie in Gefahr.«

Die Buchhändlerin ging gar nicht darauf ein.

»Wann wird den jemand hier sein? Wir sollten jetzt alles daran setzen, diese Mauer einzureißen.« Kristina stellte die Frage an Simon Gabriels Kollegen. Der fingerte gerade eine Zigarette aus der Verpackung, steckte sie an und nahm genüsslich einen Zug, bevor er antwortete.

»In wenigen Minuten. Man hat einen Schlosser aus Malschenberg damit beauftragt. Bald wissen wir mehr.«

Der Mann stand mit dem Rücken zum Eingang und blinzelte. Die Vormittagssonne blendete ihn.

»Woran denkst du?«, fragte er seinen Berufsgenossen.

»Nicht so wichtig.« Er wollte über den Fall erst weiter diskutieren, wenn er mit seinem Kollegen ungestört war.

Simon Gabriel rief sich die Einzelheiten des Ritualmords am keltischen Blutstein in Erinnerung. Der auffällige Schlüssel aus der Jackentasche der Leiche und der zum Wendelinus-Keller, den er vom Küster bekommen hatte, waren beide vom gleichen Typ und Hersteller.

»Ich geh wieder runter in den Keller. Warte hier. Der Schlosser wird bald auftauchen.«

»Darf ich Sie begleiten?« Kristina wollte nicht tatenlos zusehen und warten, sondern alles dafür tun, um ihre vermisste Freundin zu finden.

»Nein, das geht leider nicht. Obwohl, ich könnte mich daran gewöhnen. Aus Ihnen hätte eine gute Polizistin werden können.«

»Ich bin zufrieden mit dem, was ich mache. Wissen Sie, vieles hätte mir Spaß gemacht. Aber nur Bücher verfügen über diese fast grenzenlose Vielfalt, dass man kaum etwas anderes braucht. Und sie geben einem auf seltsame Weise das Gefühl der Freiheit. Und nichts anderes will ich.«

Simon war sichtlich beeindruckt. Solche Menschen gab es nicht viele. Erst recht lernte man solche nicht in seinem Beruf kennen. Vielmehr hatte er es mit Gestalten zu tun, die keinen Lebensinhalt hatten und keine Ziele sahen. Das waren all die Existenzen, denen er irgendwann Handschellen anlegte und die er dingfest machte, weil sie keinen eigenen Weg oder keinen Ausweg fanden, die nicht loslassen konnten oder einfach das Spiel des Lebens nicht verstanden.

Simons Kollege hatte sich an den Wagen gelehnt und bei KKF-Technologies angerufen. Mit in Falten gelegter Stirn beendete er das Gespräch. Simon Gabriel war unterdessen wieder aufgetaucht und wartete ungeduldig auf der Treppe vor dem Kapelleneingang. Seine hübsche Begleitung bat ihn um ein Papiertaschentuch. Sie wischte sich gerade damit die Tränen ab, als Simon in Kenntnis gesetzt wurde.

»Schubert scheint wie vom Erdboden verschluckt zu sein. Bisher nicht eine Spur von ihm. Kommen wir jetzt zu der Leiche. Bei dem Getöteten handelt es sich wirklich um diesen Borstel. Ein vergleichbarer Ritualmord ist bislang nur aus der Schweiz bekannt. Sobald wir hier fertig sind, sollten wir keine Zeit verschwenden und sofort zu KKF fahren. Wir müssen die Leute über die Situation aufklären und ihnen ein paar Fragen stellen. Vielleicht gibt es sachdienliche Hinweise.« Dann wandte er sich an die Buchhändlerin, die keine Anstalten machte, sie alleine zu lassen.

»Übrigens. Wo die Frau des Opfers steckt, wissen Sie nicht auch zufällig?«

»Doch, die ist bei ihrem Sohn in Buenos Aires.« Kristina erinnerte sich an Stephanies Kommentar im Restaurant der Burg Steinsberg.

»Donnerwetter. Sie wären wirklich eine verdammt gute Polizistin geworden. Ich verstehe, warum Sie sich so engagieren. Aber ich rate Ihnen, sich aus den Ermittlungen herauszuhalten. Sie haben ja gesehen, wohin das führt, wenn man den Privatdetektiv spielt.« Er schaute der Verzweifelten in die Augen, die ihre Qualen nicht verbergen konnten.

»Versprochen«, antwortete die Buchhändlerin halbherzig.

Einige Zeit später tauchte der Schlosser auf. Mit einem beherzten Schlag wurde die frisch verputzte Wand eingeschlagen. Die Mauer stürzte um und gab den Blick frei in eine dahinterliegende Kammer. Nachdem die Öffnung groß genug war, um einzusteigen, erkundeten die Kriminalbeamten, nur mit einer Taschenlampe bewaffnet, den Innenraum. Darin fanden sie nur eine Holzleiter, die weiter hinabführte. So gelangten sie in einen darunter liegenden Raum, der sich genau unterhalb des Wendelinuskellers befand. Die Ermittler entdeckten eine Schaufel sowie deutliche Spuren von gewissenhaft durchgeführten Ausgrabungsarbeiten. Hier musste jemand über einen längeren Zeitraum das Erdreich ausgehoben haben. Kristina blieb im Rahmen der Stahltüre zurück und lauschte den Bemerkungen der Männer. Sie war nicht gegangen. Das hätte sie auch nicht fertig gebracht. Sie befürchtete, dass man auf die Leiche ihrer Freundin stoßen würde. So blieb ihr nichts anderes übrig als einen gebührenden Abstand zu den Ermittlern zu halten.

»Nichts Verdächtiges gefunden! Das hat uns Stephanie kein Stück näher gebracht. Lass uns fahren. Von unterwegs rufen wir den kriminaltechnischen Dienst. Mal sehen, was die so herausbekommen. Die werden sich auf jeden Fall beschweren. Da bin ich mir sicher. Wir haben denen bestimmt zahlreiche Spuren zertrampelt. Soll sich doch eine andere Abteilung um die Angelegenheit kümmern.« Simon Gabriel wollte so schnell wie möglich Erkundigungen in Borstels Firma einholen, bevor es dort zu Absprachen kam. Sie wollten gerade in den Dienstwagen einsteigen, als er es sich anders überlegte. Zu seinem Berufsgenossen gewandt sagte er:

»Steig schon mal ein. Ich will mit Frau Seckelmann noch ein paar Worte wechseln.« Mit einem Handzeichen deutete er an, mit ihr ein kleines Stückchen gehen zu wollen. In gebührendem Abstand zu seinem Kollegen, der im Wagen saß, blieb Simon stehen, packte die Buchhändlerin am Arm und blickte ihr entschlossen in die Augen.

»Um es Ihnen ganz klar zu sagen! Morgen um sechs Uhr beginnt im Kraichgau eine groß angelegte Suchaktion. Das geht leider nicht früher. Wir müssen da gewisse Zeiten einhalten. Die meisten der bei uns als vermisst gemeldeten Personen tauchen in den ersten 48 Stunden urplötzlich wieder auf. Morgen werden wir auch über das Regionalfernsehen und das Radio Suchmeldungen durchgeben. Ich will ebenso, dass sie so schnell wie möglich gefunden wird, das müssen Sie mir glauben. Und noch etwas: Bitte behalten Sie das, was ich Ihnen gerade gesagt habe, unbedingt für sich. Alles andere könnte Ihre Freundin ernstlich gefährden.«

Er machte eine kleine Pause und sprach dann in einer nichtdienstlichen, ruhigen und dunklen Tonlage, für die seine Stimmbänder wie geschaffen schienen. Seine Worte verursachten unmittelbar ein Kribbeln in der Magengegend der Buchhändlerin.

»Verdammt. Ich mache mir auch sehr große Sorgen um sie. Obwohl wir uns erst kurz kennen, bedeutet Stephanie mir schon außerordentlich viel. Glauben Sie es mir. Ich habe vermutlich immer nach ihr gesucht, ohne es zu wissen.«

Dass sein bisheriges Privatleben eher einer Dauerkatastrophe glich, verschwieg er ihr wohlweislich.

Kristina schaute ihn von der Seite an. Es war deutlich zu erkennen, wie er litt. Er hatte sich tatsächlich, Hals über Kopf, mit Haut und Haaren, ohne Wenn und Aber in ihre beste Freundin verliebt. Sie freute sich für Stephanie. Frank war nicht der Richtige gewesen. Das hatte sie damals schon zu Beginn der Beziehung gespürt, aber tunlichst vermieden, darüber zu reden.

Simon Gabriel war anders, echt und geradlinig. Mit seinen ungekämmten Haaren, seiner leicht gebogenen, großen Nase und der hohen Stirn wirkte er sehr maskulin. Seinem Blick wich man nicht aus, man suchte ihn. Er schenkte Ruhe und Vertrauen. Also genau das, was ihre Freundin in überhöhten Dosen zu sich nehmen sollte. Täglich.

»Ja, ich mag sie auch sehr gern. Eine bessere Freundin könnte ich mir nicht wünschen. Und ich rate Ihnen, ihr nie wehzutun. Sonst können Sie was erleben.« Vor seiner Nase fuchtelte sie mit ihrer Faust herum, auf die er sogleich seine flache, offene Hand legte und sanft nach unten drückte.

»Ich denke, es ist Zeit, dass wir das Du verwenden. Sag einfach Simon zu mir«, bot der Beamte ihr an.

»Einverstanden, und du nennst mich Kristina.« Sie hielt ihm ihre Hand hin, die er kräftig schüttelte.

»Sobald wir etwas von Stephanie erfahren, rufe ich dich an. Versprochen«, erklärte er besänftigend.

Dann verabschiedete er sich, stieg zu seinem Kollegen ins Auto und war kurz darauf auf dem Weg zu KKF-Technologies.

Kristinas Kleinwagen fuhr durch die Straßen der Kleinstadt. Sie ignorierte die Warnung des Polizisten. Kristina war nicht der Typ, der sich an Regeln hielt. Erst recht nicht, wenn Stephanies Leben auf dem Spiel stand.

Ohne Schwierigkeiten fand sie Schuberts Haus. Sie parkte direkt vor der Einfahrt. In ihrem Handy wählte sie die gespeicherte Telefonnummer ihrer Freundin und drückte auf die grüne Taste. Nach ein paar zermürbenden Augenblicken sprang der Anrufbeantworter an. Aber er wurde seinem Namen nicht gerecht. Weder konnte man ihn fragen, wo Stephanie gerade steckt noch wann sie wieder auftauchen würde. Er gab keine Antworten, sondern piepste, zeichnete auf und schaltete automatisch ab. Enttäuscht überließ sie ihr Handy den unergründlichen Tiefen ihrer großen Handtasche.

Mit dem Kopf gegen die Scheibe gelehnt hing sie eine Weile schwermütigen Gedanken nach. Schließlich öffnete sie die Fahrertür, stieg aus und klingelte an der Haustür. Aber Schubert war nicht da. Sie fischte einen kleinen Schreibblock aus ihrer Tasche und hinterließ darauf eine kurze Nachricht. Den Zettel klemmte sie in den Spalt zwischen Dichtung und Eingangstür. Darin bat sie ihn, sie anzurufen, sobald er zu Hause eintraf.

21. Kapitel

An diesem Morgen fand der Rapport zwei Stunden später als üblich statt. Man hatte gehofft, der Chef würde bis dahin auftauchen. Er tat es nicht. Auch bei seiner Sekretärin ging keine Meldung über seinen Verbleib ein. So blieb Borstels Platz frei. Dass er in der Rechtsmedizin lag, wusste zu diesem Zeitpunkt keiner der Angestellten. Frank Burmester und Stephanie fehlten unentschuldigt. Ebenso Schubert von der Buchhaltung. Schließlich übernahm die Chefsekretärin die Leitung.

Frau Ronellenfitsch räusperte sich. Die Anwesenden hingen an ihren Lippen. Sie versuchte, die Besprechung mit etwas Positivem zu beginnen.

»Die Beschwerden von unseren Mitarbeitern wegen der fehlenden Armaturen sind hinfällig. Die Waschbecken und Duschen wurden repariert. Das ging schneller als gedacht. Wer war denn mit der Aufgabe versehen, Abhilfe zu schaffen? Ach ja, das war Frau Kurz. Weiß jemand, warum sie nicht gekommen ist? Telefonisch konnte ich sie heute früh nicht erreichen.«

»Herr Schubert fehlt auch«, ergänzte Herr Ringel pflichteifrig.

»Das ist richtig. Aber ein paar Tage werden wir wohl schon noch ohne ihn auskommen. Gibt es etwas Aktuelles?« Dabei schaute sie über ihre Brille in die Runde.

»Ich habe hier die Rechnung von den neuen Duschköpfen und Waschbeckenarmaturen. Wer ist dafür zuständig, wenn Herr Schubert nicht da ist?«

»Geben Sie sie mir. Ich kläre das«, erwiderte Cordula Ronellenfitsch und fuhr fort.

»Dann kommen wir zur Materialbeschaffung. Gibt es ...«

Die Chefsekretärin brachte ihren Satz nicht zu Ende. Jemand klopfte kräftig gegen die Tür zum Besprechungszimmer. Ohne eine Antwort abzuwarten, wurde sie gleich aufgestoßen. Ein großer, breitschultriger Mann tauchte im Türrahmen auf. Ein anderer stand in seinem Schatten.

»Mein Name ist Simon Gabriel. Ich hätte gerne eine gewisse Frau Ronellenfitsch gesprochen. Kann mir einer sagen, wo ich sie finde?«, fragte er in die Runde.

Die Teilnehmer des Morgenrapports überfiel eine unüberhörbare Unruhe.

»Können Sie nicht draußen warten? Wer hat Sie überhaupt reingelassen? Sie sehen doch, dass wir mitten in einer Besprechung sind«, erklärte die Chefsekretärin ungehalten.

»Ich glaube schon, dass es äußerst wichtig ist, was ich Ihnen mitzuteilen habe«, sagte der Polizist, trat nun näher heran und hielt ihr seinen Dienstausweis unter die Nase.

Frau Ronellenfitsch sprang auf, zog ihren Rock glatt, packte ihren Schreibblock und bat hastig eine Kollegin, weiter zu machen.

Zu dem unerwarteten Besucher gewandt ergänzte sie nun etwas freundlicher:

»Ich hatte heute früh schon so eine Ahnung. Folgen Sie mir. Wir gehen in mein Büro.«

Sie lief schnurstracks den Flur entlang. Die beiden Beamten folgten ihr. Die Frau hatte es sehr eilig, zu ihrem Arbeitsplatz zu gelangen. Dort angekommen bat sie sichtlich nervös sofort um Aufklärung, nachdem sie die Bürotür hinter den Polizisten geschlossen hatte.

»Also! Legen Sie los.«

»Ich muss Ihnen leider mitteilen, dass Herr Felix Borstel, Ihr Chef, tot aufgefunden wurde. Die näheren Umstände, die zu seinem Tod führten, sind noch ungeklärt.«

Wie in Zeitlupe ließ sich die Sekretärin auf den Stuhl nieder.

»Oh nein. Was ist denn passiert? Er war doch noch gar nicht so alt. Wie soll es jetzt nur weitergehen? Das darf nicht wahr sein.« Die verzweifelte Frau blieb steif sitzen und bewegte nervös ihren Mund, wirkte aber sonst wie gelähmt. Sie schien mit dieser Situation völlig überfordert zu sein.

»Nun beruhigen Sie sich doch«, bat Simon Gabriel.

»Ich kann mich nicht beruhigen. Wie soll es denn hier nur weitergehen? Wir stecken gerade in einer äußerst schwierigen Lage.«

»Hören Sie, Frau Ronellenfitsch. Haben Sie Kenntnis davon, dass Ihr Chef in einer Geheimloge oder einem Geheimorden tätig war?«

Sofort gefroren ihre Gesichtszüge. Dann löste sich die Spannung plötzlich und sie begann, sich verräterisch auf die Unterlippe zu beißen.

»Können Sie etwas dazu sagen?« Simon Gabriel sprach mit ruhiger Stimme und schaute ihr dabei tief in die Augen.

Sie hielt seinem Blick stand. Zu seiner Überraschung antwortete sie nach einer Atempause mit: »Ja. Das kann ich.«

»Möchten Sie mit uns aufs Präsidium kommen?«, wollte der Beamte wissen. »Da können wir ungestört miteinander reden.«

»Ja, das wäre mir lieber.« Sie zeigte mit dem Daumen hinter sich. »Hier haben doch die Wände Ohren.«

22. Kapitel

Stephanie erwachte. Ihr war kalt. Sie lag ausgestreckt auf hartem Stein. Aber diesmal war der Raum nicht schwarz. Eine kleine unscheinbare Lampe schickte beißende, hellgelbe Lichtstrahlen in die Dunkelheit. Sie atmete ein paarmal tief durch. Die Luft schmeckte staubig und war verbraucht. Sie begann zu husten.

Dann sah sie sich um. Kein Fenster, kein Lichtspalt, nur dieses grelle Licht gab es hier. Auf den hohen Wänden aus groben Natursteinen ruhte ein brüchiges Gewölbe.

Das Aufstehen fiel ihr schwer. Sie rieb sich das Kinn, bevor sie sich den Staub von den Wangen wischte. Ein Staub, der hier vermutlich schon Jahrhunderte lag. Dass ihre Glieder schmerzten, hing mit ihrer völlig verkrampften Haltung zusammen, in der sie gelegen hatte, und dem harten Boden, der sich abstoßend kalt anfühlte. Der Raum hatte Ähnlichkeiten mit einer Gruft.

Die Kälte beschleunigte ihr Denken. Wo war sie und wie war sie hierher gekommen? Sie erinnerte sich daran, zuletzt bei ihrer Nachbarin gegessen zu haben. Bilder von einem Matrosen tauchten vor ihrem inneren Auge auf. Er stand vor einem großen Schiff, ein anderes Mal war er an einen Sportwagen gelehnt. Darunter hatte sie auf einer Couch gelegen und war eingeschlafen, viel zu rasch eingeschlafen. Und hier wieder aufgewacht.

Es gab dafür nur eine Erklärung. Man hatte ihr irgendein Mittel verabreicht. Etwas, das sie in einen tiefen, traumlosen Schlaf versetzt hatte.

Sie erinnerte sich an das Burgfräulein und die Videoaufzeichnung ihrer Freundin. Dort wechselte ein Medikament den Besitzer. Befand sich davon etwas in ihrem Körper? Ein mulmiges Gefühl stieg in ihr hoch.

Ihr fiel wieder ein, dass sie den Mann auf den Fotos kannte. Nur zu gut wusste sie von dessen Plan, Schubert umzubringen. Aber wieso hatte man sie hierhergeschleppt? Hatte etwa Borstel den Nuschler auch auf sie angesetzt? Aber nur Kristina und Simon waren in ihr Geheimnis eingeweiht.

Sie schaute sich um. Neben ihr befand sich eine Tür, die in die dicke Mauerwand eingelassen war. Eine, die hierher passte. Sie war aus massivem Holz gefertigt, oben rund und mit Schnitzereien verziert. Der schmiedeeiserne Griff schien verrostet zu sein. In der oberen Hälfte befand sich ein kleines, rautenförmiges Fenster, dessen Glas fehlte. Stephanie wankte darauf zu. Mit jedem Atemzug ging es ihr besser, gewannen ihre Lebensgeister die Oberhand.

Mit raschen Handbewegungen klopfte sie den schweren Staub aus ihrer Kleidung. Das beruhigte sie auf seltsame Weise. Sie durchsuchte ihre Taschen. Diesmal war man wohl schlauer gewesen. Nur ein benutztes Papiertaschentuch kam zum Vorschein.

Sie begann an der Wand entlangzulaufen, suchte etwas, das ihr half, zu begreifen, wo sie war. Sie glaubte an ein Déjà-vu. Auch hier bildeten acht Wände ein gleichmäßiges Achteck, ein Oktogon.

Ihre Nerven lagen blank. Sie schrie und tobte und fluchte. Was war mit ihrem Leben passiert? Was hatte das Schicksal mit ihr vor? Angst stieg in ihr auf. Diese Form der Angst, die nicht gehen wollte, sich festsetzte wie eine Anzahl tiefschwarzer Insekten, die sich in die Haut bohrten. Und das nur, um sich dort zu vermehren und so noch mehr Angst erzeugten. Verzweifelt dachte sie nach. Was hatte man mit ihr vor? Was für ein kranker Plan steckte hinter all dem und welche Rolle spielte ihre fiese Nachbarin?

War man vielleicht auf Lösegeld aus? Sie selbst und auch kein Mensch in ihrer Verwandtschaft besaß einen nennenswerten Geldbetrag, mit der man Entführer hätte zufriedenstellen können. Sie befürchtete, einem Triebtäter zum Opfer gefallen zu sein. Wieder begann sie, um Hilfe zu rufen.

Sie hoffte, dass man intensiv nach ihr suchte. Stephanie stellte sich vor, dass Kristina alles daran setzte, sie zu finden. Zuverlässig wie ein Uhrwerk arbeitete jetzt ihr Verstand daran, sie zu finden. Und Simon war bestimmt schon eifrig damit beschäftigt, ihre Spur aufzunehmen.

Ganz unvermittelt wurde die Tür aufgerissen. Eine Hand stellte einen Eimer hinein und platzierte daneben eine große Plastiktüte. Dann schloss sich die Verbindung zur Außenwelt wieder.

Vorsichtig näherte sie sich der Tüte, stieß mit einem Fuß dagegen, beugte sich darüber und schaute schließlich hinein. Ein appetitlicher Duft legte sich um ihre Nase, den eine ofenwarme Pizza verströmte. Obendrein entdeckte sie eine Tafel Nuss-Nugat-Sahne-Schokolade und eine Flasche süßen Sprudel. Jetzt wurde ihr klar, was man mit ihr vorhatte. Man wollte sie mästen. Mästen, bevor man sie schlachtete. Sie befand sich also in den Händen eines Triebtäters, dessen war sie sich nun sicher.

Den Eimer würde sie brauchen. Zum Glück hatte ihre Oma darauf bestanden, das sie lernte, in einen Eimer zu machen, wenn sie bei ihr auf dem Dachboden übernachten durfte.

»Mädchen dürfen sich nicht scheuen, in einen Eimer zu pinkeln. Früher oder später ist das wichtig.« Sie musste ihrer Oma heute Recht geben.

Unmittelbar nach dem fetten Essen schlief sie wieder ein. »Schlafmittel«, flüsterte sie leise. Die Bilder ihrer Flucht gingen ihr durch den Kopf. Als sie sich auf den Boden legte, tauchte Simons Gesicht vor ihrem inneren Auge auf. Es war ihr, als riefe er ihren Namen. Wundervoller Simon. Auf rätselhafte Weise durchwebte er ihre Träume. Sie streckte ihre Arme nach ihm aus, glaubte, ihn zu berühren.

Langsam erwachte Stephanie. Da lag etwas neben ihr.

Sie schnellte hoch und fasste nach ihren Hüften, dann an ihre Bluse. Sie war vollständig bekleidet. Das beruhigte sie etwas. Wie lange sie jedoch hier gelegen hatte, konnte sie nicht abschätzen. Das Zeitgefühl war ihr abhandengekommen.

Sie blickte zu dem, was da neben ihr lag. Es war ein Mann, der völlig unbeweglich dalag.

Rutschend näherte sie sich der Person. Wer war das? Sie brachte ihr Gesicht ganz nah heran und traute ihren Augen kaum. Da lag Frank Burmester. Mit zitternden Beinen stemmte sie sich eilig weg, bis sie hart gegen die gegenüberliegende Natursteinwand stieß. Dort richtete sie sich auf.

»Frank!«, rief sie. Er rührte sich nicht. Sie näherte sich ihm wieder und schlug auf seine Wange. Wie aus einem anderen Universum kommend öffnete Frank die Augen und sah sie an. Sein milchig-glasiger Blick kam dem gleich, den sie schon bei greisen Männern gesehen hatte. Er versuchte zu verstehen, wo er war. Seine Augen blieben noch eine ganze Weile unverändert, bis langsam der Mensch daraus hervorlugte, den sie kannte.

»Stephanie, du?«

»Jetzt bin ich wenigstens nicht allein.«

»Nein, das bist du nicht.«

»Was ist das hier? Was haben die mit uns vor?« Sie kam sofort zur Sache.

Ihr Mitgefangener richtete seinen Oberkörper umständlich auf, schob sich mit den Beinen zur Wand und blieb dort eine ganze Weile angelehnt sitzen.

»Stephanie, du?« wiederholte er. Der trübe Schleier schickte sich an, erneut Besitz von seinem Blick zu ergreifen. Das wollte sie nicht zulassen. Sie schlug ihm leicht auf den Kopf.

»Was haben die mit uns vor? Los! Rede schon.«

Frank rieb sich seine Stirn, bevor er sich hingebungsvoll seinen Schläfen widmete. Wie in Zeitlupe zog er seine Füße heran, wickelte die Oberarme um die Knie und lehnte seinen Kopf, der unendlich schwer wirkte, nach hinten an die Wand.

Er schaute zur Decke, als er langsam und schwerfällig antwortete:

»Was die mit uns vorhaben? Es ist ein Experiment. Ein uraltes Experiment. Eine Wiederholung, sozusagen. Wurde zuerst in Italien durchgeführt. Das ist sehr lange her.«

»Ich verstehe nur Bahnhof.«

Sie beugte sich zu ihm herunter und puffte ihm in die Rippen. Es war zwecklos. Irgendetwas in ihm wollte, dass seine Lider geschlossen und seine Gehirnzellen auf Ruhezustand blieben. Erst eine ganze Weile später kam er wieder kurz zu sich. Aber seine Worte trugen nicht zur Klärung bei.

»Ein Experiment. Ein Versuch, der damals missglückte. Missglücken musste. Das Verfahren war zu ungenau.«

»Was war das denn für ein Versuch?«

»Es geht um das Körpergewicht, Stephanie. Es geht um Gewicht.«

»Das habe ich schon gemerkt. Die versuchen, mich hier zu mästen. Wollen die mich, wenn ich dick und rund bin, an einen Scheich verhökern oder in kleine appetitliche Häppchen zerschneiden?«

»Nein, sei nicht albern. Die halten uns hier gefangen, weil wir Versuchskaninchen sind. Das …«

Es folgte ein merkwürdiges Raunen. Die bleischweren Lider ihres Zellengenossen schlossen sich wieder. Das hatte sie auch schon bei sich erleben dürfen. Sie wollte nicht warten, bis er von sich aus wieder zu sich kam. Erneut schlug sie ihn. Diesmal mit beiden Fäusten heftig auf die Brust. Doch er war nicht mehr wach zu bekommen.

Quälend lange Minuten begannen. Es schien eine Ewigkeit zu dauern. Dann sah sie, wie seine Unterarme begannen, sich zu verdrehen. Dieser ersten Regung folgte schließlich der ganze Körper. Dann öffnete er die Augen.

»Stephanie«, hauchte er.

»Komm schon. Sieh zu, dass du wach wirst.«

Sie half ihm, eine bessere Sitzposition einzunehmen.

»Danke. Stephanie, du bist zu gut für mich. Viel zu gut. Ich liebe dich mehr als alles andere. Aber wir hätten nie zusammen kommen dürfen. Meine Frau … weißt du. Bitte verzeih mir.«

»Wer hält uns hier fest? Wer steckt hinter all dem?«

»Ein Ordensbruder. Der hat meine Frau und mich hineingezogen. Wir haben mit diesen Abtrünnigen zusammengearbeitet, als Familiaren, verstehst du. Ich hätte hier nie unterschreiben sollen. Ich habe Angst vor diesen Herren.«

»Angst vor Schubert?«

»Ja, Borstel und Schubert. Die beiden stecken dahinter. Dabei war ich es, der das Experiment bis ins Detail geplant hat. Ich, verstehst du, ich allein. Und nun erwischt es mich selbst. Weil ich aussteigen wollte, weißt du. Aber wenn man dort einmal unterschrieben hat, kann man nicht mehr aussteigen. Meine Seele gehört nun ihnen. Leb wohl, wunderbare Stephanie.«

Er schaute sie müde an, mit Augen, die lange keinen gesunden Schlaf gefunden hatten, die sich nach Freiheit sehnten, nach Wahrheit verzehrten. Unvermittelt zog er das linke Bein an und griff in seinen Schuh. Mit einem Finger fischte er geduldig einen Schlüssel daraus hervor und hielt ihn ihr hin.

»Der passt hier überall.« Hauchend und in großen Abständen drangen die vier Worte an ihr Ohr.

Dann, nach einer erneuten Pause, flüsterte er kaum verständlicher.

»Ich hatte zunächst das Projekt geleitet und mir diesen Schlüssel anfertigen lassen. Davon weiß keiner was.«

Wieder verstummte ihr Kollege. Es musste ein unglaublich wirkungsvolles Mittel und eine hohe Dosis gewesen sein, die man ihm verabreicht hatte. Dann, als ob jemand anderes aus seinem Mund spräche, folgte ein Gedicht.

»Und meine Seele spannte weit die Flügel aus, flog durch stille Lande, als flöge sie nach Haus.«

Frank stöhnte, bevor er fortfuhr. »Das ist aus einem Gedicht von Eichendorff. Das Gedicht heißt Mondnacht. Aber es müsste eigentlich …« Er hustete verkrampft. Erst nach Minuten des Wartens erhob er seine Stimme. »Es müsste Vollmondnacht heißen.«

Er saß schließlich eine Weile da, ohne etwas von seiner Umwelt mitzubekommen und rutschte dann ein wenig zur Seite, bevor er wieder die Augen schloss.

Stephanie hustete. Der schwere Staub dieses Gefängnisses hatte die Absicht, in ihre Lungen vorzudringen. Leise Geräusche kamen von außerhalb.

Augenblicklich ergriff ein taghelles Bewusstsein von ihr Besitz, fachte ihren Lebensmut an und mobilisierte ungewohnte Kräfte. Ohne Zeit zu verschwenden, packte sie den Schlüssel, der noch in seiner Hand lag, und sprang auf. Sie wollte ihn gerade in das Zylinderschloss stecken, als plötzlich Stimmen auf der anderen Seite der Tür zu hören waren. Durch das kleine Fenster drang helles Licht in ihr steinernes Gefängnis.

Mitten in der Bewegung hielt sie inne. Mit der Geschwindigkeit eines Taschendiebes ließ sie den Schlüssel in ihrer Hosentasche verschwinden.

Keine Sekunde zu früh. Mit lautem Gepolter wurde die Tür von zwei Männern geöffnet, die Mönchskleidung trugen.

Ohne Stephanie zu beachten, packten die Entführer den Schlafenden und zogen ihn nach draußen. Sie vergaßen nicht, das Verlies wieder abzuschließen. Dann wurde erneut das kleine Fenster schwarz.

Jetzt galt es, keine Zeit zu verlieren. Hier sitzen zu bleiben und auf Rettung zu warten, war gewiss falsch. Die Entführer waren mit Frank beschäftigt. Vermutlich mit seinem Gewicht. Sie musste fliehen. Mit dem Schlüssel in der Hand ging sie zur Tür, öffnete diese lautlos, schlüpfte hindurch und verschloss sie wieder hinter sich. Den wertvollen Schlüssel nahm sie mit.

Zur Sicherheit verzichtete sie auf das Suchen nach einem Lichtschalter. Tastend und mit größter Vorsicht bewegte sie sich im Halbdunkel vorwärts. Sie wollte nicht wieder irgendwo hinunterstürzen. Als sie die ersten Stufen einer sehr steilen Steintreppe berührte, ging sie in die Knie und kroch auf allen Vieren nach oben. Es war eine beängstigend steile und gefährliche Treppe, die heute von keiner Bauaufsicht abgenommen werden würde.

Oben angekommen erfasste ihre Hand eine Holztür. Sie schien nur angelehnt zu sein. Ein schmaler Spalt Helligkeit signalisierte ihr, äußerst achtsam zu sein. Sie öffnete den Durchgang nur so weit wie nötig, um hindurchzuschlüpfen. Gleich zu ihrer Linken befand sich eine lichtlose, enge Nische im alten Gemäuer, in der Dunkelheit herrschte. Diese Zone musste sie erreichen. Dort angelangt begann sie, sich weiter zu orientieren. Ihre Sinne liefen auf Hochtouren. Vor ihr lag ein kleiner, fast runder Nebenraum, von dem aus eine weitere Treppe nach oben führte, die nicht minder steil war. Einen anderen Weg schien es nicht zu geben. Hier muss ich raus, jetzt nur nicht zögern, ging es ihr durch den Kopf.

Ihre Unruhe erlaubte kein langes Warten. Nun nahm sie ihren ganzen Mut zusammen, um nach oben zu gelangen. Nur dort führte der Weg in die Freiheit.

Mit kleinen, bedächtigen Schritten, bereit, sofort wieder in ihrer Nische zu verschwinden, folgte sie der nächsten Steintreppe. Während sie Stufe um Stufe aufstieg, nahm ein dunkler Brummton an Lautstärke zu.

Gleißendes Licht kam von oben und wies ihr den Weg. Ein rasches Aufschauen über die oberste Treppenstufe gab den Blick frei auf einen Raum, dessen Mobiliar eher einem Krankenhaus entsprach als dem eines mittelalterlichen Verlieses.

Sie wagte noch einmal einen Blick, diesmal deutlich länger. Der Raum war menschenleer. Nur in dessen Mitte erkannte sie eine Bahre, die merkwürdigerweise auf vier schwarzen Zylindern stand. Daneben türmten sich Kästen voller Elektronik.

Wieder duckte sie sich. Beim dritten Umsehen schlug ihr Herz schon etwas langsamer. Sie durfte jetzt nicht panisch werden. Der Raum war in Größe und Form ihrem Verlies gleich. Er schien sich also exakt darüber zu befinden. Jemand bevorzugte achteckige Räume.

Neben dem Summen der monströsen Gerätschaften, die hier aufgebaut waren, konnte sie nichts Verdächtiges hören. Sie sah nun genauer hin. Zu ihrer Rechten gab es eine dunkle Stelle, die sich im Lichtschatten eines Turms aus Messgeräten befand. Das stellte sich als ein ausgezeichnetes Zwischenziel dar. Ein schmaler Vorhang bot zusätzlichen Schutz. Auf einem der blinkenden Bauteile entdeckte sie eine große Digitalanzeige. Die hätte in einem Wartesaal eines Bahnhofs mehr Sinn gemacht. Es war zwar eine Uhr, ihre Zeitanzeige zählte jedoch rückwärts. Gerade waren es noch sieben Minuten. Darüber klebte ein einfaches Pappschild mit der Aufschrift: ZEIT BIS ZUM VOLLMOND.

Hier spielte sich etwas Merkwürdiges ab. Sie begriff nur noch nicht, was es war. Irgendetwas sollte also passieren, wenn die Frist abgelaufen war? Aber was?

Sie entschied sich, ihre Flucht fortzusetzen. Man muss nicht überall dabei sein, sagte sie sich. Eine offizielle Einladung hatte sie ohnehin nicht bekommen.

Erst jetzt registrierte sie auf der gegenüberliegenden Seite einen schwarzen, kurzen Vorhang, der vergeblich versuchte, den breiteren Treppenaufgang, der sich dahinter befand, zu verbergen. Nur dort ging es in Richtung Freiheit? Sie hatte sowieso keine andere Wahl.

Mit bedächtigen Schritten huschte sie durch den Raum und berührte schon fast den Vorhangstoff, als laute Stimmen von oben zu hören waren. Sie drehte sich um die eigene Achse und verschwand wie ein geölter Blitz in der engen, aber dunklen Nische, die sie zuvor gesehen hatte.

Der schwere Stoff wurde zur Seite geschoben und ein Mönch trat ein. Zwei weitere folgten. Die Kapuzen hatten sie nicht übergezogen. So konnte sie in ihren Gesichtern große Anspannung erkennen. Erst langsam dämmerte ihr, dass der eine von ihnen jener war, der schon längst auf einer Seereise hätte sein sollen – Schubert.

Mit einem kräftigen und entschlossenen Ruck zog dieser eine schwarze Plane von der Bahre herunter. Frank kam zum Vorschein. Sie hatten ihn vollständig entkleidet und mit Gurten festgezurrt. Stephanie traute ihren Augen kaum. Es erschien ihr alles so unwirklich, wie ein böser Traum. Was hatten die drei verdammt noch mal mit ihm vor?

Ihre Finger bedienten nun die Apparaturen. Es wirkte seltsam routiniert und bedurfte keiner Absprache.

»Die Maske, bitte«, sagte Schubert zu einem der Mönche. Dieser tat wie ihm geheißen und setzte Frank eine große Atemmaske auf, die sofort begann, merkwürdige Geräusche von sich zu geben. Franks Brustkorb hob und senkte sich.

»Genau drei Minuten vor X verabreichen wir ihm die Spritze.« Das war wieder die Stimme Schuberts.

Eine weitere Injektion? Der Kerl schläft doch schon wie ein Stein, dachte sie.

Die Minuten vergingen wie fließendes Baumharz. Sie konnte die Uhr von ihrem Versteck aus nicht sehen. Plötzlich traten die beiden unbekannten Mönche vor. Einer packte den Arm des Schlafenden und hielt ihn fest. Der andere fummelte mit einer Spritze herum, setzte sie schließlich in Franks Armbeuge an und drückte den Kolben langsam nach unten. Augenblicklich zuckte der Liegende wie eine Holzpuppe in den Armen eines unerfahrenen Marionettenspielers. Dann, ganz abrupt, erstarrten die Bewegungen.

Damit waren es also noch drei Minuten bis zum Vollmond.

Unvermittelt stand ein Mann neben Schubert. Er trug keine Mönchskutte. Stephanie hatte ihn gar nicht kommen hören.

»Großer Komtur, die Polizei ist gerade mit einer Hundertschaft vorgefahren. Sie haben die Burg an den Ausgängen abgeriegelt. Dort ist kein Entkommen mehr.«

Es war die Stimme des Nuschlers. War das alles nur ein Spiel? Auf welcher Seite stand dieser Schweinehund? Gehörte er nun zu Schuberts Dunstkreis, oder doch zu Borstels? War er ein Maulwurf im Dienst des Komturs?

Schubert schien in dieser Hierarchie eine hohe Position einzunehmen. Spielte bei KKF-Technologies den kleinen Buchhalter und führte nach Feierabend ein unheimliches Doppelleben in einem okkulten Orden. Das erklärte vermutlich auch die vielen religiösen Bücher und Heiligenbilder in seinem Haus.

»Wir brauchen nur noch wenige Minuten. Bis man das hier gefunden hat, sind wir über alle Berge. Wir brechen jetzt das Experiment unter keinen Umständen ab.«

Schubert wandte sich wieder seiner Aufgabe an den blinkenden Instrumenten zu, die er hoch konzentriert betrachtete.

Also würde das Experiment bald vorbei sein. Sie musste hier nur abwarten, das war alles.

»Was machen wir mit der Kurz?«

»Kurzen Prozess natürlich. Geben Sie ihr das gleiche Mittel. Dort liegt noch eine weitere Spritze. Das sieht dann so aus wie gemeinsamer Selbstmord.«

Stephanie erschrak. Also war es eine Todesspritze, die Frank bekommen hatte. Und sie sollte nun dieselbe Behandlung erfahren. Sie wurde panisch bei dem Gedanken, dass er nach ihr suchen würde. Und die Suche würde zweifelsohne erfolgreich sein.

Sie presste sich noch tiefer in die Nische. In ihrem Rücken spürte sie das kalte Gemäuer. Sie fühlte sich noch viel zu jung zum Sterben.

Hätte die Polizei nicht früher kommen können? In den Kinofilmen, die sie mit Kristina sah, kam die Polizei zwar immer zur rechten Zeit. Aber nie zu spät. Das schien hier der Fall zu sein. Das war schließlich auch kein Film, sondern mörderische Realität.

»Noch eine Minute bis zum Vollmond.« Die Stimme kam von einem der Mönche und klang emotionslos, geradezu mechanisch.

Man begann nun, die Sekunden herunter zu zählen wie bei einem Raketenstart. Die Anspannung war förmlich zu greifen. Für die Mönche schien dieses Experiment von großer Tragweite zu sein. Sie dachte an ihre Zeit mit Frank. Erinnerungen stiegen in ihr hoch.

Der Nuschler ging auf die steile Treppe zu, wohl um seine Drecksarbeit zu erledigen.

Er schlurfte ganz dicht an ihrer Nische vorbei. So dicht, dass sie seinen Körpergeruch wahrnahm. Ein Geruch nach Schweiß und parfümiertem Weichspüler. Der erinnerte sie irgendwie an den Geruch im Haus ihrer Nachbarin Gesine Herbst. Stallgeruch, dachte sie. Also gehörst du zu dieser neugierigen Kröte.

Die Aufmerksamkeit der drei Mönche galt den elektronischen Anzeigen, auf die sie wie gebannt starrten. Sie schienen der Umgebung völlig entrückt zu sein. Hoch konzentriert bedienten sie ihre obskuren Apparaturen. Die Männer waren also abgelenkt. Stephanie begriff das als ihre Chance. Die wollte sie nutzen.

»Siebenundzwanzig, sechsundzwanzig, fünfundzwanzig, ...«

Ihre Hände ballte sie zu Fäusten. Genau zum richtigen Zeitpunkt schossen sie aus dem Dunkeln hervor und brachten den Nuschler aus dem Gleichgewicht. Der hatte ihr den Rücken zugewandt und stand auf der obersten Stufe. Ihr Entführer fiel kopfüber die steile, lange Steintreppe nach unten. Ein kehliger Schrei war zu hören, dann das Geräusch brechender Knochen. Sie hoffte, dass sein Genick dazu zählte.

Der Mönch, der ihr am nächsten stand und von dem sie nur den Rücken sah, schaute sich um. Schubert blieb gelassen.

»Erst das Experiment«, befahl er lauthals.

»Siebzehn, sechzehn, fünfzehn, vierzehn, dreizehn, ...«

Stephanies Herz fing an zu rasen. Ihr Mund wurde schlagartig trocken. Sie konnte doch hier nicht abwarten, bis Frank tot war? Allmählich begriff sie, dass die Zeit, die man hier herunterzählte, niemand mehr aufhalten konnte.

»Vier, drei, zwei, eins.«

Plötzlich vibrierten die Instrumente, auf allen Anzeigeinstrumenten war erhöhte Aktivität zu erkennen. In nur wenigen Sekunden schossen gewaltige Informationsströme durch die Leitungen. Irgendwo in einer der silbernen Kisten wurden die Daten gespeichert.

Mit der Zeit verringerte sich die Datenmenge. Trotzdem blieben die drei auf ihren Posten. Eine Viertelstunde nach Vollmond beendete Schubert das Experiment.

»Der Versuch war ein voller Erfolg. Wir haben das Gewicht genau ermitteln können«, verkündete er.

»153 Mikrogramm, genau wie Sie es vorausgesagt haben. Dieser Mann hat geliebt. Dadurch war seine Seele besonders leicht. Deutlich leichter als bei der Probandin vor zwölf Monaten.«

Er benutzte das Wort Proband. Das war ungeheuerlich. Hier war nichts freiwillig. Frank hatte man sicherlich nicht vorher gefragt. Aber was hatten die Mönche hier so genau gewogen? Sie wurde nicht schlau aus dem, was man hier veranstaltet hatte.

Doch unvermittelt erhielt sie die erschreckende Antwort auf ihre Frage. Schubert selbst baute sich vor den beiden anderen auf, hielt kurz inne und begann staatstragend zu dozieren.

»Das Gewicht einer liebenden Seele wurde heute erstmals bestimmt, von uns bestimmt. Und das gelang nur, weil wir das alles hier perfektioniert haben. Noch in Jahrhunderten wird man von unseren Experimenten sprechen. Der Beweis ist unwiderruflich erbracht. Die Seele ist eine Kraft, die Göttliches entstehen lässt. Aber sie ist nicht nur pure Energie, sie verfügt auch über messbares Gewicht. Sie wäre sonst nicht in der Lage, sich im menschlichen Körper zu halten.

Die Seele ist zwar eine magische, ja geradezu sphärenhafte Erscheinung. Sie kann sich aber, wenn auch nur schwach, an das sterbliche Fleisch binden. Die Seele selbst ist jedoch unsterblich und fährt gen Himmel, sobald der Körper seine Funktionen eingestellt hat.

Die Erfahrung der Liebe strukturiert die menschliche Seele auf besondere Weise, macht sie dadurch leichter und umfassender, ja auf seltsame Weise fühlender. Endlich konnten wir all das beweisen. Doch wir, die wir das Experiment erdacht und ausgeführt haben, werden nun den Unsterblichen gleich.

Unsere Körper mögen eines Tages in dunkler Erde zerfallen, doch unsere Taten bleiben für ewig unvergessen.«

Dieser Mann war eindeutig wahnsinnig. Bestimmte mit einer teuflischen Apparatur das zarte Gewicht der Seele, die den Körper beim Tod verlässt, und hält sich überdies selbst für unsterblich. In ihrer Vorstellung wurde Schubert zu einem Dr. Faust. Jemand, der seine Seele verkauft, nur um an ein Geheimnis zu gelangen, das unweigerlich den Tod von zwei Menschen zur Folge hatte. Er war ein Ungeheuer. Das Ungeheuer 666 von Babylon. Und dieser Raum hier war nichts anderes als die Küche des Teufels.

»Das Seelengewicht seiner Partnerin, die unten im Verlies liegt, werden wir nun nicht mehr messen können. Wir sollten rasch alles abbauen und dann schleunigst von hier verschwinden. Die Probandin lassen wir zurück«, legte Schubert fest.

Während die Mönche nun begannen, in Windeseile die aufgebauten Gerätschaften und Kabel einzupacken, blieb Stephanie lautlos in ihrer dunklen Nische neben dem Treppenabgang stehen.

Sie wagte kaum zu atmen. Der Nuschler, der am Fuß der Treppe lag, hatte keinen Laut mehr von sich gegeben. Vermutlich hatte ein Genickbruch verhindert, dass der Kerl überhaupt jemals wieder einen Laut von sich geben sollte.

Ohne jedwede Absprache und Kommentare verpackten die Experimentatoren sämtliche Teile der aufwendigen Versuchsanordnung in sechs stabilen, rechteckigen Koffern. Selbst die großen, auffällig schwarzglänzenden Messdosen an den Füßen der Bahre fanden den Weg in die Koffer. Die Handgriffe wirkten routiniert.

Als einer der Männer an den Leichentisch stieß, fiel ein Arm des Toten über die Kante und schwang nach unten. Ein Mönch wollte danach greifen, als Schubert seinen Glaubensbruder ungehalten anbrüllte.

»Nicht anfassen! Keine Leiche bei Vollmond berühren! So steht es geschrieben.«

»Ja, Komtur.«

Der Mönch hielt eine Spritze in die Höhe und wandte sich wieder an Schubert.

»Soll ich das der Probandin verabreichen?«

»Nicht nötig. Die wird in ihrem Verlies niemand finden«, erhielt der Mönch als Antwort.

»Und wenn doch?«

»Seid unbesorgt. Von uns hat sie doch keinen gesehen.«

Da hatte er sich getäuscht. Sie ließ ihn in dem Glauben.

»Und was ist mit Herrn Herbst?«

»Der muss sich selber helfen. Wir dürfen jetzt keine Zeit verlieren. Was ist all das gegen die Veröffentlichung unseres Experiments?«, entgegnete er mit entrückter Stimme.

Nur das obskure Totenbett zurücklassend wandten sich die schwer bepackten Männer der Treppe zu, die aufwärts führte. Ihre Schritte entfernten sich. Dann war es plötzlich still. Still wie in einer Gruft.

Stephanie war geschockt. Ihre Nerven waren zum Zerreißen gespannt. Ihr ganzer Körper zitterte. Sie musste sich zusammennehmen, um nicht laut loszuschreien. Frank hatte sie geliebt. Es auf diese Art und Weise erfahren zu haben war an Grausamkeit nicht zu überbieten. Sie hatte ihm unrecht getan.

Leise begann sie zu weinen. Hier konnte und wollte sie nicht zurückbleiben. Mit zwei Leichen und einer im Sinn. Das waren drei.

Es schien nur einen Ausgang in die Freiheit zu geben. Die Männer kannten den Weg. Es galt, ihnen auf den Fersen zu bleiben. Eine Alternative gab es für sie nicht. Widerwillig folgte sie Franks Mördern.

Die einzigen Geräusche, die sie jetzt vernahm, waren sehr leise und kaum zu hören. Sie kamen von ihren eigenen, vorsichtig gesetzten Schritten. Am Ende der steinernen Stufen angekommen hielt sie inne. Ein langer, abschüssiger Gang mit einer kümmerlichen Beleuchtung lag vor ihr. Dann hörte sie das Schlagen einer Tür und das Geräusch eines Schlüssels in einem Schloss. Danach war es wieder still.

Plötzlich stand sie im Dunkeln. Jemand hatte das Licht gelöscht. Um sie herum war es pechrabenschwarz.

Erneut entschied sie sich, auf allen Vieren zu kriechen. Am Ende des Tunnels, der ihr furchtbar lang erschien, ertastete sie einige Steinstufen, dann eine verschlossene Stahltür. Franks Schlüssel half auch hier.

Einen kurzen Moment lehnte sie sich an das kalte Türblatt. Das tat gut, half aber nicht gegen den Schmerz in ihren Knien. Cornelias Knieschoner kamen ihr in den Sinn. Nur zu gerne hätte sie die jetzt umgeschnallt.

Mit bedächtigen Bewegungen ertastete sie eine kalte Steintreppe, die steil nach oben führte. Das war die Richtung, die sie sich wünschte.

Am Ende der Treppe angekommen stieß sie mit ihrem Kopf gegen eine klobige Stahlplatte, die ihr den Weg versperrte. Eine rasche Kontrolle sagte ihr, dass hier nichts verriegelt war. Die massive Abdeckung lag lose in einem Metallrahmen. Sie nahm ihre ganze Kraft zusammen. Mit ihrem Rücken hob sie das Hindernis an und legte es versetzt wieder auf. Dann brachte sie ihre Hände nach oben und schob mit größter Vorsicht die bleischwere, metallische Platte millimeterweise zur Seite. Das Verschieben des Stahls ergab ein knirschendes und viel zu lautes Geräusch. Dann war der Ausgang frei.

Hinter einem kleinen Altar kam sie zum Vorschein. Sie war ihrem Kerker entkommen, war gerettet. In dieser Kapelle erwachten all ihre Hoffnungen zu neuem Leben.

Mit größter Vorsicht öffnete sie die Pforte und streckte den Kopf heraus, um etwas sehen zu können. Es war dämmrig draußen. Sie genoss den Geruch von feuchter Walderde, der in ihre Nase stieg und einen wunderbaren Kontrast zu der staubigen Luft ihres Verlieses darstellte. Sie schaute sich ängstlich um. In einiger Entfernung waren die drei Mönche zu sehen, die eilig über einen schmalen Trampelpfad in Richtung des angrenzenden Wäldchens schlichen.

Unbeweglich blieb Stephanie neben dem Eingang stehen. Man sollte sie so kurz vor der wiedergewonnenen Freiheit nicht entdecken.

Dann vernahm sie aus dem Wäldchen das Geräusch eines Anlassers. Ein Fahrzeug fuhr langsam über den Waldweg. Kurz darauf passierte ein Kombi in geringer Entfernung den asphaltierten Feldweg vor der St. Anna-Kapelle, in der sie sich befand. Mutig riskierte sie einen Blick. Sie traute ihren Augen kaum. Am Steuer des Wagens saß Fiona Burmester, die vor wenigen Minuten zu Franks Witwe geworden war.

Stephanie brauchte eine Weile, um zu begreifen, dass diese Frau Teil des beauftragten Experimentes war. Sie hatte also ihren Mann an

Schubert ausgeliefert, wohl wissend, dass sie ihn schon längst verloren hatte. Das tödliche Experiment des Komturs bewies, dass Frank seine Frau nicht mehr liebte. So hatten sie Fionas Eheproblem auf makabre Weise gelöst.

Stephanie atmete tief durch. Jetzt ist der Weg sicher, sagte sie zu sich selbst und lenkte ihre Schritte zur Burg Steinsberg. Deren markanter Turm streckte sich unweit vor ihr in den kühlen Morgenhimmel.

Dort, tief unter der Burg, war es geschehen. Dort hatte ein moderner Dr. Faust ein grauenvolles Experiment durchgeführt.

Polizisten tauchten auf, als sie näher kam. Einige leuchteten mit ihren hellen Taschenlampen verschiedene Bereiche des alten Gemäuers ab, andere suchten auf der Burg nach Zugängen und Schlupflöchern. Von dem Geheimgang, der das Turmverlies mit der Sankt-Anna-Kapelle verband, hatten sie sicherlich nicht die geringste Ahnung.

Stephanie machte sich laut rufend bemerkbar. Aber man schenkte ihr keine Beachtung. Das überwältigende Aufgebot an Gesetzeshütern schien dies zu verhindern.

Sie eilte suchend an der hohen Burgmauer entlang. Da entdeckte sie eine unscheinbare Wendeltreppe, die architektonisch hier nicht herpasste. Aber sie ermöglichte einen seitlichen Zugang zur Burg. Sie stürmte die stählerne Treppe nach oben. Die schmerzenden zittrigen Beine ignorierte sie. Das Mittel, das man ihr verabreicht hatte, war noch immer in ihrem Körper. Oben angekommen hielt sie keuchend inne und befühlte ihre Knie. Sie bluteten. Das war wohl passiert, als sie die mittelalterliche Steintreppe hinauf gekrochen war. Ein paar Tränen liefen über ihr Gesicht und verklebten mit dem Staub auf ihren Wangen.

Stephanie drehte sich um und stieß dabei fast mit einem Polizisten zusammen, der mit seiner Stablampe sorgfältig die Steinwand absuchte. Er hatte sie noch nicht bemerkt. Sie berührte seinen Oberarm mit ihrer Hand. Abrupt drehte er sich zu ihr um. Plötzlich stand sie im hellen Schein der Taschenlampe.

Nach einer Schrecksekunde setzte er zu einer Frage an. Doch Stephanie kam ihm zuvor und sprach in das blendende Licht hinein.

»Ist Simon Gabriel hier?«

»Ja, warum?«, rief der Beamte erstaunt.

»Ich glaube, er sucht mich.« Ihr Herz schlug schneller. Sie konnte es kaum erwarten, in seine Arme zu fallen.

»Frau Kurz?« Er hatte wohl die Fahndungsakte gelesen.

»Ja, das bin ich.«

»Das ist ja wunderbar. Kommen Sie, ich bringe Sie zum Einsatzleiter. Er ist auf der anderen Seite der Burg. Kennen Sie sich hier aus?«

»Ja, ein bisschen«, log sie.

Sichtlich erleichtert ergriff er ihren Oberarm. Zusammen machten sie sich auf den Weg. Dann löste sie sich von dem starken Arm des Gesetzes und rannte den breiten, mit Rasen bepflanzten Weg entlang. Die Morgendämmerung tauchte alles in zarte Pastelltöne. Nasses Gras befeuchtete ihre Beine.

»Er hat auf der gegenüberliegenden Seite der Burg Posten bezogen. Halten Sie sich links«, rief er ihr hinterher und gab ihr dabei grob die Richtung vor, die sie einzuschlagen hatte.

Ihr Weg führte an der alten Linde vorbei, unter deren Blätterdach man einen Mord geplant hatte, der jedoch nie ausgeführt worden war.

Ihre Füße wurden schneller und schneller. Sie umrundete die innere Burgmauer. Bald befand sie sich auf der anderen Seite des Turms und schaute sich suchend um.

Da hinten stand er. Seine Taschenlampe beleuchtete etwas an der Außenseite der Burg. Sein Interesse galt einer uralten Steinmetzarbeit. Er trat nun näher an die Mauer heran.

Sie wusste, was er entdeckt hatte. Es war die Zauberschlinge.

»Nicht anfassen!«, schrie sie aus Leibeskräften und beschleunigte zugleich ihre Schritte. Sofort wurde ihr Lauf von zahlreichen Lichtkegeln begleitet. Stephanie stolperte den Weg entlang, immer schneller werdend und flog schließlich in seine Arme.

»Nicht anfassen!«, schrie sie erneut.

Sie war jetzt in Sicherheit. Und Simon auch, denn er hatte die Unheil bringende Zauberschlinge noch nicht berührt. Sie hätte keine Sekunde später auftauchen dürfen.

Sämtliche Ängste in ihr verpufften in diesem einen Moment. Sie waren jetzt Teil der Vergangenheit. Alles, was sich in ihr an schrecklichen Erlebnissen und Ängsten angestaut hatte, brach sich seine Bahn. Sie begann, heftig und ungehemmt zu weinen.

»Stephanie, du lebst!«, sagte er und wiederholte es immer wieder. Dabei drückte er sie beschützend an seine Brust.

»Ich lasse dich nie wieder los«, flüsterte er ihr zu.

Sie widersprach ihm nicht.

23. Kapitel

In der morgendlichen Runde blieben zahlreiche Plätze unbesetzt. Trotzdem war es lauter als je zuvor. Die Diskussionen wollten nicht enden. Erst als Cordula Ronellenfitsch den Raum betrat und stockend begann, von den bruchstückhaft bekannt gewordenen Geschehnissen zu berichten, senkte sich der Schallpegel.

Die Mitarbeiter waren erschüttert, nachdem sie erfahren hatten, dass Borstel und Frank Burmester tot waren. Dass Schubert vermutlich auch nicht wieder kommen würde, konnten die meisten nicht verstehen. Zu gut war seine Tarnung in all den Jahren gewesen, in denen er bei KKF-Technologies als Buchhalter gearbeitet hatte. Keiner hat ihm dieses perfide Doppelleben zugetraut.

Es dauerte eine Weile, bis sich alle so weit fassten und das übliche Prozedere eines normalen Morgenrapports aufgenommen werden konnte.

»Wir versuchen, möglichst bald einen neuen Mitarbeiter einzustellen, der über eine entsprechende Leitungsqualifikation verfügt. Ich habe da schon in Anlehnung an unsere Erwartungen Verschiedenes in die Wege geleitet. Frau Klower und Herr Krimmsen haben mir hier volle Handlungsfreiheit gegeben. Es gibt bereits aussichtsreiche Kandidaten. Mit dem Ersten werden wir noch heute am späten Nachmittag ein Gespräch führen.

So, und jetzt befassen wir uns wieder mit unserem Tagesgeschäft. Das wäre auch im Sinne von Herrn Borstel gewesen. Was gibt es Aktuelles?«

»Neue Nachrichten, Frau Ronellenfitsch. Die alten Armaturen des Waschraums sind wieder aufgetaucht«, teilte Cornelia freudig mit.

»Das freut mich. Da hat der Täter wohl Reue gezeigt.«

»Nein, Reue würde ich das nicht nennen.«

»Und, wie würden Sie das nennen?«, fragte die Chefsekretärin neugierig.

»Durchtrieben sollte man das nennen. Oder vielleicht noch besser gerissen und durchtrieben«, verkündete Cornelia.

»Und warum, wenn ich fragen darf?«

»Na, er hat alle neu installierten Armaturen abgebaut und mitgenommen und dafür die alten wieder montiert, tadellos montiert, würde ich sagen. Das war wieder sehr professionell.«

»Da scheint es unbekannte Talente in unserer Firma zu geben. Professionell und kreativ. Diese Kreativität und diesen Durchsetzungswillen würde ich gerne bei unseren Projekten sehen. Ich hoffe doch, dass es der neuen Führungskraft gelingt, diese schlummernden Fähigkeiten bei all unseren Mitarbeitern zu wecken.«

24. Kapitel

Im Schatten eines Sonnenschirms saß Stephanie an einem Bistrotisch vor dem *Glashaus*, einem Kraichgauer Kulturcafé. Die zahlreichen Gäste, die hier weilten, liebten das Leben und die sonnenverwöhnte Landschaft, die ihnen Jahr für Jahr die kostbarsten Weine schenkte.

Gegenüber des Cafés hatte Kristina ihren Buchladen. Der war über die Mittagszeit geschlossen. Die Buchhändlerin tauchte kurz drauf in Stephanies Blickfeld auf. Sie trug eine rote Bluse, die durch den schwarzen Rock an Leuchtkraft gewann. Die Handtasche im Zebramuster passte nicht dazu. Sie wirkte wie eine mobile Bildstörung an Kristinas Handgelenk.

Sie bestellten Latte macchiato und eine Flasche Mineralwasser. Die Buchhändlerin bestand darauf. Wasser reinigt die Gedanken, hatte sie einmal zu Stephanie gesagt. Man bekommt sonst KGV. Das war eine Krankheit, die Kristina irgendwann entdeckt hatte. So nannte sie die Kraichgauer Gehirnvertrocknung, eine milde Form der Dehydratisierung. Die Menschen in dieser Gegend trinken zu wenig Wasser. Das macht die Leute mürrisch und führt zu verschiedenen Formen der Verwirrung. Besonders alte Menschen leiden unter KGV. Was Gesine Herbst anbelangte, schien sie recht zu haben.

Es folgte ein intensives Gespräch über die Geschehnisse der letzten Tage. Dabei erfuhr Stephanie Einzelheiten vom makaberen Tod Borstels. Kristina schilderte die Entdeckung der verborgenen Kammern unterhalb der Wallfahrtskapelle und erzählte von Simons Bemühungen, Licht ins Dunkel zu bringen, um sie zu finden.

Schließlich begann die Produktionsassistentin, von ihren schrecklichen Erlebnissen zu sprechen. Zögerlich berichtete sie von der ersten Entführung und ihrer Flucht, von ihrer Nachbarin und ihrem zweiten Kerker, vom Tod des Nuschlers und vom entsetzlichen Experiment Schuberts. Sie hatte sich in diesem Mann gründlich getäuscht. Er galt seitdem als vermisst. Doch keiner rechnete ernsthaft damit, dass er je wieder auftauchen würde. Ein Haftbefehl auf ihn war bereits ausgestellt.

Kristina legte ihre Stirn in Falten.

»Stephanie, kann es sein, dass du doch die Zauberschlinge berührt hast?«, wollte die Buchhändlerin wissen.

»Ja, das hab ich!«, gestand diese reumütig.

Beide schwiegen für einen Moment. Kristina hätte allen Grund gehabt, überlegen zu lächeln. Sie tat es nicht. Durch den Milchschaum hindurch nahm sie einen Schluck Kaffee. Mit einem kleinen Schaumbart auf ihrer Oberlippe begann sie nun, über Borstels unheimlichen Versuch zu sprechen.

»Das ist übrigens kein neues Experiment. Das hat es schon mal gegeben. Vor 800 Jahren wurde es im Castel del Monte in Italien durchgeführt. Man war besessen davon, das Gewicht der Seele zu bestimmen. Diese Versuche mussten damals scheitern, wenn man bedenkt, welche primitiven Mittel im Mittelalter zur Verfügung standen.«

»Das hast du natürlich auch wieder gelesen.«

»Nein, diesmal war da kein Buch im Spiel. Vor ein paar Jahren habe ich mal an einer Studienreise teilgenommen. Und eine Besichtigung des Castels gehörte dazu.«

»Kristina, du bist erstaunlich«, stellte Stephanie fest.

Eine Gruppe Musiker der nahen Musikschule suchte nach freien Sitzplätzen vor dem Restaurant. Sie setzten sich an den Nachbartisch. Ihre Blicke wanderten zu den beiden hübschen Frauen. Die Buchhändlerin schlug ihre langen, nackten Beine übereinander. Sie wusste um ihre Anziehungskraft auf Männer jeglichen Alters.

»Aber es gibt etwas, was du nicht weißt.« Stephanie hob den Zeigefinger und bot einen ernsten Gesichtsausdruck.

»Und, was soll das sein?« Kristina schaute ihre Freundin mit großen Augen und durchgedrücktem Rücken an.

»Dass du die ganze Zeit einen Schaumbart hast und ganz komisch aussiehst.«

Kristina glotzte erst verständnislos, dann machte sich ein Grinsen breit. Mit dem Handrücken wischte sie über ihren Mund. Sie lachten, bis die Buchhändlerin, die den besseren Blick über den Vorplatz besaß, Stephanies Arm berührte, ihr Kinn nach vorne schob und sagte:

»Wir bekommen Besuch.«

Stephanie wandte sich um.

»Hallo Simon«, rief sie sogleich.

Der Polizist legte seine Hände auf Stephanies Schultern und gab ihr einen Kuss auf ihr dichtes, schwarzes Haar.

»Schön, dass du da bist. Setz dich doch bitte zu uns. Wir haben noch ein paar Fragen«, drängte Kristina.

»Ich bin derjenige, der fragt!«, stellte der Polizist fest und machte dabei eine Schnute, während sein Zeigefinger nach oben wies.

Die Freundinnen lachten wieder. Unter den respektvollen Blicken der Musiker zog er sich vom Nachbartisch einen Stuhl heran und setzte sich zu den hübschen Frauen. Schließlich legte er seine Hand schützend auf die Stephanies.

»Ich wollte nur nach dir sehen. Viel Zeit habe ich leider nicht. Wir suchen mit Hochdruck nach dieser Gesine Herbst. Aber ganz oben auf meiner Fahndungsliste stehen Daniel Schubert und Fiona Burmester. Die beiden scheinen auf der Flucht zu sein. Ich bin zuversichtlich, dass wir sie finden. Meistens sind es Kleinigkeiten, die zu einer Festnahme führen. Irgendwo wird mit Kreditkarte bezahlt oder Geld abgehoben. Und schon haben wir den Gesuchten.«

»Was habt ihr jetzt vor?«, wollte Kristina wissen.

»Wir sperren die Konten. Mein Kollege wartet schon da drüben vor der Sparkasse auf mich. Mal sehen, wo dieser Buchhalter zuletzt Geld abgehoben hat.«

Die Bedienung kam und fragte, ob sie noch einen Kaffee bringen dürfe, was die Freundinnen bejahten. Voller Neugierde wollte die Buchhändlerin noch etwas in Erfahrung bringen.

»Simon, eine Frage. Was hat es denn mit diesen Mönchen auf sich? Bist du da schon weitergekommen?«

»Ja, sind wir. Aber ich darf zum jetzigen Zeitpunkt darüber nichts berichten. Das versteht ihr doch?«, sagte der Beamte. Beide Frauen nickten zwar, aber ihre Blicke verrieten, dass es ihnen nicht passte.

Kristina verschwand wortlos zur Toilette. Simon rückte noch näher an Stephanie heran und begann mit leiser Stimme, ihr etwas Wichtiges zu sagen.

»Du solltest wissen, dass die Ermittlungen zu Anfang immer wieder zu dir geführt haben. Du warst zeitweilig unter Mordverdacht. Wir konnten deine DNS an Borstels Schlüssel nachweisen. Ein Vergleich hat ergeben, dass auch an der Frauenleiche, die wir vor einem Jahr in Oberderdingen im Wald fanden, deine DNS klebte. Ihre Seidenbluse war voll davon. Kannst du mir das erklären?«

Er hielt ihr ein Foto vor die Nase, auf der nur das Kleidungsstück zu sehen war. Stephanie schaute es sich lange an, bevor sie Stellung bezog.

»Diese Bluse war verdammt teuer. Die ist von Dior. Habe ich ’ne Zeit lang getragen. Danach hing sie bei Prado, diesem Secondhand-Geschäft an der Hauptstraße. Die Frau muss sie dort gekauft haben, bevor jemand sie umbrachte.«

Simon verzog das Gesicht.

»Aha, soso. Das ist aber ein wenig dürftig. Und was ist mit dem Schlüssel?«, wollte er nun wissen.

»Ach, der Schlüssel? Den habe ich Borstel zurückgegeben, weil der nicht passte«, antwortete sein Gegenüber mit einem Unschuldslächeln. Der Kriminalbeamte schaute Stephanie tief in die Augen. Er spürte, dass sie ihm nur einen Teil der Geschichte erzählt hatte. Ihre Aussage war unvollständig. Das stand in seinem Blick geschrieben. Sie ignorierte ihn mit einem Schmollmund.

»Bist du jetzt enttäuscht?«, fragte sie ihn, ohne aufzuschauen.

»Hast du nicht etwas vergessen?«

»Was, bitte schön, soll ich vergessen haben?«

»Dass der Schlüssel aus Borstels Tasche in das Schloss von Burmesters Wohnung passt. Ich habe das selbst überprüft. Frau Burmester war übrigens, bevor sie verschwand, bei uns und hat einen Einbruch gemeldet. Irgendein Unbekannter hat ihr die Wohnung ziemlich ausgeräumt. Und der angebliche Wohnungsschlüssel, den Burmester in seinem Schreibtisch aufbewahrte, passt zum Hintereingang der Firma. Darauf konnten wir absolut keine DNS finden, der war blitzblank sauber. Das ist doch merkwürdig, findest du nicht?«

Also war das Spülmaschinenprogramm die richtige Entscheidung gewesen, stellte Stephanie fest. Nur der Schlüssel war der falsche. Sie hatte die beiden vertauscht. Das ließ sich jetzt aber nicht mehr korrigieren.

Simon durchkämmte seine Haare mit den Fingern. Wieder schaute er seinem Gegenüber tief in die Augen, bevor er eine Frage nachschob, die sein kriminalistisches Gespür offenbarte.

»Kann es sein, Stephanie, dass du da deine Finger im Spiel hattest?«

Sie hatte. Aber das sagte sie ihm nicht. In einer Beziehung muss es kleine Geheimnisse geben, war ihre Überzeugung.

»Kannst du mir das erklären?«, fragte der Polizist erneut, diesmal mit Nachdruck.

»Soll das heißen, du hast mich allen Ernstes unter Verdacht?«, erwiderte sie aufgebracht. »Du irrst dich, du irrst dich sogar gewaltig!«, log sie. In ihr brodelte starke Wut. Simons Vermutung aber war richtig. Er schien ein verdammt guter Bulle zu sein, stellte Stephanie erzürnt fest.

»Ich, also ich …«, kam es stockend über seine Lippen.

»Das darf doch nicht wahr sein. Du traust mir tatsächlich einen Mord zu? Du traust mir wirklich einen solchen Mord zu?«, entrüstete sich Stephanie. Tränen standen in ihren Augen.

»Siehst du mich gerne heulen?! Das macht dir sogar noch Spaß, oder?! Lass mich doch einfach nur zufrieden.«

»Was soll ich sagen? Ich …«, stammelte der Polizist erneut und schaute Stephanie dabei verunsichert an.

Die Buchhändlerin war zurück und ergriff, noch während sie sich setzte, tröstend eine Hand ihrer Freundin. Sie wurde sogleich in Kenntnis gesetzt.

»Stell dir vor, Simon verdächtigt mich, zu morden und einzubrechen«, stieß die Leidtragende schluchzend hervor.

Jetzt ergriff Kristina auch die andere Hand und beugte sich weit zu ihrer Freundin vor.

»Bitte beruhige dich. Simon macht nur seinen Job. Das ist in diesem Fall alles andere als einfach für ihn. Besonders, wenn sich Berufliches und Privates vermischen«, sprach sie besänftigend.

Dann wandte sie sich an den Polizisten.

»Bitte hör doch auf, meine Freundin zu verdächtigen. Sie hat ja ihre grauenhaften Erlebnisse der letzten Tage noch gar nicht richtig verarbeitet. Und jetzt kommst du und stellst die ungeheuerlichsten Behauptungen auf«, sagte die Buchhändlerin gespielt ärgerlich.

Der Beamte setzte zu einer Antwort an, doch Stephanie kam ihm zuvor. Sie löste sich aus den Händen ihrer Freundin, hob dann beide Hände über den Kopf und sprach mit zittriger Stimme, während ihr Tränen über die Wangen liefen: »Sag jetzt am besten nichts mehr, Simon. Du hast mir sehr wehgetan. Es ist wohl besser, wenn du gehst. Wartet denn dein Kollege nicht auf dich?«

»Du kannst mich jederzeit anrufen, wenn du reden möchtest«, hauchte der Polizist im versöhnlichen Ton.

»Später vielleicht. Ich brauche erst mal viel Ruhe und einen großen Abstand zu dem Ganzen«, antwortete Stephanie patzig.

»Das trifft sich gut. Ich muss dir nämlich jetzt noch etwas mitteilen«, sagte Simon Gabriel mit sanfter Stimme. Dann griff er in die Innentasche seiner Jacke, holte ein Blatt Papier hervor und legte es vor der Produktionsassistentin auf den Tisch. Er rieb sich ständig das Kinn, während er sprach.

»Dieser Schubert und seine Bande werden herausbekommen, dass du noch lebst, Stephanie. Die drei haben Burmester vor deinen Augen umgebracht. Ob dieser Mann, dieser Herbst, gestürzt ist oder jemand nachgeholfen hat, spielt keine Rolle. Der war eh nur ein kleiner Handlanger. Damit bist du die einzige Zeugin. Borstels Tod geht höchstwahrscheinlich auf das Konto dieses Porschefahrers. Der hat mit ziemlicher Sicherheit in Schuberts Auftrag gehandelt. Vieles deutet darauf hin, dass die Tote vor einem Jahr ebenfalls von dieser Bande zu verantworten ist. Und wie wir alle wissen, laufen die Täter noch frei herum. Dir sollte klar sein, dass du in Lebensgefahr schwebst. Diese Leute fackeln nicht lange. Da kommt es auf einen Mord mehr oder weniger nicht an.«

»Das klingt so, als wolltest du mich in Gewahrsam nehmen?«

»Das war zunächst meine Absicht. Aber da braucht es nicht viel Menschenkenntnis. Ich bin mir sicher, du hättest es abgelehnt.« Er kratzte sich am Ohr und schaute zu ihr hinüber.

»Stimmt. Das hätten wir also geklärt.«

»Moment, nicht so hastig. Mein Kollege und ich schlagen dir Folgendes vor. Wir bitten dich, die nächsten 24 Stunden zu Hause zu bleiben. Geh nicht vor die Tür und halte vor allem immer dein Handy bereit. Du kannst mich Tag und Nacht anrufen. Und versprich mir, unternimm keine Extratouren! Du kommst sonst in Teufels Küche.«

»Da war ich schon.« Stephanie lächelte ihn an.

»Wie bitte, wo warst du schon?«

»Na, in Teufels Küche. Und was ich da gesehen habe, werde ich zeit meines Lebens nicht vergessen.«

Der Kriminalbeamte lehnte sich zurück, verschränkte die Arme und setzte ein sympathisches Grinsen auf, bevor er weiter sprach.

»Das glaube ich dir gerne. Trotzdem bist du in Gefahr. Bitte unternimm nichts, was dich gefährden könnte. Vermeide für eine Weile jeden Kontakt zu deinen Kollegen von KKF. Wer weiß, wer noch alles zu dieser Bande gehört. Bleib die nächsten 24 Stunden zu Hause. Mehr verlange ich nicht von dir.«

»Das klingt ja wie Hausarrest?« Stephanie war sprachlos.

»Klingt so, ist es aber nicht. Versteh doch, ich bin einfach nur in Sorge um dich.« Simon versuchte, ihre Hand zu ergreifen. Sie zog sie jedoch zurück. Er hatte sie unter Verdacht, eingebrochen zu haben. Das wollte sie nicht so schnell verzeihen.

»Wie lange soll ich denn aufpassen? Etwa solange ich lebe?«

»Ich bin mir sicher, dass wir die Typen bald erwischen. Die Fahndung läuft. Sie können sich nicht ewig versteckt halten. Irgendwann müssen sie ans Tageslicht. Dann stehen wir bereit.«

»Und wenn er ins Ausland geflohen ist?«, fragte Kristina, die die ganze Zeit zugehört hatte. Sie glaubte nicht daran, dass dieser Schubert jemals wieder einen Fuß in den Kraichgau setzen würde.

»Das mag schon sein. Es hängt alles davon ab, wie gut sie ihre Flucht vorbereitet haben.« Dann wandte er sich wieder Stephanie zu. »Am liebsten würde ich dich in einem unserer Zeugenschutzprogramme aufnehmen. Das kann sogar noch passieren. Morgen wird dem Staatsanwalt die Sachlage geschildert. Der muss dann rasch eine Entscheidung fällen. Ich brauche dazu nur dein Okay. Unterschreib' doch bitte dieses Formular. Du gibst damit dein Einverständnis für eines dieser Schutzprogramme.« Er wies mit dem Finger auf die Stelle, wo die Unterschrift hingehörte.

»Darf ich sie denn wenigstens besuchen?« Kristina stellte ihre Frage in aller Ruhe.

»Selbstverständlich«, antwortete der Kriminalbeamte.

Die Zeugin überflog das Dokument. Es enthielt zahlreiche, komplizierte Erklärungen. Das Beamtendeutsch machte es nicht leichter. So blieb ihr ein großer Teil unverständlich.

»Stephanie, bitte unterschreibe das. Ich hatte noch nie zuvor mit solch einem mysteriösen Fall zu tun. Ich kann diese Leute nicht einschätzen. Und von ihren Plänen habe ich nicht die geringste Vorstellung.« Der Polizist blieb hartnäckig.

Die Angesprochene ergriff wie in Zeitlupe den Kugelschreiber und unterschrieb. Dann setzte sie das Datum daneben, legte den Stift beiseite und wandte schließlich dem Kriminalbeamten den Rücken zu.

Simon hatte verstanden. Er nahm das Formular, trennte den Durchschlag sorgfältig ab, schob ihn unter die Kaffeetasse der Zeugin und stand wortlos auf. Er verabschiedete sich betont höflich.

Vor der gegenüberliegenden Sparkasse winkte sein Kollege herüber. Kurz darauf verschwanden die beiden Beamten im Gebäude der Bank.

Stephanie steckte den Durchschlag in ihre Handtasche, kramte ein Tempo hervor und schnäuzte sich die Nase, bevor sie ihrer Freundin eine Frage stellte.

»Der spinnt wohl! Ich kann doch nicht die ganze Zeit zu Hause abhängen. Und dass er mich unter Verdacht hatte, ist doch ungeheuerlich. Was kann ich denn dafür, das die Frau meine Bluse gekauft hat? Und das mit dem Nuschler war doch Notwehr, oder?«

»Ja, das war Notwehr. Was sonst? Aber das mit dem Schlüssel und dem Einbruch sollte unser Geheimnis bleiben. Dein Simon muss nicht alles wissen.«

»Ja, das ist sicherlich besser so«, stimmte Stephanie ihr zu.

»Hab Geduld. Die Polizei wird die Flüchtigen schnell fassen. Die haben exakte Personenbeschreibungen. Das kann nicht lange dauern. Glaub es mir.«

»Frank und der Nuschler sind tot, seine Frau und Schubert sind verschwunden. Bisher ist für die vier alles nach Plan verlaufen. Ich frage mich nur, was diese Baupläne mit der Sache zu tun haben und was dieser Mönch unter der Letzenbergkapelle gesucht hat?« Stephanie sah die Situation nicht so rosig. Sie hielt diese Gruppe für äußerst gefährlich. »Ich glaube, die Ermittlungen werden bald im Sand verlaufen. Die sind ganz gerissen.«

»Vielleicht. Du bleibst auf jeden Fall die nächsten 24 Stunden zu Hause. Aber glaub mir, man wird die Bande früher oder später erwischen.«

»Früher wäre besser. Hoffentlich behältst du recht. Ich möchte nur wissen, wieso mir diese Verwechslung mit dem verdammten Schlüssel passiert ist.«

»Das kannst du jetzt nicht mehr ändern, Steph.«

»Ich hatte gehofft, dass Simon uns noch ein paar Informationen gibt. Da muss ich mich wohl noch etwas gedulden. Es gibt doch noch so viel, was ich ihn fragen wollte.«

»Was genau wolltest du ihn denn fragen?« Die Buchhändlerin setzte ein neugieriges Gesicht auf.

»Ich hätte zu gerne gewusst, was das für ein merkwürdiger Orden ist, dem Schubert da angehört. Und überhaupt, was waren das denn für komische Mönche?«

Kristina lehnte sich zurück und streckte ihre Beine ganz aus, während ein leiser, kehliger Laut aus ihrem geschlossenen Mund kam. So entspannt gab sie eine erste Erklärung ab.

»Dein Schubert war kein kleiner Ordensbruder. Man nannte ihn doch Komtur. Dann ist er einer von denen ganz oben im Klub.«

»Weißt du denn etwas darüber?« In Stephanies verweinten Augen war Interesse zu erkennen.

»Ja sicher. Ich habe oft genug für deinen Kollegen Schubert Bücher beschaffen müssen. Jeder bestellt bei mir Bücher. Davon lebe ich schließlich. Nur Schuberts Bestellungen waren irgendwie anders. Er verlangte nach ungewöhnlichen Exemplaren oder Auflagen, die ich oft nur im Antiquariat fand.

Weißt du, die meisten Menschen unterschätzen die Buchhändler. Ein Bäcker kennt die Vorlieben seiner Kunden für bestimmte Brotsorten. Ein Augenarzt kennt die Sehschwächen seiner Patienten. Aber eine Buchhändlerin kann in die Seele ihrer Kunden schauen. Das ist den Wenigsten bewusst. Wir wissen viel mehr über jeden Einzelnen unseres Kundenkreises, als man denkt. Sag mir, was du liest und ich sage dir, wie du denkst, wie du tickst!«

»Kristina, du erstaunst mich immer wieder. Du bist einfach klasse. Ich verstehe, wieso du deinen Beruf so liebst«, bewunderte Stephanie ihre Freundin.

»Danke.«

»Aber du warst noch nicht fertig. Was für Bücher hat er denn bestellt?«, erinnerte Stephanie ihr Gegenüber.

»Ja, richtig. Also: Gestern Abend bin ich mal alle Aufträge Schuberts der letzten Jahre durchgegangen.«

»Und? Spann mich doch nicht auf die Folter. Sag schon!«

»Also, wenn ich das richtig interpretiere, gehört er dem Orden DHvSS an«, stellte dic Buchhändlerin trocken fest.

»Ja, das stand schließlich auch auf dem Heftchen. Und was in aller Welt ist das?«

»Nichts anderes als eine Splittergruppe des Deutschherrenordens.«

»Herrenorden. Also, Männer unter sich. Da kann ja nichts Vernünftiges bei rumkommen«, unterstellte Stephanie.

»Ja, völlig recht hast du. Den Deutschherrenorden gibt es übrigens schon seit den Tempelrittern. Mächtig alt und mächtig einflussreich.«

»Und mächtig unbekannt. Und der Borstel, nehme ich an, wollte da wohl ganz nach oben und das dann auch noch mit ganz unkonventionellen Mitteln«, vermutete Stephanie.

»Ja, wieder richtig. Da sieht man es mal wieder. Nicht vor der Unterwelt müssen wir uns in Acht nehmen, sondern vor der Oberwelt. Die Gier dieser Menschen nach Macht und Geld macht mich ganz krank. Gier zersetzt bevorzugt Männergehirne.«

»Ja, danach sieht es aus. Aber Borstel hat sich verrechnet und dem Falschen vertraut. Der Typ mit dem Porsche und dem schlechten Schuhwerk stand nämlich auf Schuberts Seite. Der hat ein doppeltes Spiel gespielt.«

»Konntest du denn etwas über diesen Orden DHvSS herausbekommen? Was steckt dahinter?«

»Stephanie, du wirst es mir nicht glauben, auch das konnte ich herausfinden.«

»Doch, das glaube ich dir. Dir glaube ich das!« Stephanie rieb sich die Hände.

»Ich habe in Wien angerufen. Da ist der Sitz des Ordens. Man hat mir nur mitgeteilt, das man dort absolut nichts mit dem DHvSS zu tun hat. Man kennt ihn nicht einmal. Und noch etwas hat man mir erzählt.«

»Und, was hat man dir gesagt? Spann mich nicht so auf die Folter.«

»Man hat Daniel Schubert vor über einem Jahr aus dem Orden entlassen. Warum, war nicht herauszubekommen. Ich vermute, das hing mit seinen bizarren Experimenten zusammen, die er plante.« Stephanie war beeindruckt.

»Jetzt wissen wir immer noch nicht, was dahinter steckt?«

»Doch, wissen wir. Das DH steht, wie gesagt, für die Deutschherren. Der Rest der Akkürzung vSS heißt vom Schwarzen Stein.«

»Stephanie schaute ihre Freundin mit großen Augen an.

»Vom Schwarzen Stein. Aha!«

»Was ist mit dir? Du tust so, als wüsstest du Bescheid.« Kristina war überrascht.

»Denk nach. In Schuberts Safe habe ich doch diesen schwarzen Stein entdeckt.« In ihrer Erinnerung tauchte dieser wieder auf, als würde er vor ihr auf dem Tisch liegen. Das Licht der Umgebung verschluckte er auf wunderliche Weise. Er schien über alle Entfernungen und alle

Zeiten eine mystische Ausstrahlung zu besitzen, der auch sie sich nicht entziehen konnte.

»Lass uns die Sache vergessen. Gehen wir heute Abend lieber in ein schönes Restaurant. Ich lade dich ein, Stephanie. Aber diesmal bekommst du meine Portion nicht«, schmunzelte die Buchhändlerin.

»Willst du mich ärgern? Ich habe Hausarrest. Ich gehe nirgendwohin.«

»Oh, verzeih mir. Das hatte ich prompt verdrängt. Was schlägst du vor?«

»Gar nichts. Ich muss erst mal wieder zu mir finden. Ich brauche Abstand zu den Ereignissen. Da ist Alleinsein eine wunderbare Sache. Das gibt mir Kraft. Das weißt du doch. Solche Tage bauen mich auf. Das war alles etwas viel für mich.«

»Na gut. Das kann ich sehr gut verstehen. Ruf mich an, wann immer du willst. Ich lege das Handy auf meinen Nachttisch. Melde dich, wenn es dir danach ist, okay!«

»Übermorgen vielleicht. Ein paar Tage brauche ich noch. Ich will nächste Woche wieder in die Firma. Wir müssen doch sehen, dass es jetzt weitergeht. So ohne meine zwei Kollegen und ohne Borstel ist das bestimmt nicht einfach.«

Kristina nahm den letzten Schluck Kaffee. Dann kramte sie umständlich in ihrer Handtasche.

»Ich gehe dann mal wieder in meinen Buchladen. Bezahlst du für mich? Ich habe anscheinend mein Portemonnaie vergessen.«

»Mach ich.«

»Kopf hoch, Stephanie. Und versprich mir, dass du keine Alleingänge oder irgendwelche dummen Sachen machst. Und bring nicht wieder jemanden um, sonst legt dich Simon noch in Ketten«, verlangte Kristina mit breitem Grinsen.

»Du bist ja richtig witzig.« Stephanie war nicht nach solchen Späßen. Die entsetzlichen Erlebnisse steckten ihr noch in den Knochen.

»Ich will dich doch nur aufmuntern«, antwortete die Buchhändlerin charmant.

»Das ist nett von dir. Das ändert aber überhaupt nichts an meiner Gemütslage. Ich mache das, was Simon von mir verlangt. Ich bleibe zu Hause und tue keiner Seele was zuleide. Das verspreche ich«, erwiderte Stephanie voller Überzeugung.

»Das hoffe ich. Pass auf dich auf und gib Acht!«

Stephanie riss augenblicklich die Hände hoch.

»Kristina, bitte nicht diese Zahl. Die möchte ich jetzt eine ganze Weile nicht mehr hören.«

25. Kapitel

Stephanie lief im Haus umher. Das Gefühl, zu wissen, dass der Nuschler tot war, wirkte sehr beruhigend. Nie mehr in ihrem Leben wollte sie noch einmal solche Ängste ausstehen müssen. Es würde einige Zeit brauchen, die Erlebnisse aus ihrem Kopf zu bekommen. Schubert und seine unheimlichen Mönche, das grauenhafte Experiment, den modrigen Geruch und den schweren Staub des Verlieses würde sie so schnell nicht vergessen können. Sie fühlte sich niedergeschlagen.

Stephanie badete lange und ausgiebig. Dabei umgab sie ein betörender Duft aus Lavendel und Rosmarin, der ihre Sinne belebte. Zuversicht und Lebenskraft strömten in ihren Körper zurück. Dem Bad entstiegen fuhr sie mit ihrer Körperpflege fort, massierte ihre Haut mit Malvenöl und pflegte ihre Nägel. Die an den Füßen lackierte sie in einem schockierend-leuchtenden Türkiston. Als die Farbe getrocknet war, marschierte sie eingewickelt in einen flauschigen Bademantel durch alle Zimmer ihres Hauses. Ein wohliges Gefühl durchströmte ihren Geist. Sie fragte sich, wie es wohl wäre, wenn Simon eines Tages hier einziehen würde.

Hinter dem großen Fenster ihres Wohnzimmers stehend schaute sie hinunter auf ihren Garten. Er hatte schon einige Tage auf sie verzichten müssen. Sie beschloss, sich morgen darum zu kümmern. Ein ganzer Garten kann heilend wirken, nicht nur die einzelnen Kräuter darin. Und das konnte Simon ihr trotz ihres Versprechens nicht verbieten.

Stephanie schaltete die kleine Lampe ein, die den Raum stimmungsvoll illuminierte. Dann wählte sie eine CD aus und überließ diese ihrer Stereoanlage. Sanfte, meditative Musik schwappte durch alle Zimmer, während sich ihre Muskeln entspannten. Zahlreiche Stunden hatte sie in die Renovierung dieses Hauses gesteckt. Und ganz nebenbei war es ihr gelungen, den einst stark vernachlässigten Garten in eine grüne Oase zu verwandeln. Sie liebte diese Form der Freiheit.

Auch wenn Simon in ihrer Vorstellung hier irgendwann wohnen würde, solche Abende würden fester Bestandteil ihres Lebens bleiben. Die wollte sie nie aufgeben. Er würde das verstehen.

Stephanie ging in die Küche und setzte heißes Wasser auf. Der Boden fühlte sich kühl an. Sie spürte, wie sich ihre Füße verkrampften. Rasch zog sie sich Wollsocken an und bemerkte in sich die Sehnsucht nach einer entspannenden Fußreflexzonenmassage.

In der Küche verströmte ihre alte Teekanne bald ein zauberhaft-würziges Aroma. Überall im Wohnzimmer hatte sie Kerzen angezündet. Während der Tee auf dem Couchtisch Trinktemperatur annahm, schaute sie wieder aus dem großen Fenster, der ihr einen freien Blick in den abendlichen Garten bot. Hier im Kraichgau war sie zu Hause. Nichts und niemand könnte sie von hier fortbringen, dachte sie. Außer Simon vielleicht.

Der Tee tat ihr gut. Dann bekam sie Lust auf einen guten Rotwein. Im Weinregal ihres Kellers lagerten ein paar Flaschen eines mehrfach prämierten Spätburgunders, den sie für besondere Momente ihres Lebens aufbewahrt hatte. Und heute war der richtige Zeitpunkt. Sie war ihren Entführern entkommen, hatte verhindern können, eine tödliche Spritze injiziert zu bekommen und sich mit blutigen Knien zurück an das Tageslicht gekämpft. Glücklich darüber, dem Tod entgangen zu sein, nahm sie einen ersten Schluck.

Trotzdem, die Sache mit dem Einbruch war noch nicht ausgestanden.

Zwischen der leeren Teekanne und der Weinflasche stellte sie eine dicke orangefarbene Kerze auf den Couchtisch und zündete sie an. Der Inhalt des Weinglases begann daraufhin, intensiv rot zu leuchten. Den Kraichgauer Trauben war es auf charakteristische Weise gelungen, das Sonnenlicht einzufangen und letzten Endes durch Magie zu verflüssigen. Bereits der zweite Schluck vermittelte ihr das Gefühl, wieder zu Hause zu sein. Hier fühlte sie sich geborgen.

Als die Musik endete und eine ihr vertraute Ruhe die Räume beherrschte, schaute sie zum Haus der Nachbarin hinüber. Überrascht sah sie, wie für einen kurzen Moment das Licht brannte.

Sie zuckte zusammen. Den Nuschler konnte sie ausschließen, denn der lag mit einem Zettel am dicken Zeh in der Rechtsmedizin. Also musste es ihre Nachbarin sein, dieses Miststück, das sie kaltschnäuzig betäubt, zu den Deutschherren zurückgebracht und so Franks Mördern ausgeliefert hatte.

Stephanie löschte das Licht der Kerzen und auch das der kleinen Lampe, bevor sie wagte, sich ans Fenster zu stellen. Während sie unruhig an ihrem Wein nippte, beobachtete sie das Gebäude. Aber das Licht, das sie gesehen hatte, tauchte nicht mehr auf. Das Haus gegenüber blieb dunkel. Hatte sie sich etwa getäuscht?

Stephanie fröstelte. Sie huschte ins Schlafzimmer, zog sich rasch den weißen Hausanzug an und stellte sich Augenblicke später wieder vor das große Fenster ihres Wohnzimmers. Neugierig blickte sie nach draußen. Ein abnehmender Mond stülpte ein kaltes Licht über ihren Garten. Sie wartete eine ganze Weile, bis sich ihre Augen an die Dunkelheit gewöhnt hatten. Trotzdem war in den beiden gegenüberliegenden Fensterreihen nicht das kleinste Fünkchen Licht zu erkennen. Dann verlor sie die Geduld und wandte sich ab, um die Jalousie zu schließen. Doch kurz vor dem Herablassen hielt sie inne.

Aus den Augenwinkeln erkannte sie plötzlich ein hell beleuchtetes Fenster. Sie hatte sich also nicht getäuscht.

Die Beleuchtung der oberen Etage hatte gebrannt. Es konnte das Schlafzimmer von Gesine Herbst sein. Sie öffnete leise ihre Terrassentür und schob sich nach draußen. Eine angenehm milde Abendluft war zu spüren und füllte ihre Lungen.

Stephanies Neugierde war geweckt. Sie ging auf das jetzt wieder völlig dunkle Haus zu. Im Zaun zur Nachbarin gab es einen Bereich mit zahlreichen losen Pfosten. Diese Stelle nutzte sie, um auf das angrenzende Grundstück zu gelangen. Den Hausarrest verdrängte sie erfolgreich.

Pirschend näherte sie sich der fremden Terrasse. Dort wartete sie und spitzte die Ohren.

Plötzlich hörte sie einen leisen Schrei, dann ein ebenso leises Fluchen und schließlich ging wieder das Licht an. Sie hatte die Hintertür erreicht und versuchte sie zu öffnen. Doch diese war verschlossen. Wenn sie ins Haus wollte, musste sie es an der Vorderseite probieren.

Sie schlich um das Gebäude herum, dabei stets nach oben schauend. Auf dieser Seite gab es nur ein Fenster, aber das blieb dunkel. Sie prüfte den Vordereingang, fand ihn aber ebenfalls verschlossen vor. Ein unverletztes Polizeisiegel war über den Spalt geklebt. Gerade wollte Stephanie wieder den Rückweg einschlagen, da bemerkte sie, dass das schmale Seitentürchen der Garage nur angelehnt war. Von dort hat sich also jemand Zutritt verschafft.

Sie überlegte, die Polizei zu rufen, verwarf aber den Gedanken sofort wieder. Sie wollte diese Frau zur Rede stellen. Sie war sich sicher, nur Gesine Herbst im Haus anzutreffen. Die hatte wahrscheinlich von der Fahndung Wind bekommen. Jetzt holte sie sich ein paar Habseligkeiten, um sich letzten Endes genauso aus dem Staub zu machen wie Schubert, Fiona und die Mönche.

Der mache ich einen Strich durch die Rechnung, nahm sie sich vor.

Mit größter Vorsicht öffnete sie die schmale Stahltür. Es gab kein Geräusch. Der Nuschler hatte die Scharniere wohl gut geölt. Wieder betrat sie ungebeten ein Haus. Sie bekam Übung darin. Als sie im Dunkeln die Garage durchquerte, wäre sie fast gegen den Wagen ihrer Nachbarin gestoßen, der hier abgestellt war.

Sie entdeckte die Tür, die den Raum auf elegante Weise mit dem Haus verband und die sie schon einmal durchschritten hatte. Lautlos gelangte sie in den Hausflur. Von oben waren Geräusche zu vernehmen. Sie schlich vor bis zur Treppe, wagte es aber nicht, sie zu benutzen, sondern versteckte sich in der Nische darunter.

Ein Handy klingelte. Der Klingelton, der von oben kam, verschwand und wurde durch die Stimme von Gesine Herbst ersetzt.

»Komtur, na endlich.«

Dann war ein kurzer Moment Pause.

»Vielen Dank. Ich weiß Ihr Lob zu schätzen. Ja, meine Wahl, Frank Burmester und dieses Flittchen, diese Kurz, für Ihre Untersuchung zu verwenden, war vortrefflich. Seine Liebe muss besonders innig gewesen sein. Ich wusste das. Bei der Frau im letzten Jahr hatte ich einen Fehler gemacht. Bei ihr war das alles nur gespielt. Aber dieser Burmester liebte aufrichtig, bis über beide Ohren. Ich hatte ihn lange Zeit beobachtet. Er und kein anderer kam für Ihr Experiment infrage. Ich bin glücklich, dass alles zu Ihrer Zufriedenheit verlaufen ist, Komtur.« Stephanie spürte einen Stich in ihrem Herzen. Frank musste sie wirklich sehr geliebt haben.

Schon wieder dieser Name. Komtur? Schubert wurde doch so genannt. Sie erinnerte sich an den Einbruch in dessen Haus. Da war der Anrufbeantworter angegangen und dieser Name fiel. Kristinas Recherche hatte ergeben, dass er ein hohes Tier in diesem Orden darstellte. Also hatte der Buchhalter den Auftrag erteilt, nach jemandem zu suchen, der verliebt war, nein, der aufrichtig liebte. Und das nur, damit er seine bizarren und vor allem tödlichen Messungen vornehmen konnte.

Gesine Herbst hat ihm also den passenden Hinweis gegeben. Ihr Sohn musste die Drecksarbeit erledigen. Die beiden waren so etwas wie die Katzenfänger des Ordens. Und ihre Nachbarin hatte Frank ausgewählt, ihn beobachtet, wenn er sie besuchte. Und sie, Stephanie selbst, sollte auch noch als Probandin herhalten. Diese Frau war ein Ungeheuer, eine Hexe.

Jetzt sprach Gesine Herbst wieder:

»Glücklicherweise bin ich da gerade vorbeigekommen. Ich wollte der Kurz was zu essen bringen. Sie hat keinen Verdacht geschöpft. Das hätte womöglich das ganze Vorhaben gefährdet.«

Es gab ein kleine Pause. Dann erkundigte sich die Alte nach diesem Nuschler.

»Meinen Sohn kann ich einfach nicht erreichen. Wissen Sie, wo ich ihn finde? Ist er bei Ihnen?«

Der Komtur schien ihr nicht sagen zu wollen, dass ihr Sohn einen tödlichen Unfall erlitten hatte. Ganz ungezwungen erzählte sie ihm nun von ihren Plänen.

»Die Polizei sucht nach mir. Meine Haustür ist versiegelt. Vermutlich ist etwas durchgesickert. Ich habe das Nötigste gepackt. Ein Taxi bringt mich heute noch nach Stuttgart. Von dort geht es mit dem Zug weiter nach Südtirol.«

Was will sie in Italien? Macht sie jetzt etwa Urlaub, bezahlt vom schmutzigen Geld des Ordens?

»Nein, zu unserem alten Treffpunkt.«

Will sie sich mit dem Komtur treffen? Davon sollte die Polizei wissen. Aber sie durfte denen nicht erzählen, dass sie sich über die Anordnung Simons hinweggesetzt hatte.

»Also, ich weiß nicht. Aber wenn Sie es so wollen, Komtur. – Ja, ich werde mich wieder bei Ihnen melden. – Ja, wie immer zur verabredeten Zeit.«

Dann gab es eine längere Pause.

»Danke, ich Ihnen auch. Alles Gute.«

Die alte Frau hatte das Telefonat beendet. Scharrende Geräusche waren von oben zu hören. Dann knipste ihre Nachbarin das Licht im Flur an, das auch die Treppe beleuchtete. Mit langsamen Schritten zog die Frau einen Koffer hinter sich her, den sie unter leisem Stöhnen herunter wuchtete.

Stephanie gelang es noch gerade rechtzeitig, ihr unsicher gewordenes Versteck unter der Treppe zu verlassen, um sich im Schatten der Küchentür zu verbergen.

Plötzlich löste sich der schwere Koffer aus ihrem Griff, schoss abwärts auf die Küchentür zu, stieß sie mit lautem Knall auf und blieb im Türrahmen eingeklemmt liegen. Ein Fluchen war zu hören. Dann stand Gesine Herbst vor ihr, nur durch das Türblatt getrennt. Stephanie war unfähig, sich zu bewegen, denn der Koffer hatte sie zwischen Wand und Türblatt eingeklemmt.

Die alte Frau japste nach Luft, während sie versuchte, das verkeilte Gepäckstück freizubekommen. Sie zerrte mit aller Kraft daran. Dabei stieß sie immer wieder gegen das Türblatt und nahm so Stephanie den Atem. Dann, als der Koffer wieder aufrecht stand, löschte ihre Nachbarin das Licht im oberen Flur und knipste eine kleine Energiesparlampe an, die neben dem Telefon im Flur stand. Ein schmaler Lichtstreifen fiel in die Küche.

Die alte Frau beabsichtigte, den schweren Koffer zum seitlichen Ausgang zu schleppen. Sie war in Eile und schien in Sorge zu sein, entdeckt zu werden.

Stephanie verließ nun ihren geschützten Platz. Sie wagte einen Blick in die Richtung, in der sich die Kofferträgerin entfernt hatte. Im Halbdunkel des Korridors verschwand sie soeben aus ihrem Sichtfeld.

Dann war plötzlich wieder Gesine Herbst zu hören. Keuchend und mit eiligen Schritten näherte sie sich nun der Küche.

Stephanie stand nur der Bruchteil einer Sekunde zur Verfügung, um zu reagieren. Blitzschnell zwängte sie sich erneut hinter die

Küchentür. Schon im gleichen Augenblick betrat ihre Nachbarin den Raum.

Sichtlich nervös fingerte die alte Frau in einer Schublade der modernen Küchenzeile herum. Darin fand sie das Gesuchte und hielt es ins Licht. Stephanie erschrak. Es war die Flasche mit dem illegalen Medikament, das auf Kristinas Film zu sehen war. Stephanie war außer sich. Sollten jetzt noch weitere Menschen geopfert werden? Sie erinnerte sich an die fürchterliche Wirkung des Mittels, die sie am eigenen Leib gespürt hatte.

Dann tauchte Franks Gesicht vor ihrem inneren Auge auf. Seine glasigen Pupillen, in denen kaum etwas Lebendiges zu erkennen gewesen war, würde sie lange nicht vergessen können. Das Mittel in dieser Flasche hatte einen ungeheuerlichen Effekt und entstammte direkt den dämonischen Braukesseln der Hölle. Und genau von dort schien auch Gesine Herbst zu kommen, aus dem schwefeligen Reich menschlicher Finsternis.

Stephanie erkannte das schwere Nudelholz, das sie schon einmal hier gesehen hatte. Sie hätte es am liebsten von der Wand gerissen, um es der Hexe auf den Hinterkopf zu schlagen.

Die alte Frau ahnte nichts von ihren Gedanken, sondern zog aus einem kleinen Ablagekörbchen ein Diktiergerät hervor. Dann suchte sie eine dazu passende Kassette und setzte sich an den stabilen Tisch. Einer Schublade entnahm sie einen Briefumschlag mittlerer Größe und einen Filzstift. In dem schwachen Licht, das in die Küche fiel, schrieb sie eine Adresse auf den Umschlag. Das Wort Lübeck war deutlich hervorgehoben.

Sie räusperte sich und schaltete das Gerät ein.

»Mein lieber Sohn. Wenn du das hier hörst, bin ich schon unterwegs. Ich habe immer wieder versucht, dich anzurufen, konnte dich aber nicht erreichen.«

Jetzt erinnerte sich Stephanie daran, dass dieser Nuschler eine ausgeprägte Schreib-Lese-Schwäche hatte.

»Der Komtur hat mich gerade angerufen. Er ist sehr zufrieden mit uns. Deine raffinierte Arbeit hat er besonders gelobt. Er war hoch erfreut, dass dir dieser Borstel auf den Leim gegangen ist. Mit mir ist er auch sehr zufrieden. Die beiden Ehebrecher, die wir ihm ausgeliefert haben, waren genau das, was er für sein Experiment brauchte. Mach dir keine Gedanken. Das geschieht dem Burmester und diesem Flittchen ganz recht. Es ist doch wirklich eine Schande. Nimmt sich diese dumme Gans doch einfach den Ehemann einer anderen. Der Kerl wollte sich sogar von seiner Frau trennen. Das mussten wir verhindern. Ehebruch ist eine Todsünde.«

Gesine Herbst atmete ein paarmal tief durch, hüstelte krankhaft und fuhr fort.

»Genau so habe ich deinen Vater verloren, mein Junge. Das habe ich dir schon oft gesagt. Aber ich komme bis heute nicht darüber hinweg.

Was wäre wohl aus dir geworden, mein Junge, wenn dein Vater noch bei mir leben würde? Dann müssten wir uns nicht mit solchen Aufgaben beschäftigen und der Orden könnte uns den Buckel runterrutschen.«

Sie unterbrach den Redefluss, hüstelte erneut und schickte sich an, den gesprochenen Brief zu beenden.

»Pass auf dich auf, mein Junge. Du weißt, wo du mich immer erreichen kannst. Deine dich liebende Mutter.«

Gesine Herbst schaltete das Diktiergerät ab und blieb stumm sitzen. Unbewusst stieß Stephanie gegen das Türblatt. Ihr zweifelhaftes Versteck öffnete sich wie eine Auster, während sich die alte Frau behäbig zu ihr umdrehte.

Schlagartig fiel gleißendes Halogenlicht durch das Fenster. Es stammte von den Scheinwerfern des Taxis, das auf die Einfahrt einbog. Die Hexe hatte es bestellt, um zu fliehen.

Die Augen der Alten weiteten sich. Die Person hinter der Tür schien einem Geist ähnlich zu sehen. Das grelle, kalte Scheinwerferlicht verfing sich in ihrem weißen Hausanzug. Leuchtend wie ein Racheengel stand Stephanie da. Im gleichen Atemzug begann Gesine Herbst aus Leibeskräften zu schreien.

»Jetzt holen Sie mich! Die Geister holen mich! Ich habe unrecht getan! Heilige Jungfrau Maria. Die Geister holen mich!«

Der Verstand der alten Frau begriff nicht, was ihre Augen sahen. Die Ehebrecherin hatte gefälligst tot zu sein. Erst recht stand es ihr nicht an, hier herumzuspuken.

Dann, ganz ohne Vorwarnung, schnellte sie hoch, fasste sich an die Brust, taumelte in ihre Richtung und fiel vor der strahlenden Erscheinung auf die Knie.

Ein unverständliches Stammeln folgte. Dann verlangte sie nach ihrer Medizin.

»Mein Herz. Mein Herz. Wo sind nur meine Tropfen?«

Stephanie sah sich um. Das Medikament stand genau dort, wo sie sie zuletzt gesehen hatte. Aber die ignorierte sie. Stattdessen griff sie zur Flasche mit dem starken Betäubungsmittel, das sich auf dem Küchentisch neben dem Diktiergerät befand. Sie nahm den Verschluss ab und reichte es der keuchenden Gesine Herbst, die ihren Oberkörper kaum aufrecht halten konnte.

Die Alte packte das Fläschchen, öffnete unsicher ihren Mund und ließ den gesamten Inhalt hineinlaufen. Ein lautes Schlucken war zu hören. Die

Flüssigkeit drang nun in Windeseile in alle Nervenzellen ihres Körpers ein. Das teuflische Gift verrichtete das ihr zugedachte Werk.

Mit einem Mal fiel die Hexe lautlos zur Seite und blieb verdreht liegen. Stephanies Herzschlag raste.

Vor dem Haus wurde eine Autotür zugeschlagen. Sie hörte Schritte und einen Motor, der im Leerlauf dieselte, während die Halogenscheinwerfer unbeirrt die Küche gespenstisch ausleuchteten.

»Hallo, Ihr Taxi ist da! Hallo! Ist jemand zu Hause?« Der Fahrer stand rufend vor der Eingangstür.

Stephanie löschte das Licht im Hausflur. Sie hoffte, dass der Mann es bisher noch nicht bemerkt hatte.

Der geschäftstüchtige Taxifahrer hatte sich mit einer Taschenlampe bewaffnet und zog nun suchend von Fenster zu Fenster. Die hellen Strahlen drangen bis in den Korridor vor. Als er durch das Küchenfenster schaute, konnte sich Stephanie gerade noch rechtzeitig unter den Esstisch ducken. Das kalte, bläuliche Licht der Scheinwerfer und das der Taschenlampe trugen anscheinend nicht dazu bei, etwas in diesem Raum zu erkennen, denn der Mann wandte sich kurz darauf wieder der Eingangstüre zu. Dank seiner tragbaren Beleuchtung entdeckte er den unscheinbaren Klingelknopf neben der Haustüre.

Er drückte ein paarmal darauf. Der Ton ließ die Einbrecherin zusammenfahren. Ruhig bleiben, sagte sie zu sich. Er hat dich nicht gesehen.

Doch der Fahrer gab nicht auf. Die lange Autobahnfahrt würde gut bezahlt werden. Das machte ihn hartnäckig. Was, wenn er den Seiteneingang entdecken würde? Stephanie sprang auf und rannte, wie von einer Tarantel gestochen, in Richtung Garage. Als sie vor der dem Seiteneingang zu stehen kam, stellte sie fest, dass der Schlüssel nicht im Schloss steckte. Wo könnte er sein?

»Denk nach! Wo könnte er sein?«

Schließlich fand Stephanie ein Schlüsselbund in der Handtasche von Gesine Herbst. Es lag oben auf dem Koffer. Zurück an der Seitentür versuchte sie mit zitternden Fingern den richtigen Schlüssel zu finden. Schließlich hatte sie den passenden erwischt. Mit einer schnellen Drehbewegung verriegelte sie den schmalen Seiteneingang gerade noch rechtzeitig.

Ein Atemzug später drückte der Fahrer von außen die Klinke nach unten und rief mehrmals den Namen seiner Auftraggeberin.

Dann war das klopfende Geräusch wieder an der Vordertür zu hören. So dauerte es unerträgliche Minuten, bis der Mann letzten Endes erbost aufgab.

Stephanies Nerven waren in dieser Zeit zum Zerreißen gespannt. Wenn man sie hier mit der Leiche entdecken würde, wäre alles verloren.

Simon würde sich von ihr abwenden, der Staatsanwalt hätte leichtes Spiel mit ihr und der Richter müsste bei seiner Urteilsfindung nicht lange abwägen.

Endlich, der Wagen verschwand und damit auch das nervige Scheinwerferlicht. Mit ihrem Ellbogen knipste Stephanie nun die Zimmerbeleuchtung wieder an. Dann zog sie sich die Spülhandschuhe ihrer Nachbarin über. So lief sie nicht Gefahr, einen Fingerabdruck zu hinterlassen. In den Küchenschränken begann sie nach einer großen Tischdecke zu suchen.

Die Tote musste verschwinden. Scheiterhaufen waren nicht mehr en vogue. Also musste sie unter die Erde. Dort gehörte sie hin. Aber hier in einem fremden Garten ein Loch zu graben kam nicht infrage. Das würde die Polizei entdecken. Also musste Gesine Herbst noch einen kleinen Ausflug zu nächtlicher Stunde über sich ergehen lassen. Nur der benachbarte Garten bot eine letzte Stätte der Ruhe.

Stephanie fand zu ihrer Überraschung ein großformatiges Laken. Sie wickelte die Tote darin ein, vergaß nicht die Flasche mit dem dämonischen Elixier in ihre Hosentasche zu stecken, packte dann den Baumwollstoff an einem Ende und zerrte die Hexe in den Korridor. Die Füße der Alten, die am anderen Ende des Lakens herausschauten, schliffen leise quietschend über den Linoleumboden.

In der Garage angekommen unterbrach sie ihr Vorhaben, lief zurück und schaltete das Licht wieder aus. Mit einem Tuch wischte sie über die Rückseite des Türblatts und über beide Türklinken.

An der Rückwand der Garage fand sie eine Schubkarre, die sie fast geräuschlos in die Mitte des Raumes fuhr und dort abstellte. Die Tote zog sie nun ebenfalls in die Mitte der Garage. Nur zu zweit würde es gelingen, die Alte in die Schubkarre zu hieven. Allein war es unmöglich. Es sei denn, man verwendete den Kettenzug, der hier von der Decke hing. Sie band ein Seil, das ordentlich an der Wand angebracht war, um die Leiche, befestigte es am Haken des Seilzuges und begann mit der schweren Arbeit. Aber die gelang ihr. Schließlich schwebte die Alte wie schwerelos in der Mitte der Doppelgarage. Geschwind platzierte sie die Schubkarre darunter und ließ dann den leblosen Körper Stück für Stück in die Lademulde ab. Durch die Seitentür, die schmaler nicht hätte sein dürfen, bugsierte sie die Karre nach draußen. Gesines Füße hingen herunter und schaukelten, als würde sie emsig mithelfen wollen.

Mit rasanter Fahrt, die eine stabilisierende Wirkung auf das Gefährt hatte, ging es den leichten Abhang hinunter. Vor dem Zaun stoppte sie und zog die Leiche auf ihre Seite herüber. Das dreibeinige Leichenfahrzeug konnte sie nicht zurücklassen. Es musste wieder an seinen Platz zurückgebracht werden. Sie erledigte das und verschloss, wie es sich gehörte, den Seiteneingang.

Umsichtig trat sie den Rückweg an. In ihrem Kopf ging sie nochmals alles durch. Sie hatte nichts vergessen.

»Du musst ruhiger werden«, sagte sie zu sich und hoffte, dass diese Nervosität irgendwann von ihr abfallen würde wie vertrocknete Blätter von einer Zitterpappel.

Stephanie lief an der eingewickelten Toten vorbei in ihr Haus. Sie brauchte jetzt Hilfe. Erst nach einer ganzen Weile entdeckte sie in der Ritze der Wohnzimmercouch ihr schnurloses Telefon. Mit immer noch zittrigen Händen wählte sie die Telefonnummer der Buchhändlerin. Es beanspruchte ein paar Atemzüge, bis sie sich so weit beruhigt hatte, dass sie einen klaren Satz herausbekam.

»Kristina, bitte komm sofort zu mir. Ich habe ein Problem.«

»Wieder eine Leiche?«

Ihre Freundin blieb entspannt und schien ihre Gedanken lesen zu können.

»Ja«, hauchte der Racheengel wahrheitsgemäß.

26. Kapitel

Stephanie wurde wach. Etwas hämmerte gegen ihr Fenster im Parterre. Sie stand auf und zog die Vorhänge ihres Schlafzimmerfensters zur Seite. Helles Tageslicht flutete ungehindert in den Raum. Ihre Schultern schmerzten und erinnerten sie an die nächtlichen Grabarbeiten im Garten. Mit zusammengekniffenen Augen brauchte sie eine Weile, bis sie erkannte, dass Simon unten vor dem Haus stand und ihr zuwinkte.

Sie winkte verhalten zurück.

»Komm, steh auf. Heute ist ein herrlicher Tag. Wir sollten etwas unternehmen. Ich würde gerne mit dir auf die Burg Ravensberg fahren. Was hältst du davon? Ich habe einen gut gefüllten Picknickkorb dabei.«

Wie kann man so früh schon so gute Laune verbreiten?, dachte Stephanie. Sie gab ihm ein Handzeichen. Er deutete es richtig, ging ums Haus und wartete vor der Eingangstür. Die öffnete sich eine Handbreit, nachdem Stephanie den Schlüssel zweimal im Schloss gedreht hatte. Sie blinzelte ihn an.

»Was machst du denn so früh schon hier?«

»Du bist lustig. Es ist schon dreiviertel zehn. Komm, lass uns fahren. Ich habe mir das Cabriolet von meiner Schwester ausgeliehen. Da hinten steht es.«

Ein flaches, rotes Etwas stand am Straßenrand und schien nur darauf zu warten, durch den sonnigen Kraichgau zu kurven. Sie suchte seinen Blick und stemmte dann beide Hände in die Hüften.

»Augenblick mal. Ich soll doch das Haus nicht verlassen, oder hat sich das geändert? Meinst du nicht auch, du müsstest mir vorher noch etwas sagen?«

»Ja, natürlich.« Er griff sich mit übertriebener Geste an den Kopf und strahlte sie dann an.

»Warte hier«, kommandierte er.

Simon eilte zu dem roten flachen Etwas, öffnete den Kofferraum und zog einen Rosenstock hervor.

Kaum wieder an der Tür angekommen, hielt er das Gewächs mit ausgestrecktem Arm vor sich hin. In einer aufgesetzten, amtlichen Tonlage sprach er durch das Grün hindurch:

»Der Staatsanwalt hat den Einbruchsfall zu den Akten gelegt. Ich freue mich für dich.«

»Und wozu hast du diese herrlichen Rosen mitgebracht? Ich dachte, die wären für den Staatsanwalt?«

Simon räusperte sich, bevor er mit dunkler, Vertrauen schaffender Stimme weitersprach.

»Liebe Stephanie. Du tust mir gut. Das spüre ich. Du bist eine wundervolle Frau. Ich habe vorgestern einen Fehler gemacht. Dafür bitte ich um Entschuldigung.«

»Ich bin ganz gerührt«, gestand die junge Frau.

»Nimmst du die Entschuldigung an?«, wurde sie gefragt.

»Ja, nehme ich. Und jetzt stell den Rosenstock ab.«

Kaum stand die Pflanze auf dem Boden vor der Eingangstür, umarmte Stephanie den Mann, der sie gesucht und gefunden hatte, und küsste ihn leidenschaftlich.

»Magst du diese Rosen?«, fragte Simon unsicher. Im gleichen Moment klingelte das Telefon.

»Ob ich mich freue? Ja sicher, darüber freue ich mich sogar sehr. Meine Lieblingsblumen sind allerdings Phlox. Aber Rosen sind auch wunderbar«, beeilte sie sich zu sagen und lief zum Telefonapparat. Sie hielt den Hörer ans Ohr und meldete sich. Dann war sie schlagartig wie versteinert.

»Schubert hier. Liebe Frau Kurz, ich wollte mich recht herzlich bei Ihnen bedanken und Ihnen meine Hochachtung aussprechen. Sie haben mir mit Ihrem Einsatz außerordentlich geholfen. Das vergesse ich Ihnen so schnell nicht. Früher waren wir nur Kollegen, doch jetzt sind wir so etwas wie Komplizen, nicht wahr?«

»Bitte, wir sind was?« Stephanies Hals zog sich zusammen.

Ihr Gesprächspartner ignorierte die Frage und fuhr im überschwänglichen Ton fort. »Sie sollten mal ein paar Tage wegfahren und sich von den turbulenten Ereignissen erholen. Das war wohl alles etwas viel für Sie, nehme ich an. Entspannen Sie sich und genießen Sie das Leben, meine Liebe. Das tue ich übrigens auch gerade. Ich werde mich dann wieder bei Ihnen melden, sollte ich Ihre Hilfe tatsächlich benötigen. Auf Wiederhören.«

Mit starrem Blick legte sie den Hörer auf die Gabel.

»Schlechte Nachrichten?«, wollte der Rosenkavalier wissen, der immer noch auf ihrer Fußmatte wartete. Stephanie brauchte ein paar Sekunden, bis sie eine halbwegs glaubhafte Antwort zusammenbekam.

»Ein Freund, das war ein alter Freund. Er hat mir empfohlen, wegzufahren. Ich solle mich richtig erholen.«

»Recht hat er. Und während du dich umziehst und deine Sachen packst, kann ich doch schon mal die Rosen einpflanzen. Hast du denn schon einen Platz dafür?« wollte Simon wissen und schaute sich um. Dann fügte er hinzu:

»Das wird wohl nicht so einfach sein, in deinem wundervollen Garten?«

»Einen Platz?« Sie überlegte einen kleinen Moment, lachte ihn an und erklärte: »Ja, habe ich. Einen ganz besonderen Platz sogar. Aber lass mich das bitte machen.«

»Wie du willst, Stephanie, es ist schließlich dein Garten. Dann warte ich so lange im Wohnzimmer auf dich.«

Sie warf ihm einen verwegenen Blick zu, legte ihre Arme um seinen Hals, gab ihm einen Kuss und flüsterte danach leise in sein Ohr.

»Ich habe eine bessere Idee. Du kommst mit ins Schlafzimmer und schaust mir wieder beim Umziehen zu?«

Drei Wochen später.

27. Kapitel

Der Morgenrapport fand diesmal wieder pünktlich statt. Unruhe machte sich unter den Teilnehmern breit. Ein Gerücht hatte die Runde gemacht, dass in Kürze Borstels Nachfolger bei KKF-Technologies anfangen sollte. Und die Ronellenfitsch würde heute früh den neuen Chef vorstellen, erzählte man sich. Auch Stephanie war neugierig. Sie schaute aus dem großen Fenster des Besprechungsraumes. Davor befand sich der Firmenparkplatz. Auf dem reservierten Stellplatz, auf dem früher Borstels Auto stand, war ein fremdes Fahrzeug abgestellt.

Gehörte das dem Neuen? Sie betrachtete den Wagen nun näher. Auf den ersten Blick erkannte sie, dass es sich um eine fabrikneue Limousine handelte. Aber das war nicht das Besondere. Das Nummernschild versetzte sie in leichte Unruhe. Sie traute ihren Augen kaum. Das Kennzeichen endete mit einer dreistelligen Zahl. Es war die des Ungeheuers von Babylon.

Im gleichen Moment trat die Chefsekretärin ein, setzte sich, begrüßte die Mitarbeiter der Runde und teilte erfreut mit, dass die KKF-Lieferung trotz schwerer See wohlbehalten bei ihrem kanadischen Kunden in Quebec eingetroffen sei.

Dann wechselte sie das Thema und gab eine kleine Einführung, in der sie den Namen des neuen Chefs nannte. Es folgte ein knapper Abriss seines Lebenslaufes. Er würde also heute anfangen und sich seinen Kollegen vorstellen, sobald der Rapport beendet sei.

Das Mobiltelefon der Chefsekretärin klingelte. Sie entschuldigte sich und verließ den Raum, nur um kurz darauf mit einem Mann zurückzukehren, der in einem perfekt sitzenden Anzug steckte. Darüber präsentierte der Neue ein breites, fast unverschämtes Grinsen, das einfach nur nach Siegerpose aussah.

Cordula Ronellenfitsch bat ihn, sich den Mitarbeitern vorzustellen. Er nickte und wandte sich nun den Anwesenden zu. Am schmalen Ende des Tisches stehend wartete er, bis Ruhe eingekehrt war.

»Guten Morgen. Mein Name ist Cleebronn. Dr. Felix Cleebronn aus Knittlingen. Ich freue mich, mit Ihnen zusammen diese Firma weiter auf der Erfolgsspur zu halten. Sicher wird es Änderungen geben. Das ist wohl immer der Fall bei einem Wechsel in der Chefetage. Aber um weiterhin erfolgreich zu sein, müssen wir zunächst ein paar sehr ernste Qualitätsprobleme aus dem Weg räumen. Das heißt für mich, dass wir alle Hände voll zu tun haben werden. Das geht natürlich nicht mit der augenblicklichen Besetzung.

Sie werden mir sicherlich alle zustimmen, dass die Qualitätsabteilung dringend personelle Verstärkung benötigt. Das habe ich bereits im Vorfeld eruiert. An anderer Stelle wird es leider Umstrukturierungen geben müssen. Die Einzelheiten werde ich zusammen mit Ihnen erarbeiten. Ich erwarte bei sämtlichen Maßnahmen, die ich in Gang bringe, Ihre rückhaltlose Unterstützung.«

Er machte eine kleine Pause und suchte die Blicke der Anwesenden. Dann fuhr er fort.

»Hören Sie mir jetzt bitte gut zu. Uns allen hier sollte Folgendes klar sein. Nur mit gelösten Qualitätsproblemen geht es in Richtung Zukunft. Und dieses Unternehmen hat Zukunft. Davon bin ich überzeugt. Sonst hätte ich nicht unterschrieben. Um dorthin zu gelangen, müssen wir hart arbeiten. Das ist unser Weg. Und ich bin auch davon überzeugt, dass Sie bereit sind, hart zu arbeiten. Und ich zweifle nicht daran, dass Sie Ihre Aufgaben meistern werden.«

Einige Kollegen nickten verhalten. Der Neue hatte in Windeseile die drängenden Probleme zur Sprache gebracht. Ausnahmslos jeder in der Morgenrunde war beeindruckt. Hier sprach eine Führungskraft, die den Namen verdient hatte. Man durfte gespannt sein, wie er sich im Alltag bewährte.

Dann präsentierte er in geballter Form seine Strategien, mit denen er angeblich zuvor schon erfolgreich gewesen war. Anschließend legte er eine kleine Pause ein. Nun beabsichtigte er, sich den Mitarbeitern dieser Runde zu widmen.

»Vielleicht stellt sich jeder mal vor und erzählt mir, was so seine Aufgaben sind. Die Damen natürlich zuerst. Sie bitte.« Er zeigte mit der offenen Hand auf Stephanie. Die räusperte sich, schob den Stuhl nach hinten und stand auf.

»Mein Name ist Kurz. Ich bin hier die Produktionsassistentin und achte darauf, dass die hohen Qualitätsansprüche, die die Kunden an unsere Produkte stellen, erfüllt werden.«

Stephanie nahm wieder Platz. Dr. Cleebronn rieb sich das Kinn.

»Da ist ja interessant, Frau Kurz. Nur gelöste Produktionsprobleme sind Fortschritt. Und eine hohe Produktqualität setzt sich immer durch. Daher scheint Ihre Aufgabe eine ganz besondere zu sein. Auch ich war ein paar Jahre mit der Qualitätssicherung in der Produktion beauftragt. Ich weiß also, wovon ich rede. Tun Sie mir doch einen Gefallen. Stellen Sie mir bitte eine lückenlose Liste der aktuellen Qualitätsdokumente zusammen, damit ich mir ein Bild machen kann.«

»Bis wann brauchen Sie die denn?«, fragte Stephanie freundlich.

Dr. Cleebronn schaute zum Kalender. Dann wandte er sich wieder um und suchte ihren Blick. Seine Anweisung war unmissverständlich.

»Bis zum Dreizehnten. Das ist Ihr Stichtag.«

ENDE

Glossar

Brusel: nennt sich richtig Bruchsal. Klingt laut Eckart von Hirschhausen wie eine Mischung aus Bruchlandung und Schicksal. Dieser Meinung kann man sich nur anschließen: Der Ort gehört schlicht und einfach und ganz offiziell umbenannt. Da das seine Zeit dauert, nennen die Kraichgauer den Ort schon jetzt liebevoll Brusel. Der Name passt. Dies ist ein Beispiel, dass die Kraichgauer ein tiefes Gespür für die Schönheit der deutschen Sprache haben.

Burg Steinsberg: höchster Punkt im Kraichgau mit einer 700 Jahre alten Burganlage. Der Bergfried ist achteckig. Am westlichen Rand der Kernburg lässt sich ein mystisches Steinmetzzeichen finden. Es wurde erst 1973 beim Entfernen des Efeus wiederentdeckt. Die Kraichgauer nennen das Zeichen „Zauberschlinge".

Castel del Monte: liegt in Apulien, im Südosten Italiens. Es wurde vom Hohenstaufer-Kaiser Friedrich II. erbaut. Kaum bekannt sind die dort im Mittelalter durchgeführten, obskuren Experimente. Auffällig ist der achteckige Grundriss.

Drachen- oder Blutaltar: Der keltisch-megalithische Steinaltar von Oberderdingen mit seinem schrägen Opfertisch und einer Blutrinne ist einzigartig. An diesem mystischen Ort wurden früher Blutopfer dargebracht. Zur Herstellung des Messers verwandten die Kelten übrigens Meteoriteneisen. Im Kraichgau war man schon immer innovativ.

Glashaus: Restaurant und Café in Bad Schönborn. Idealer Ort zum Schwatzen und Lesen.

Komtur: Prior einer Ordensgemeinschaft.

Kraichgau-Bibliothek: befindet sich im Graf-Eberstein-Schloss im Ortsteil Gochsheim der Stadt Kraichtal. Sie ist einmal monatlich geöffnet.

Oktave: Die ersten sieben Noten der diatonischen Tonleiter werden durch den achten Ton vollendet. Diese Oktave ist mit den sieben Stufen der Schöpfungsgeschichte vergleichbar. Erst am achten Tag wird unser Bewusstsein vervollständigt. Es durchschreitet die Pforte zu höheren Sphären und die Seele folgt ihm.

Ordo Teutonicus: ist die lateinische Bezeichnung für den bei den Kreuzzügen im Heiligen Land 1190 gegründeten Deutschherrenorden.

Wallfahrtskapelle: von alten Linden umgebene Kapelle mit achteckigem Grundriss (Oktogon) auf dem höchsten Punkt des Letzenbergs. Darunter befinden sich noch die Ruinen einer älteren Kapelle, eines Herrenhauses und einer keltischen Kultstätte. Die Originalbaupläne des Gotteshauses gingen auf mysteriöse Weise im Jahr 1900 verloren. Vermutlich waren darauf die Zugänge zu den darunter liegenden Gebäudeteilen eingezeichnet.

Der Autor

Geboren 1956 in Düsseldorf; Ausbildung zum Chemielaboranten bei der Firma Henkel; Fachabitur in Abendform, um studieren zu können; Chemiestudium an der BUGH Wuppertal; Promotion zum Dr.-Ing. mit magna cum laude; als Chemiker im Bereich Industrieklebstoffe tätig, dabei umfangreiche Vortragsarbeit; heute bei einem Zulieferer für die Luftfahrtindustrie im Raum Karlsruhe tätig. Er lebt im Kraichgau, ist glücklich verheiratet und hat zwei Kinder.
Nebenberuflich seit 1995 als Gutachter für Forschungsprojekte (im Auftrag des BMWi, Berlin) tätig.
Vom selben Autor wurden bereits zwei Sachbücher, ein Bändchen mit Kurzgeschichten und ein Thriller veröffentlicht.
Interessen: Lesen, Schreiben, Segeln, Wandern, Natur, Reisen.

Dank

Ich danke meiner fürsorglichen und wunderbaren Frau Gabi für die vielen, positiven Impulse und die Freiräume, die sie mir schenkte. Ebenso danke ich Karin, Marina, Dorothea, Marline, Wolfgang, Kristina, Andrea, Elfi und Wolfram für ihre wohlwollende Unterstützung und Herrn Bös vom Polizeiposten Östringen für seine wichtigen Anmerkungen. Sie alle haben zum Gelingen dieses Buches beigetragen.

Andrea Sitzler vom Verlag Regionalkultur danke ich für die Entscheidung, dieses Buch in ihr Verlagsprogramm aufzunehmen. Beeindruckt haben mich das Engagement und die Professionalität, mit der das Manuskript lektoriert, korrigiert und termingerecht fertiggestellt wurde. Damit gelang es dem Verlag, einen innigen Wunsch von mir real werden zu lassen und ihm somit neue, kreative Kraft einzuhauchen.

Unwissentlich inspiriert hat mich mein Nachbar Robert Ahl, dessen leidenschaftlich gespielte Musik hin und wieder den Weg durch das offene Südostfenster meines Abeitszimmers fand. Manche kleine Schreibblockade blieb so nur ein kurzes Intermezzo.

Der Kraichgau
Wallfahrtskapelle
Burg Steinsberg
St.-Anna-Kapelle
Bruseler Schloss
Gochsheim
Ravensburg
Keltischer
Blutstein

Weitere Kriminalfälle im **verlag regionalkultur**

Bettina von Cossel /
Simone Ehrhardt (Hg.)

Tödliche Häppchen

Eine kulinarische Krimisammlung aus Nordbaden

Feinsinnig ausgetüftelte Morde und raffinierte Rezepte gehören zusammen wie Hühnerbrust und Gänsehaut – und im lieblichen Nordbaden ist längst nicht alles so idyllisch wie es scheint. Hier wird geliebt, gehasst, gesotten und gemordet, und so manch einer wird die Nachspeise nicht erleben.

144 S., Broschur. ISBN 978-3-89735-688-7. € 11,90

Corinna Müller

Um Kopf und Kragen

Historische Kriminalfälle der Frühen Neuzeit im heutigen Württemberg

In zehn spannenden Erzählungen werden historisch fundierte Kriminalfälle des 16. und 17. Jahrhunderts beschrieben, die sich in den Dörfern und Städten des heutigen Württemberg zugetragen haben. Auf der Grundlage alter Gerichtsakten werden die Straftaten selbst beschrieben sowie die Struktur des Gerichtswesens mit Folter und Leibesstrafe wie auch die vielschichtigen Funktionen des Scharfrichters eindrucksvoll veranschaulicht.

216 S. mit 60 Abb., fester Einband. ISBN 978-3-89735-698-6. € 17,90

Gabriele Albertini

Mord in der Huttenstraße

Ein Bruchsal-Krimi

Ist im beschaulichen Bruchsal schon wieder ein Mörder unterwegs? Kommissar Adam kann das nicht glauben: Ein „Massaker in der Huttenstraße"? Doch dann erweist sich manches anders, als es zunächst ausgesehen hat ... In gewohnter Souveränität löst der Bruchsaler Kommissar mit seinem Team auch seinen zweiten Fall.

144 S., Broschur. ISBN 978-3-89735-683-2. € 9,90